어떻게
원하는 삶을
살 것인가

선택하고 행동하고 기다려라

어떻게
원하는 삶을
살 것인가

저우제린 지음 | 하진이 옮김

미래북
miraebook

당신의 삶의 가치는 얼마인가?

당신이 원하든 원하지 않든 언젠가는 모든 것을 잃게 된다. 더 이상 동녘에서는 먼동이 트지 않을 것이며, 태양이 비치는 눈부신 광경을 볼 수 없게 될 것이고, 당신이 사용할 수 있는 시간이 단 1분 1초도 남지 않는 그날이 올 것이다.

그때가 되면 당신이 살다 간 인생의 흔적으로 무엇이 남을까? 당신의 인생의 가치는 어떻게 측정해야 할까? 그날이 오기 전까지 당신은 어떻게 살아갈 것인가?

우리는 누구나 고통에서 벗어나고 싶어 하고, 즐겁고 행복한 삶을 추구한다. 운명의 여신이 아무런 근심·걱정 없는 삶을 살게 해주기를 바란다. 그러나 내가 만난 대다수의 사람들은 '특별한 모종의 방법'이 있어야만 자신의 꿈을 실현할 수 있다고 여겼는데, 그들 대부분은 정작 그 행복으로 가는 길을 찾지 못하고 있었다.

그래서 그들의 생활은 항상 똑같은 생활의 연속이다. 아침에 출근해서 저녁에 퇴근하면 인터넷 채팅을 하거나 신문을 읽거나 TV를 보거나 아니면 집안의 자질구레한 일을 한다. 그리고 월말이 되면 그제야 자신의 생활이 얼마나 참담한지를 새삼 느끼곤 한다. 일상의 잡다한 일은 산더미처럼 쌓여있고, 물가는 하루가 다르게 올라서 골치가 지끈거린다. 원래 산다는 것이 이런 것일까?

아니다. 전혀 그렇지 않다. 당신은 좀 더 부유하게 살아야 하고, 인생을 충분히 즐겨야 한다. 하지만 안타깝게도 시간은 대다수 사람들의 의지를 갉아먹고, 극소수의 사람들만이 시종일관 신념을 잃지 않는다. 그리고 하늘은 능력 있고 자신의 인생을 위해 모든 것을 헌신할 수 있는 사람만을 비호한다.

우리는 일상의 단순한 일에서 크나큰 이치를 깨달을 수 있지만, 대다수 사람들은 종종 이를 등한시한다. 오랜 속담들은 우리에게 이렇게 말한다. 당신이 불만을 느끼는 상황을 개선하지 않고 기존의 방식대로 나아간다면, 삶이 보다 나아지기는커녕 한층 나빠질 것이다. 당신은 자신에게 남은 1만 시간을 어떻게 보낼 생각인가?

우리의 일생은 나 개인에게는 마침표 없는 욕망이며, 수많은 대중에게는 저마다 고군분투하며 명예와 이익을 좇는 모습이다. 자신의 경제력과 능력 범위 내에서 좀 더 많은 자유를 누리고 삶을 즐긴다면, 당신은 남들보다 더 많은 행복감을 느끼고 한층 다채로운 인생을 살 수 있을 것이다.

그런데 상당수 사람들은 인생의 종점에 이를 때까지 자신이 좋아하는 생활을 누리기는커녕 평생 고되고 바쁜 생활을 하다 늙어간다. 왜 그럴까? 왜 당신보다 못한 조건의 사람이 당신보다 더 나은 삶을 누리는 걸까? 그것은 당신이 생각하는 만큼 노력을 기울이지 않기 때문이다. 당신이 꿈을 꾸는 동안 그들은 노력했기 때문이다. 기적은 노력의 또 다른 이름이라는 것을 알아야 한다.

만일 당신이 하릴없이 인생을 낭비하고 있다면, 또는 지금의 상황 때문에 안절부절못하고 있다면, 그리고 새로운 삶을 갈망하고 있다면, 게으른 습관부터 내던지고 새로운 인생의 한쪽 문을 활짝 펼쳐

라. 그 문 뒤에 찬란한 태양이 비추고 있을지 아니면 폭풍우가 휘몰아치고 있을지 알 수 없지만, 그 문을 열어야만 인생을 전환할 수 있는 기회를 얻는다.

지금 당신의 업무 상태는 미래의 생활을 결정해준다. 당신이 투자하는 모든 것은 시간이 지나면 보답으로 돌아온다. 당신이 아직 젊은데도 노력을 기울이지 않는다면 그것은 이기적인 것이다. 당신은 아무것도 하지 않으면서 왜 평안한 삶을 요구하는가? 우리는 태어난 순간부터 실패자로 운명이 결정되지 않았다. 그러니 좀 더 과감하게 인생에 도전해보라. 어차피 한 번 살다 갈 인생 아닌가? 불평 따위는 더 이상 하지 말고 좀 더 행복한 인생을 위해 모든 힘을 기울여라. 아낌없이 모든 것을 현재에 쏟아붓는다면 당신이 원하는 삶을 가질 수 있다.

CONTENTS

PART 3

당신에게 부족한 것은
시간이 아니라 시간 관리이다

PART 4

당신이 강해지면
자연스레 수준도 향상된다

PART 5

더욱 많은 사람을 만나고,
충분한 휴식을 취하라

PART 6

당신을 바꿔야만
인생 역전이 가능하다

인생의 출발선은 그 누구도 선택할 수 없다.
우리의 출생은 운명적으로 선택되기에
모두가 똑같은 동일선상에서 출발할 수가 없다.
하지만 출발선과 결승선 사이는 무수히 많은 기회로 가득 차 있다.
그렇기 때문에 출발선에서 뒤처진 사람에게는
중도에 포기하지 않는 끈기가 필요하다.
지금 당신이 능력 하나를 더 키운다면
앞으로 남에게 듣는 아쉬운 소리를 하나라도 더 줄일 수 있다.

"남들이 보기에
그 일을 간단히 해치운 것처럼 보이려면
보다 많은 노력을 해야 한다."

그렇게 되기까지 기울인 고생은 노력한 사람만이 알 수 있다.

PART 1

출발선에서 뒤처진 당신, 미래는 어디에?

10년 후의
당신은 어디에
있을까?

이 책의 시작과 더불어 인생에 대해서 논해보자.

강의를 할 때 나는 청중들에게 종종 이런 질문을 던진다.

"10년 후에 당신은 어디에 있을까요? 그즈음에 당신은 어디서 무엇을 하며 어떻게 지내고 있을지 생각해 본 적이 있습니까?"

그럴 때면 청중들은 대개 막연한 표정을 짓는다. 아마도 마음속으로 이런 생각을 했을 것이다. '무슨 그런 괴상한 질문을 하는 거지, 세상일을 누가 안다고, 10년 후의 내 모습이 어떨지 어떻게 알겠어?'

물론 그렇다. 한 치 앞도 알 수 없는 것이 세상사인데 미래의 내 모습을 어떻게 미리 알 수 있겠는가? 그래서 나는 질문을 바꿔서 다시 묻는다.

"10년 후에 당신은 어디서 무엇을 하고 있을 것 같습니까?" 10년 후에 베이징이나 상하이에서 살고 있을 것이라고 말하는 이도 있고, 아마도 집을 장만해서 결혼하고 자식을 낳아 가정을 꾸리고 있을 것이라고 말하는 이도 있다. 또 10년 후에는 박사학위를 땄을 것이라는 이도 있고, 혹은 창업을 해서 회사를 꾸리고 있을 것이라는 이도 있다. 아무튼 저마다 대답이 제각각이라서 꽤나 흥미롭다. 특히 어느 사십 대 남성의 대답은 지금도 기억에 남는다. 그는 10년 후에도 특별히 성공하여 출세하지 못했다면 아마 퇴직해서 백수 신세가 되어 있을 것이라고 말해서 모두들 웃음을 터트렸다. 아마 모두들 한바탕 웃음이 가신 뒤에는 저마다 그의 말을 곱씹으며 마음속으로 느끼는 바가 있지 않았을까 싶다. 그렇다면 내가 왜 그러한 질문을 던지는지 아는가? 그건 모두가 미래 의식을 갖고 살았으면 하는 바람 때문이다. 왜냐하면 지금 내가 하고 있는 모든 일들은 나의 미래에 영향을 미치기 때문이다. 그리고 미래에 나타날 수 있는 결과나 영향을 미리 고려할 수 있다면 지금 나의 행위에 변화가 생길 것이다.

예를 들어서 오늘부터 당신이 담배를 태우기 시작했다고 가정해 보자. 흡연이 건강에 얼마나 해로운지 잘 알지만 사실 그 해로움은 막연하기 짝이 없다. 그래서 대부분 흡연의 위해성을 무시하고 만다. 까마득한 미래 일까지 일일이 따지는 것은 골치만 아프니 잠시 잊고, 지금 당장 담배를 태우며 스트레스를 해소하는 즐거움을 만끽하려는 것이다. 하지만 당신이 신뢰하는 친구가 이렇게 충고한다면 어떨까?

"지금 담배 피우면 10년 후에 너는 폐암으로 죽게 될 거야. 그러면 네가 사랑하는 가족들은 가장을 잃고 경제적으로 어려움에 처하겠지."

이런 경고를 듣고서도 당신은 계속 담배를 피울 수 있을까? 아마도 흡연에 대해 다시 한 번 심사숙고하게 될 것이다. 그렇다면 이번에는 정반대의 측면에서 따져보자. 만일 당신이 지금 좋은 습관을 갖고 있거나 혹은 어떤 의미 있는 일을 하고 있다면 어떨까? 아마 앞으로 10년 후 당신은 상상 이상의 이익을 얻게 될 것이다.

고등학교 시절 우리 반에 남학생 하나가 있었다. 그는 컴퓨터 잡지에 열광하며 달마다 빠지지 않고 잡지를 사서 읽었다. 당시 우리들은 용돈이 그리 많지 않던 시절이라서 대부분 용돈이 생기면 군것질을 하거나 오락실에 놀러 갔다. 하지만 그 친구는 고집스럽게도 컴퓨터 잡지를 구독하는 데 부족한 용돈을 모조리 쏟아부었다. 우리들과 마찬가지로 집에 컴퓨터가 있기는커녕 컴퓨터 구경조차 힘들었는데도 말이다. 지금도 기억이 난다. 어느 날 우리는 수업이 끝나고 친한 친구들끼리 삼삼오오 모여앉아 장래의 꿈에 대해 이야기를 나누었다. 그때 당시 외국 음악에 심취해 있던 나는 나중에 크면 음악가가 되겠다고 했고, 또 다른 친구는 작가가 되겠다고 말했다. 그때 컴퓨터 잡지를 즐겨보던 친구는 아주 간단명료하게 이렇게 말했다.

"나는 마흔 살 이전에 퇴직해서 세계 일주를 할 거야." 당시 우리들은 내심 부러워하면서도 친구의 꿈을 '환상'이라고 일축했다. 그도 그럴 것이 당시 우리는 당연히 부모 세대들처럼 남자는 60세 이

전에, 여자는 55세 이전에 퇴직하는 것이라고 생각했다. 하물며 한창나이인 마흔 살 이전에 퇴직하다니? 우리는 생각조차 해보지 못한 일이었다. 그렇다면 어느덧 십여 년이 훌쩍 지난 지금 그 친구는 어디에 있을까? 언젠가 나는 그 친구에게 문자 메시지를 남긴 적이 있었다. 친구는 이틀이 지나서야 회신했는데, 지금 플로리다의 해변에서 휴가를 즐기고 있다고 했다. 그렇다, 우리가 생활 전선에서 고군분투하는 동안 내 친구는 이미 자신의 꿈을 이루었던 것이다.

대학교 입학시험을 치를 때 그 친구는 일반 대학의 컴퓨터학과를 지원했다. 당시 컴퓨터학과는 이제 막 신설된 생소한 학과로서 생물학이나 경제학만큼은 인기가 높지 않았다. 그 때문에 대부분의 학생들은 컴퓨터학과에 진학하고 나서야 컴퓨터에 대해 배우기 시작했다. 그러나 내 친구는 달랐다. 그는 수년에 걸쳐 컴퓨터 잡지를 구독하며 컴퓨터에 대한 지식을 갖춘 뒤에 대학교에 갔다. 그는 그동안 배운 이론을 실습에 거뜬히 응용하며 학과에서 가장 뛰어난 학생이 되었다. 또한 그는 대학교 재학 시절 선진적인 기술을 갖춘 회사에서 인턴 과정을 밟으면서 컴퓨터 관련 프로젝트를 수행하며 실전 경험을 쌓았다. 기술을 익히는 한편 돈까지 벌었기에 매번 친구들과의 회식비용은 그 친구의 몫이었다. 덕분에 그 친구는 모두의 선망의 대상이 되기도 했다.

친구는 대학을 졸업한 이후 회사를 창업했다. 그의 기술과 두뇌력을 높이 산 투자가가 그가 창업할 수 있도록 투자금을 대주었던 것이다. 창업 초창기에는 적잖은 고생을 했지만 점차 회사 운영이 안정

권에 접어들었고, 이제 그의 회사는 시가 총액 수십억에 달하는 상장 회사로 발전했다. 비상장 주식을 대량으로 갖고 있는 내 친구는 일선에서 물러난 뒤 해마다 세계 각국을 여행하는 느긋한 삶을 살며 우리 모두의 부러움을 한 몸에 받고 있다. 물론 부러움은 어디까지나 부러움일 뿐, 비록 그 친구처럼 많은 주식을 보유하고 있지 않지만 그렇다고 우리 생활에 부족함이 있는 것은 아니다. 다만 여기서 내가 그 친구 이야기를 꺼내는 이유는 세 가지 이치를 짚고 가기 위해서다.

첫째는, 인생 계획은 최대한 빨리 세우는 것이 좋다. 앞으로 나아갈 방향을 알고 있다면 무슨 일을 하든 그 방향으로만 노력을 기울이게 되기 때문이다.

둘째로, 계획만 세워서는 안 된다. 탁상공론만 할 것이 아니라 직접 실행에 옮겨야 한다는 뜻이다. 계획만 세워놓고 그 어떤 구체적인 노력도 기울이지 않는다면 도대체 무엇으로 당신의 꿈과 목표를 이루겠는가?

셋째로, 단숨에 정상에 오르겠다는 허황된 목표는 금물이다. 천 리 길도 한 걸음부터라는 말이 있다. 원대한 목표를 실현하려면 반드시 가까운 곳의 구체적인 목표부터 달성해야 한다. 생각해보라. 높은 산봉우리를 오르기 위해서는 산기슭에서부터 차근차근 올라가야 하지 않겠는가? 정상에 오르기까지 인내심과 느긋한 여유가 없다면 당신은 '성공 집착증'에 시달리게 될 것이다.

나에게 이런 불평을 늘어놓는 이들이 많다.

"어휴, 정말이지 모든 것이 막연하기만 해서 언제 성공하고 출세할지 그저 까마득하기만 합니다. 특별한 배경이 있는 것도 아니고 그렇다고 목표가 있는 것도 아니고 그저 하는 일 없이 허송세월만 하고 있는 것 같아요."

사실 그러한 조급증이 나타나는 이유는 성공과 눈앞의 이익에만 급급하기 때문이다. 물론 하룻밤 사이 억만장자가 되는 성공 사례가 즐비한 요즘 사회의 조급하고 들뜬 분위기도 그런 조급증을 부채질하는 것이 사실이다. 하지만 우리는 냉철하게 깨달아야 한다. 수많은 성공가들의 뒤에는 고통스러운 과정이 있었고, 또한 그 과정은 매우 느리고 길었다는 사실을 말이다. 예컨대 커다란 거목이 되고 싶다면 하찮은 잡초와 비교해서는 안 된다. 잡초는 성장 속도가 매우 빠르다. 단기적으로 보면 다른 것과는 비교도 할 수 없을 정도로

빠르다. 하지만 수년이 지난 뒤 한번 비교해보라. 잡초는 수차례 뽑혀나가기를 반복하는 반면에 나무는 여전히 그 자리를 굳건히 지키고 있다. 생각해보라. 이 세상에 고목이나 거목은 있지만 수십 년 묵은 거대한 잡초를 본 적이 있는가 말이다. 무슨 일을 하든 중요한 것은 속도가 아니라 꾸준한 발전력이라는 점을 잊어서는 안 된다.

리엔홍李彦宏, 바이두의 창업자 겸 CEO-역주을 군이 부러워할 필요는 없다. 대학 시절 리엔홍은 정보관리학과 학생이었지만 그의 관심은 오로지 토플 시험과 미국 대학원 입학자격시험인 GRE뿐이었다. 그가 대학 4년 내내 교실과 도서관, 기숙사만을 분주히 오가는 동안 당신은 무엇을 하고 있었는가? 그의 목표는 미국 유학이었으며, 인생 목표는 컴퓨터 전공에 있었다. 그에 비해 당신은 어떠한가? 지금 당신에게는 미래 계획이 있기라도 한가?

마윈馬雲, 중국 최대 전자상거래업체 알리바바의 창업자-역주 역시 군이 부러워할 필요는 없다. 마윈은 서른 살 이전까지만 해도 영어 선생님이었다. 하지만 그는 자신의 인생 목표를 세우고 미래를 위해 만반의 준비를 갖췄으며, 이는 곧 그에게 성공을 안겨주었다. 그렇다면 당신은?

10년 후 당신의 모습을 지금부터 생각하는 것은 너무 이르다고 생각하는가? 결코 그렇지 않다! 바로 지금 당장 10년 후의 모습을 생각하라. 그렇지 않으면 당신의 인생은 이미 출발선에서부터 뒤처지게 된다. 일단 목표를 세우면 즉각 행동으로 옮겨라. 그러면 당신의 인생은 그 순간부터 변화할 것이다.

지금
당신의 가치는
얼마인가?

비록 자존심 상하게 하는 말이기는 하지만 여러분에게 이런 질문을 하고 싶다.

"지금 당신의 가치는 얼마인가? 혹시 땡전 한 푼의 가치도 없지 않은가?"

참으로 불쾌한 질문이기에 대부분의 사람들은 벌컥 화부터 내며 반박한다.

"무슨 그런 기분 나쁜 질문을 하는가? 나야 물론 가치 있는 사람이지, 난 내 능력을 믿고 있으며……."

숱한 이유와 근거를 대지만 그 누구도 자신의 가치가 어디에 있는지 구체적으로 답하지 못한다. 취업 시장에서 당신은 하나의 상품이다. 당신이라는 상품의 이점, 핵심 경쟁력은 과연 어디에 있을까?

대학 졸업의 학력은 당신이 충분한 교육을 받았다는 사실만 증명할 뿐 그 어떤 것도 증명하지 못한다. 대부분의 구직자들은 신입사원의 초봉이 너무 낮다고 불평을 늘어놓는다. 하지만 내가 보기에 그들의 상품으로서의 가치는 딱 그 초봉 수준이며, 심지어는 그 수준에 미치지도 못하는 경우가 많다고 생각한다. 당신에게 상품으로서의 가치가 있는지, 또 그 가치가 얼마나 높은지 측정하고 싶다면 '대체 불가성'을 기준으로 삼을 수 있다. 즉, 당신이 과연 대체 불가능한 사람인지, 아니면 그 누구라도 당신 대신 그 자리에서 일할 수 있는지를 보면 된다.

인터넷에서 한때 널리 퍼졌던 이야기가 있다. 어느 직원이 사장에게 '10년간의 업무 경험'을 내세우며 연봉 인상을 요구했다. 그러나 사장은 이를 단칼에 거절했다. '10년간의 업무 경험'이 있는 것이 아니라 그저 '똑같은 경험을 10년 동안 한 것뿐'이라는 이유에서였다. 그 말이 그 말인 듯싶은데 도대체 무슨 차이가 있단 말인가? 간단하다, 당신이 하는 일이 아무런 기술적 요소가 없어 그 누구라도 배워서 대체할 수 있는 일이라면 1년을 일하나 10년을 일하나 매한가지라는 소리다.

언젠가 친구가 내게 친척의 일자리를 부탁해온 적이 있었다. 샤오성小勝이라는 남학생이었는데, 말이 남학생이지 나이가 스물네다섯 살인 청년이었다. 그는 고등학교를 졸업한 이후 베이징 외곽의 휴대폰 부품 하청업체에서 일했는데, 그가 맡은 일은 휴대폰 케이스의 도색 작업이었다. 주문량이 많아 공장이 풀가동될 때는 그의 월수입도 꽤나 좋아서 전셋집도 얻고, 신용카드도 여러 장 가지고 다녔다. 또 공장에는 여직원이 많아 여자 친구도 끊이지 않아서 비교적 만족스러운 나날을 보낼 수 있었다.

하지만 국내 대형 휴대폰 생산업체가 줄지어 도산하면서 공장의 주문량도 점차 줄어들더니 결국 회사 사장은 대규모 인원 감축을 단행했다. 샤오성은 7, 8년의 업무 경험이 있었지만 약간의 실업급여를 받고 실업자 신세가 되고 말았다. 나름대로 업무 경험이 풍부하다고 자부하고 있던 샤오성은 다른 일자리를 구하는 데 별다른 걱정이 없었다. 하지만 정작 현실은 그의 생각과는 너무 달랐다. 샤오성을 채용하려는 회사는 한결같이 적은 월급을 제시했고, 또 그가 원하는 회사는 샤오성을 채용하지 않았다. 그리하여 여태 실직자 신세를 면하지 못하고 있었던 것이다. 나는 친구의 부탁을 받고 샤오성을 만난 자리에서 나를 채용 면접관으로 생각하고 자기소개를 해보라고 했다. 하지만 막상 그의 자기소개를 듣고는 이렇게 대답해줄 수밖에 없었다.

"유감스럽군, 지금의 조건으로는 자네가 원하는 연봉 수준의 회사에 소개해줄 수가 없네."

샤오성이 억울하다는 듯 내게 따져 물었다.

"이유가 뭡니까? 저는 업무 경험이 풍부한 경력 사원인데 어떻게 신입 사원들과 똑같은 월급을 받으라는 겁니까?"

이에 나는 이렇게 대답했다.

"사회는 치열한 생존 경쟁을 벌이는 냉혹한 현실 세계라서 오로지 능력만이 인정받는 곳이네. 자네는 8년 전이나 지금이나 기능공에 불과하네. 8년을 일했지만 자네에게는 기술적인 발전이 없었어. 막말로 길거리에서 아무나 불러다 두세 시간 작업 요령을 가르쳐주면 그 누구라도 자네를 대신해서 그 일을 할 수 있네. 그런 자네에게 누가 월급을 많이 주겠나? 업무 경험이 많다고 자부하지만 그건 아무런 가치가 없는 경험에 불과하네. 아니, 자네 나이가 많아질수록 그 업무 경험은 오히려 약점이 될 수 있어. 생각해보게, 자네 나이가 마흔 살이 되었을 때 갓 스무 살의 젊은 청년보다 그 일을 더 빠르고 민첩하게 할 자신 있나?" 나의 말에 샤오성은 당황하고 말았다. 나는 샤오성이 현실을 직시하게 해주기 위해 잔인한 질문을 던지지 않을 수 없었다.

"만일 자네가 여자라면, 지금의 자네와 결혼하겠나? 아니, 자네가 회사 사장이라고 생각해보게, 지금 자네와 같은 조건의 사람을 채용하겠나?"

내 말뜻은 이랬다. 스스로가 생각하기에 지금의 자신이 결혼 상대나 신입사원으로서 만족스러운 조건을 갖추고 있지 않다고 판단된다면, 그동안 자신이 걸어온 과거를 되돌아보고 반성해야 한다. 사실 채용 면접관의 입장에서 나는 의구심을 품지 않을 수 없었다. 그토록 오랜 시간 일을 했는데도 왜 아직까지 생산라인을 벗어나지 못했는지 말이다. 내가 생산라인의 작업을 무시해서 하는 말이 아니다. 다만 경영관리학에서 말하는 '피터의 법칙Peter Principle'을 떠올린 것뿐이다. 이른바 '피터의 법칙'은 조직 내에서 모든 구성원은 무능이 드러날 때까지 승진하려는 경향이 있음을 나타내는 말이다. 도대체 무슨 뜻일까? 쉽게 말해 현재의 업무 부서에서 뛰어난 능력을 보인 사람은 당연히 좀 더 높은 직책으로 승진하여 자신이 감당할 수 없는 직책까지 오르려는 경향을 보인다는 말이다. 이를 바꿔 말하면, 당신이 똑같은 직책에서 오랜 시간 머물러 있다면 그건 곧 당신이 그 직책을 감당하지 못하고 있다는 뜻이다. 나는 마지막으로 샤오성에게 이렇게 충고했다.

"자네는 이미 너무 많은 시간을 낭비했네. 10년 후에도 자네가 여전히 생산라인의 기능공으로 머물러 있다면 월급이 인상되기는커녕 그 누구도 자네를 채용하지 않을 거네. 자네에게 일자리를 소개해주겠지만, 그 전에 먼저 약속하게. 앞으로는 진취적인 마음으로 열심히 노력하며 자네의 가치를 꾸준히 높여서 미래 경쟁력을 갖춰나가겠다고 말일세."

샤오성이 내 충고를 잘 귀담아들었는지, 또 그 후 어떻게 됐는지는 나도 잘 모른다. 다만 그가 아무런 변화 없이 과거와 똑같은 생활을 하고 있지는 않을지 적잖이 걱정스러울 뿐이다. 만일 당신이 그동안 걸어왔던 길을 이해하고 싶다면 현재 자신이 처한 상황을 보라. 또한 당신의 미래를 알고 싶다면 역시 현재의 자신을 보라. 지금 당신이 어떤 상황에 놓여 있든 중요하지 않다. 무엇보다 중요한 것은 과거를 떨쳐버리고 새로운 내일을 위해 노력해야 한다는 사실이다. 이 점을 명확히 인식하고 내일을 위해 노력을 기울인다면 당신의 인생은 훨씬 풍요롭고 다채로워질 것이다.

어느 날 오후, 횡단보도를 건널 때였다. 교통신호등이 바뀌기를 기다리고 있던 참이었는데 마침 옆에는 엄마 손을 잡은 어린 소년이 있었다. 소년은 한쪽 인도에서 땀을 뻘뻘 흘리며 전단지를 나눠주고 있는 중년 남자를 가리키며 엄마에게 물었다.

"엄마, 이렇게 더운데 왜 저 아저씨는 길가에 서서 전단지를 나눠주는 거야?"

엄마의 간단한 대답이 들려왔다.

"그건 저 아저씨의 직업이야."

"아빠도 직업 있잖아. 근데 아빠는 회사 사무실에서 일하잖아."

나는 나도 모르게 엄마의 대답에 귀를 기울이게 되었다.

"너도 열심히 공부 안 하면 나중에 저 아저씨처럼 더운 여름날 뙤약볕 아래서 일하게 될 거야. 그러니까 아빠처럼 사무실에서 에어컨 쐬면서 편하게 일하고 싶으면 열심히 공부해야 돼."

솔직히 말해서 아이의 꿈을 키워주는 좀 더 창의적이고 멋진 대답을 내심 기대했던 나는 못내 실망했지만, 한편으로는 대단히 현실적인 대답이라는 생각이 들었다. 지금 내가 서 있는 위치는 지난 과거에 당신의 선택과 노력에 따른 결과물이다. 당신이 얼마나 가치 있는 사람인지 제아무리 떠벌리고 강조해도 소용이 없다. 일정한 시간 동안 당신이 했던 결정과 누적된 시간이 지금 당신의 가치를 결정하기 때문이다. 지금 당신의 가치는 바로 당신의 과거가 결정한다. 마찬가지로 미래의 당신의 가치는 현재가 결정해준다. 그러므로 우리는 하루하루를 내 생의 마지막 날처럼 여기며 치열하게 살아야 한다.

출발선에서
뒤처진 사람은
곧 인생의 실패자인가?

　어린 시절만 해도 나는 '모든 사람은 똑같은 인생의 출발선에 있다.'는 말을 믿었다. 그렇지만 점차 자라면서 깨닫게 되었다. 우리는 어머니 뱃속에서 잉태되는 수정란 시절부터 이미 저마다 다른 인생의 출발선에 서게 된다는 사실을 말이다. 하지만 역설적이게도 그러한 생각 때문에 나는 그 어떤 어려움에도 굽히지 않는 강인한 정신력과 노력만 있다면 운명을 바꿀 수 있다고 믿게 되었다. 그렇지 않았다면 아마도 지금쯤 나는 어린 시절의 친구들처럼 작은 소도시에서 비슷비슷하게 살아가고 있을 것이다. 어쩌면 당신도 나처럼 평범한 가정에서 자랐을지 모른다. 좋은 대학에 진학하는 행운조차 얻지 못한 이도 있을 것이다. 하지만 그러한 것들은 중요하지 않다. 내가 단연코 말하건대, 인생의 출발선은 당신이 생각하는 것만큼 그다지 중요하지 않다. 인생의 출발선에서 남들보다 좀 뒤처진 것이 뭐 어떤가? 미래에 대한 확고한 믿음을 갖고 끊임없이 스스로를 단련해 나간다면 언젠가는 크나큰 성취를 이루고 성공의 무대에 오르게 될 것이다. 가령 포커게임에서 최고의 카드를 얻는다고 해서 승부를 장담할 사람이 어디 있는가? 설령 나쁜 카드일지라도 침착하게 한 장 한 장을 잘 활용하여 게임을 해 나간다면 승리를 차지할 수도 있지 않겠는가?

　여러 해 전 내가 회사에서 일하기 시작했을 무렵이다. 한번은 회사에서 웹디자이너를 공모했다. 지금은 웹디자인을 전공하는 학생들이 부지기수이지만 당시만 해도 웹디자인은 그다지 인기 있는 직종이 아니었다. 당시 인사 업무를 주관하던 동료가 면접 중에 있었던 일을 나에게 들려줬다. 입사 지원자 가운데 웹디자인 작품 샘플은 물론 자신이 그동안 작업한 디자인 샘플까지 자료를 완벽하게 준비해서 제출한 사람이 있었다. 인사 담당자들은 매우 흡족해했지만 해당 지원자의 학력 문제로 망설이지 않을 수 없었다. 그 입사 지원자에게는 고등학교 졸업장조차 없었기 때문이다. 이를 눈치챈 지원자가 이렇게 말했다.
　"저는 평범한 사람이 아닙니다."
　그는 잠시 숨을 돌리더니 다시 이어서 말했다.
　"이 세상에는 평범한 사람이 너무 많아서 저는 그 축에도 들지 못

합니다."

지원자의 재치 있고 유머러스한 말에 채용 담당자들은 이내 귀를 기울이게 되었다.

"저는 고등학교도 채 졸업하지 못했지만 저희 집에서는 최고 학력에 속합니다. 저는 천부적으로 타고난 특별한 재능도 없고, 그렇다고 남들보다 각별의 노력을 기울이지도 않았습니다. 집안 형편도 넉넉하지 않아 따로 기술을 배울 여유도 없었지요. 성적도 평범하기 이를 데 없었습니다. 고등학교 2학년 때 타지에서 건설회사 인부로 일하는 고향 사람이 내려와 일할 사람을 찾았는데, 그때 아버지가 저를 그 사람에게 딸려 보냈습니다. 그때부터 공사장에서 일을 시작했는데, 제 나이 열일곱 살 무렵이었습니다. 공사장 인부 일을 그만둔 뒤에는 호텔 잡역부로 일하다 다시 알루미늄 제련 공장, 비닐봉지 제조공장에서 일했고, 부동산 중개업 일도 했습니다. 한번은 악덕업자에게 속아 공장에서 강제로 일하다 밤에 담장을 넘어 도망친 적도 있었습니다. 여기 잘린 손가락은 제재소에서 나무판자 자르는 일을 도우다 사고가 난 것입니다. 올해 저는 스물네 살입니다. 초등학교 동창생들은 모두들 저와 마찬가지로 전국 곳곳으로 뿔뿔이 흩어져 돈을 벌었습니다. 식당의 주방장으로 일하거나, 광산에서 석탄을 캐거나, 공장의 조립공으로 일하다 스무 살 중반 무렵에 대부분 고향으로 돌아갔습니다. 그동안 번 돈으로 집을 장만하고 결혼해서 가정을 꾸렸지요. 하지만 저는 그 친구들과는 영 딴판이었습니다. 책을 좋아했는데, 여느 친구들과 같은 인생을 살지 않기로 결심했지요. 부모님은 이런 저더러 분수를 모른다고 질타했기에 아무런 도움조차 기대할 수 없었습니다. 하지만 주변의 숱한 질타에도 저는 뜻을 굽히지 않았습니다. 저는 온갖 스트레스와 수모 속에서 고통스러운 시간을 보내며 적잖은 방황을 했습니다. 속칭 금수저와 흙수저로 비유되는 신분 차이가 무엇인지를 알게 되었고, 생각과 현실의 벽에 부딪히면서 내가 왜 남들보다 더 갑절의 노력을 해야 하는지를 뼈저리게 느꼈습니다. 저는 자괴감에서 벗어나 스스로 자부심을 느낄 수 있는 일을 하고 싶었습니다. 그런데 막상 그런 일을 찾으려고 하니 저의 조건은 학력은 물론 업무 경력이나 외국어, 그 어느 것 하나도 채용 기준에 맞지 않더군요. 무수히 많은 곳에 이력서를 냈지만 저를 거들떠보는 회사는 어느 한 군데도 없었습니다. 그 뒤 제가 어느 별장에서 허드렛일을 하고 있을 때였습니다. 우연히 집주인이 전화 통화를 하면서 "앞으로 인터넷이 대세가 될 테니 아들에게 웹디자인 공부를 시키게."라고 말하는 것을 들었습니다. 순간 저는 보물섬을 발견한 듯한 기분이 들었습니다. 어둡고 답답하기만 하던 저의 인생에 한줄기 희망의 빛이 깃드는 순간이었습니다. 이것은 어쩌면 내 인생을 바꿔줄 마지막 기회가 될지도 모른다는 생각을 했지요. 학원비가 비싸서 부모님의 격렬한 반대에 부딪혔지만 저는 뜻을 굽히지 않았어요. 그동안 피땀을 흘려 모은 돈을 모조리 학원비로 쏟아부었습니다. 제가 웹디자인을 배우려고 얼마나 많은 노력을 했는지 아마 여러분들도 충분히 짐작하실 수 있을 겁니다. 그런 노력이 있었기에 학원 강사가 저를 이 회사에 추천해준 겁니다."

지원자가 담담하게 자신의 인생 이야기를 털어놓자 인사 담당자였던 내 친구는 그에게 이런 이야기를 들려줬다.

　"이제 갓 중학교에 들어간 소년이 있었네. 그날은 사진사가 학생들의 수업 광경을 촬영하는 날이었지. 평소 사진을 찍을 기회가 없었던 소년은 무척이나 흥분했고, 가장 좋은 위치에서 자신이 찍히기를 바라는 마음에 반짝반짝 눈을 빛내며 사진사를 뚫어져라 쳐다봤다네. 그런데 사진사가 소년을 훑어보더니 이내 인상을 찌푸리며 교사에게 이렇게 말하지 뭔가. "저 소년을 뺐으면 좋겠는데요? 저 아이의 옷차림이 너무 누추해서 그림이 별로 좋게 나올 것 같지 않아요." 그 말을 들은 소년은 교사가 뭐라고 말도 하기 전에 자리에서 벌떡 일어섰다네. 그러고는 아주 고집스럽고 또 자만심 넘치는 태도로 정중앙에서 떡 버텼다네. 중학교 다닐 나이면 어느 정도 세상 이치에 대해서는 충분히 알 때였지. 소년은 자신의 옷차림이 허름하다는 것도, 또 남들에 비해 가난하다는 것도 잘 알고 있었어. 그리고 가난한 살림에도 자신이 충분한 교육을 받을 수 있도록 부모님이 최선을 다하고 있다는 사실도 말일세. 소년은 사진사를 정면으로 바라보며 주먹을 쥐고 맹세했다네. '언젠가는 세계 최고의 부자가 될 테다! 사진사가 사진을 찍어주는 것이 뭐 대수라고, 난 세계 최고의 화가가 내 자화상을 그리게 만들고 말 테다!' 그 뒤 학생은 고등학교 졸업을 두 달 남겨두고 아버지 때문에 더 이상 학교를 다니지 못하고 그만뒀다네."

　"그 소년이 선생님이십니까?"

"아니, 내가 아닐세. 그 소년의 이름은 존 록펠러John Davison Rockefeller네. 미국의 석유왕이자 미국 최고의 갑부였지. 그의 재산이 얼마나 되는지 아나? 2003년 미국 경제 전문지 〈포브스Forbes〉가 집계한 세계 억만장자 순위에 오른 사람이기도 하지. 만일 그가 아직도 살아 있다면 아마도 재산이 2,000억 달러에 달할 걸세. 당시 세계 최고 부자였던 빌 게이츠Bill Gates는 재산이 407억 달러였네. 그는 아들 록펠러 주니어에게 보내는 편지에서 당시 가슴 아팠던 경험을 이렇게 회고했었네. '나의 아들 존, 그때 나의 맹세는 현실이 되었다. 그때 나에게 수치심을 안겨주었던 말은 내 존엄에 생채기를 내는 날카로운 비수가 아니라 내 꿈을 성취할 수 있도록 분발하게 해준 강인한 원동력이 되었다. 그 가슴 아픈 기억은 결과적으로 그 사진사가 가난한 아이에게 세계 최고의 갑부가 되라고 격려해준 셈이 되었다.' 나는 자네가 세상 풍파를 다 겪은 뒤에는 그 소년처럼 성공하여 세상 모든 사람들에게 자네의 인생 이야기를 들려주기를 바라네."

마지막에 그 지원자가 면접장을 나설 때 내 친구는 그렇게 말해주었다. 물론 그 지원자는 채용되어 우리의 동료가 되었다. 그가 회사를 떠난 뒤에도 우리는 꾸준히 연락을 주고받았는데, 지금 그는 유명한 인터넷 기업의 중견 간부가 되었다. 아주 대단한 성공을 거둔 것은 아니지만 최소한 그는 자신이 원하는 삶을 살고 있다. 그가 태어날 때 주어졌던 운명을 제 손으로 바꾼 것이다.

스스로 생각하기에 인생의 출발선에서부터 뒤처졌다고 생각하는 사람들에게 묻고 싶다. 당신은 어떤 삶을 살아왔는가? 그 사진사처럼 불공정하고 부당한 모욕을 주는 사람을 만났을 때 당신은 어땠는가? 그 수치심과 분노를 스스로를 채찍질하는 원동력으로 삼았는가, 아니면 매 번 하늘을 원망하며 자괴감에 괴로워했는가?

세상과 타인을 원망하기보다는 당신의 생각을 바꿔라. 인생은 신작로처럼 펼쳐져 있는 경기장을 달리는 것이 아니라 가파른 산봉우리를 넘는 일이다. 그 산을 넘는 과정이 매우 괴롭고 힘들겠지만, 다른 한편으로는 뛰어난 경관을 감상할 수 있다. 당신의 눈길이 닿는 곳이 바로 당신 인생의 종착지다. 남들보다 출발선에서 뒤처지면 어떠한가? 남들보다 뒤처졌다는 것은 그저 당신이 남들보다 좀 더 노력을 기울여야 한다는 사실에 지나지 않는다.

인생의 출발선에서 뒤처진 탓에 남들에 비해 충분한 하드웨어적 환경을 갖추지 못한 것은 그다지 중요하지 않다. 정작 중요한 것은 당신의 소프트웨어적 능력이다. 당신의 사고방식과 세상을 보는 눈, 세상을 품는 도량을 꾸준히 향상시킨다면 언젠가는 남들보다 우월한 하드웨어적 환경을 갖춘 자신을 보게 될 것이다.

당신이
원하는 인생을 위해
지금 시작해도 늦지 않다

주변의 동료나 친구가 곧잘 이렇게 탄식하는 것을 많이 듣는다.

"에이, 이젠 나도 늙었어, 조금만 더 젊다면 지금처럼 살지는 않을 텐데. 무한한 가능성이 있는 젊은이들이 너무 부럽다."

나는 갓 서른 살의 나이에 그런 말을 하는 이들을 도무지 이해할 수가 없다. 이제 겨우 서른 살임에도 더 이상 인생을 바꿀 수 없다고 자포자기하는 사람은 다시 이십 대 시절로 돌아간다고 해도 지금과 똑같은 전철을 밟을 것이다. 어린 시절 부모님은 우리에게 공부를 열심히 하라고 교육했다. 부모님은 '될성부른 나무는 떡잎부터 알아본다.'라는 말처럼, 어린 시절 얼마나 열심히 공부했느냐에 따라 우리 미래가 결정된다고 여겼다. 또한 자신들 나이가 되어 후회하는

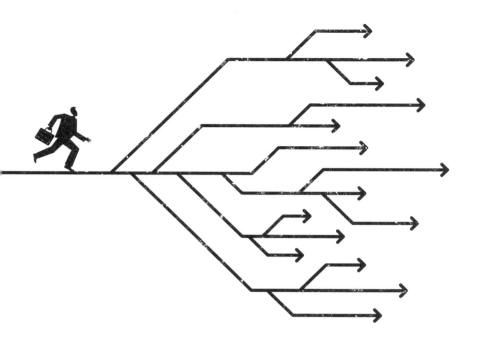

일이 없도록 열심히 하라고 조언했다. 그래서 대부분의 사람들은 중년의 나이가 되면 마치 인생을 다 산 사람처럼 초조감과 불안감에 빠지기 일쑤다. 자신의 인생을 바꾸려는 노력은 전혀 하지도 않으면서 말이다. 사실 당신이 원하는 인생은 믿음과 노력만 있다면 지금 시작해도 전혀 늦지 않는데 말이다.

2015년 9월 중국 국영방송 CCTV의 대표적 아나운서인 장취안링張泉靈이 갑작스레 사직서를 제출해서 화제가 된 적이 있다. 당시 그녀는 '인생의 후반부'라는 글에서 이런 말을 했다.

"내가 유일하게 가지고 있는 것은 호기심이다. 숱한 고난을 헤치며 치열하게 살아온 지난 세월은 나이 마흔두 살인 나의 호기심을 갉아먹지 못했다. 나를 사랑하는 이들은 걱정스러운 마음에 나의 사직을 만류했지만 결국에는 나의 호기심을 억누르는 것이 오히려 나를 죽이는 것이라는 점을 이해해주었다. 나는 지금 어항을 박차고 나가려고 한다. 지금 몸담고 있는 방송국이 싫거나 그 시스템을 견딜 수 없어서가 아니다. 점차 고착되어 가는 나의 사고방식 때문이다. 지금 내가 가려는 새로운 길이 안전하다고 주변 사람들은 물론 나 자신도 설득할 자신은 없다. 최초로 바다를 떠나 육지로 첫걸음을 내디딘 고등 생물은 폐가 완전히 진화되기 전까지 숱한 죽음을 반복했을 것이다. 이미 결정한 이상 성공하든 실패하든 나는 새로운 시작을 할 것이다. 인생에서 가장 소중한 것은 시간이다. 마흔두 살의 나에게 스물다섯 살의 젊음과 패기는 없지만 지금 당장 새로운 인생을 시작하지 않으면 애꿎은 일 년을 허비하고 곧 마흔세 살이 될 것이다."

그렇다. 인생에서 늦은 시작은 없다. 호기심과 용기만 있다면 언제 시작하든 늦지 않다. 오랫동안 방송국에서 일하면서 방송사의 메인 아나운서로 자리매김한 그녀는 누가 보기에도 안정적인 직업에 종사하며 사회적 성취를 이룬 성공한 사람이었다. 그러나 그녀는 자신의 안정적인 직장을 박차고 나가기로 결심했다. 왜? 바로 인생의 후반부를 좀 더 새로운 삶으로 채워나가고 싶었기 때문이다. 나는 장취안링의 사직을 이슈로 삼아 몇몇 동료들과 이야기를 나눈 적이 있었다. 매번 자신이 너무 늙었다며 탄식하던 동료들의 관점은 대부분 이랬다.

"안정적인 직장에서 승승장구하고 있고 사회적으로도 명성을 얻었는데, 왜 회사를 그만두려는 거지?"

"방송 업계에서만 일하다 낯선 업계에서 새로 시작한다는 것이 결코 녹록한 일이 아닌데 말이야, 성공을 장담할 수 없는데 왜 사서 고생을 하려는 거지?"

모두들 나와는 관점이 달랐다.

장취안링은 익숙한 방송 업계를 떠나 인터넷 사업의 물결에 동참했다. 그녀의 새로운 시도에 성공을 보장하는 이는 아무도 없었다. 심지어 그녀는 내 동료들만큼 인터넷 사업에 해박하지 못할지도 모른다. 하지만 장취안링이 누구보다 더 잘 알고 있다는 것만은 확실했다. 자신이 이전과는 다른 새로운 인생을 원하고 있으며, 인터넷 사업으로 뛰어든 것은 그러한 새로운 인생의 시작이라는 사실을 말이다. 그녀는 스스로 원하는 일이 있고, 아직 왕성한 호기심이 남아 있으며, 최선의 노력을 기울일 만반의 준비가 되어 있다면 지금 시작해도 결코 늦지 않다고 여긴 것이다. 시도조차 해보지 않고 자신이 성공하지 못하리라는 걸 어떻게 알 수 있는가? 자신의 나이가 많다고 푸념하는 사람들 중에 모세Moses 할머니보다 나이가 더 많은 이가 있는지 새삼 궁금해진다.

모세 할머니는 미국에서 사랑받는 국민 화가였다. 그녀는 가난한 농부의 딸로 태어나 변변한 교육도 받지 못한 채 어느 농장에서 남의집살이를 했다. 바닥을 닦고, 우유를 짜고, 시럽을 만드는 등 잡다한 일이 그녀의 몫이었다. 스물일곱 살이 되던 해에 그녀는 같은 농장에서 일하던 청년과 결혼을 했다. 그리고 자신의 어머니가 그랬던 것처럼 자식을 낳고 가족을 보살피며 살았다. 일흔여섯이 되기 전까지만 해도 모세 할머니의 일상은 여느 농장 인부들과 똑같았다. 일흔여섯이 되었을 때도 그녀는 자수를 놓는 일을 하고 있었다. 하지만 불행히도 관절염에 걸려 더 이상 자수 놓는 일을 할 수 없게 되었다. 이때 모세 할머니는 붓을 들고 그림을 그리기 시작했다. 그리고 뜻밖에도 여든 살이 되었을 때 그녀는 뉴욕에서 개인전을 열어 사회적으로 선풍을 불러일으켰다. 그 후 그녀의 작품은 미술 시장에서 인기리에 팔렸으며 수많은 상을 휩쓸었다. 1961년 12월 13일, 화가 모세 할머니는 뉴욕의 후식Hoosick 폭포에서 향년 101세의 나이로 별세했다. 그녀는 열한 명의 손자와 서른한 명의 증손자, 그리고 그녀의 업적에 경탄하는 수많은 숭배자를 남겨두고 떠났다. 모세 할머니는 정규적인 미술 교육을 받지 못했지만 그림을 향한 열정으로 놀라운 창작력을 발휘했다. 그녀는 20여 년 동안 화가로 활동하면서 총 1,600개의 작품을 창작했다. 모세 할머니의 성공은 하늘이 그녀에게만 특별히 내려준 행운도 아니고, 또 우연히 얻어진 것도 아니다. 평생을 살아오면서 직접 경험한 삶과 추억들이 그녀에게는 그림의 소재가 되고 창작의 영감이 되었다. 그러한 삶과 추억은 우리 모두에게도 있다. 하지만 과연 일흔여덟의 나이에 붓을 들고 화가의 길로 나갈 용기가 있는 사람이 과연 얼마나 될까? 모세 할머니는 이런 말을 한 적이 있다.

"그림은 누구나 언제든지 그릴 수 있다."이 말속에는 깊은 이치가 담겨 있다. 당신이 꿈꾸는 일, 당신이 정말로 원하는 인생은 언제든지 시작해도 늦지 않다는 뜻이다. 어쩌면 당신은 장취안링보다 인터넷 업계에 대해 더 많은 것을 알고 있고, 모세 할머니보다 더 훌륭한 교육을 받았으며, 또 그들보다 훨씬 젊을지 모른다. 해마다 전국 각지의 대학교에서는 무한한 가능성이 있는 젊은이들을 배출하고 있다. 그러나 그들 중에 장취안링이나 모세 할머니처럼 자신이 원하는 인생을 용감하게 찾아 나서는 이가 과연 얼마나 될까? 그중 대부분의 사람들은 모두가 그러하듯 사회의 관습과 규정대로 살아가거나 자신보다는 남들의 눈을 의식하며 살아간다.

어떤 삶이든 간에 자신이 원하는 삶을 살지 못하는 이유는 능력이 부족해서가 아니다. 바로 용기가 없어서다. 당신이 원하는 삶을 이루지 못했다고 하늘을 원망하고 싶을 때는 먼저 자신을 되돌아보고 생각해보라. 나는 정말 최선의 노력을 다했을까? 당신이 어떤 처지에 놓여 있든 꿈을 위해 고군분투할 당신의 권리를 박탈할 수 있는 이는 아무도 없다. 당신에게 가진 게 하나도 없다고 생각될 때, 용기를 내어 당신이 꿈꾸는 삶을 좇아라. 지금 시작해도 전혀 늦지 않다.

DESIRED LIFE 5

내일에 대해
걱정할
필요가 없다

언젠가 나는 이런 흥미로운 질문을 던진 적이 있다.

"만일 10년 전의 당신이 지금 눈앞에 있다면, 무슨 말을 해주고 싶습니까?"

네티즌들의 대답은 저마다 제각각이었다. '다이어트 좀 해, 그렇지 않으면 평생 살 못 뺄 거야.'라거나, '젖 먹던 힘까지 다해서 공부 열심히 해라'라고 말해주고 싶다는 이도 있고, '대출을 얻어서라도 부동산을 많이 사둬라'라고 충고하고 싶다는 이도 있었으며, '나중에 후회하지 않도록 하고 싶은 일은 모두 경험하라'라고 전하고 싶다는 이도 있었다. 그중에서 가장 인상 깊었던 말은 '아무것도 걱정하지 말고 두려워하지 마, 너는 네가 생각하는 것보다 훨씬 강한 사람이니까.'라는 대답이었다. 사실 내가 여러분에게 해주고 싶은 말이기도 하다. 미지의 세계는 그 자체만으로 매력적이지만 또 공포의 대상이기도 하다. 날마다 눈코 뜰 새 없이 바쁜 일상에 치여 살면서 미래는 보이지 않고, 또 내일은 어떤 하루가 될지 알 수 없다는 막연함에 두려움을 느낀 적이 있을 것이다.

　나 역시 그러한 두려움에 휩싸인 적이 있다. 내일은 어떤 하루가 될까? 혹시 세상으로부터 버림받는 것은 아닐까? 눈앞에 놓인 시련은 또 어떻게 이겨나가야 할까? 여기서 잠깐 멈추고 숨을 돌려야 하지 않을까? 이러한 의문에 휩싸일 때면 어김없이 밤새 뒤척이며 잠을 이루지 못했다. 내일이 닥쳐와 봐야 비로소 그 의문의 대답을 알 수 있었으니까. 물론 지금은 그런 생각을 하지 않는다. 내일에 대한 추측과 두려움은 대부분 심리적으로 위축되어 자신감을 잃었을 때 나타나는 현상이다. 주로 외부 환경에 지나치게 의존할 때 이러한 막연함에 빠지기 쉽다. 가령 내일 좋은 일이 생기지 않을까 기대하는 것은 당신이 무의식적으로 행운을 바라고 있다는 뜻이다. 스스로의 힘으로 더욱 좋은 미래를 만들어갈 수 있다는 믿음이 결핍된 상태인 것이다. 혹은 내일 직장 상사에게 질책을 받지 않을까 걱정하는 것은 자신감이 부족하고 회사 조직에 지나치게 의존하고 있다는 방증이기도 하다. 이러한 의존성이 없어지지 않는 한 미래에 대한 두려움과 막연함은 사라지지 않는다. 그렇다면 내가 이러한 의존성에서 어떻게 벗어났을지 궁금하지 않은가? 대답은 간단하다. 나는 강해질 것이고, 좋은 일이 생기리라고 스스로 믿으려 노력했다.

가장 간단한 방법은 밤에 잠자기 전에 거울 앞에 서서 '내일은 오늘보다 더 강한 내가 될 거야.'라고 자기 주문을 거는 것이다. 가령 내일의 내가 오늘보다 더 많은 노력을 한다면 나에게는 반드시 좋은 일이 생길 것이다. 또한 내일의 내가 실수를 저지를 확률이 줄어든다면 나는 그 누구로부터도 질책을 받지 않을 것이다. 또한 내일의 내가 좀 더 적극적으로 스스로를 향상시킨다면 나는 승진과 연봉 인상의 밑천을 갖게 될 것이다. 내일의 내가 오늘보다 더 강해진다면 그 어떤 두려움도 없을 것이다.

인생에는 적잖은 두려움이 곳곳에 숨어있다. 이는 대부분 나의 나약함으로 생긴 것이고, 또 내가 성장하는 과정에서 외부의 힘으로 만들어진 어두운 그림자이기도 하다. 이러한 것들을 직시하고 맞서는 대신 도망가기만 한다면, 당신은 이내 세상이 너무 좁으며 이곳에서 내 마음 하나 편히 쉴 수 없다는 사실을 깨닫게 될 것이다. 앞날에 대한 두려움이나 나약한 마음을 극복하는 가장 간단한 방법만으로도 스스로를 강하게 단련할 수 있다. 내면의 긍정적인 에너지가 하루가 다르게 커지면서 좋은 일이 연달아 일어나는 것을 발견할 수 있을 것이다. 그리고 언젠가는 큰 행운이 당신을 찾아올 것이다.

헤베시Hevesy는 평범한 변호사다. 하지만 그가 사회에 처음 발을 디뎠을 때만 해도 그는 캔자스시티Kansas City의 작은 신탁회사의 말단 사원이었다. 그 뒤 그는 오클라호마Oklahoma의 석유회사로 자리를 옮겼지만, 얼마 지나지 않아 경제대공황이 일어나면서 해고되고 말았다. 충분한 업무 경험이 부족했던 헤베시는 서기직 이외에는 달리 할 줄 아는 일이 없었다. 하지만 그나마 서기직도 태부족해서 결국 그는 송유관 배관 공사장에서 시간당 40센트의 일당을 받으며 막노동을 해야 했다. 그 후 헤베시는 전에 일했던 석유회사에 다시 취직했다. 그런데 그가 맡은 업무는 경리부에서 투자 관련 문서를 다루는 일이었다. 회계에 대해서 백지상태나 다름없던 헤베시는 오클라호마의 회계법률학교 야간부를 다니며 회계 공부를 시작했다. 그는 지금도 그때의 결정을 자기 인생에서 가장 잘한 일이라고 여기고 있다. 3년 동안 회계를 공부한 보람이 있었다. 사장이 그의 월급을 크게 올려준 것이다. 그래서 헤베시는 털사Tulsa 대학 법학부 야간부에 입학하여 4년간의 학업 과정을 마치고 학위를 땄다. 그리고 변호사 시험에 합격하여 어엿한 변호사가 되었다. 하지만 헤베시는 여기서 멈추지 않았다. 그는 다시 회계 법률 공부를 해서 공인회계사 자격을 땄고, 그의 연봉은 점점 높아져갔다. 이제 그는 더 이상 과거 잡일이나 하던 말단 사원이 아니라 성공한 변호사가 되었다.

우리는 종종 실패를 자신의 결함 때문이라고 치부하곤 한다. 사실 그러한 결함은 지혜로 충분히 메울 수 있는데도 말이다. 이 세상에는 나의 꿈이나 목표를 이룰 수 있도록 도와주는 사다리가 있기 마련이다. 그 사다리를 발견하기만 하면 당신은 성공의 정상에 오를 수 있다. 우리에게 가장 큰 적은 남이 아닌 바로 자신이다. 남들을 제치고 일등을 차지하는 것은 결코 중요하지 않다. 그보다 더 중요한 것은 당신 스스로를 존중하고, 또 자신의 가치를 찾아낼 줄 아는 것이다!

　어느 해양 동물원에 무게가 8,600킬로그램에 달하는 고래가 있었다. 고래는 6.6미터 높이까지 점프를 하며 관광객들에게 다양한 공연을 펼쳐 보였다. 이처럼 기적 같은 일에 관광객들은 조련사에게 고래를 어떻게 조련했는지 그 비밀을 물었다. 조련사의 설명은 이랬다.
　고래를 처음 훈련시킬 때는 밧줄을 수면 위에 놓고 고래가 그 위를 지나가도록 하는 것에서부터 시작한다고 한다. 그리고 고래가 밧줄 위를 지나갈 때마다 포상으로 생선을 주는데, 이를 통해 고래는 훈련을 재미있는 장난거리로 여기게 된다. 그리고 점차 시간이 지나면서 밧줄의 높이를 높이기 시작한다. 2, 3센티미터 정도로 아주 조금씩 높이를 높여 고래가 수월하게 밧줄 위를 지나갈 수 있도록 한 뒤 생선을 포상으로 준다. 매번 포상을 받는 고래는 훈련을 즐기게 된다. 그렇게 시간이 지나면서 고래가 점프하는 높이는 점차 높아졌고 마침내 6.6미터에 달했다. 바꿔 말하면 2, 3센티미터의 꾸준한 발전이 마지막에는 6.6미터의 점프라는 놀라운 기적을 만들어낸 것이다. 평범하기만 하던 고래는 수많은 관광객이 줄을 지어 구경하는 스타가 되었다.

　낙숫물이 바위를 뚫는 것처럼 꾸준한 노력이 질적인 변화를 일으킨다. 당신이 '내일은 오늘보다 더 나은 하루를 만들겠다.'라는 마음가짐으로 노력한다면 앞으로 반년 후에는 전혀 다른 모습으로 변한 당신을 발견하게 될 것이다. 이러한 강력한 변화는 지식과 기술에서만 멈추지 않고 당신의 내면에도 놀라운 변화를 일으킬 것이다. 그러므로 다시 한 번 강조하는 말이지만, 내일의 당신은 오늘보다 훨씬 강해야 한다! 내일의 당신은 오늘보다 더 많은 지식을 습득하고, 또 오늘보다 더 강한 의지력을 지니며, 오늘보다 더 많은 기술과 책임감 등을 가져야 한다. 당신을 강하게 만들 수 있는 일은 무수히 많다. 오로지 행동으로 옮길 수만 있다면 내일의 당신은 오늘보다 더 강한 사람이 될 것이다.

DESIRED LIFE 6

가혹한
시간 속에서도
환하게 웃어라

"우리가 모두 시궁창에 처박혀 있을 때도 그중 몇 명은 하늘의 별을 보고 있다."

이는 아일랜드 시인이자 극작가였던 오스카 와일드Oscar Wilde의 명언이다. 당신은 시궁창에 처박혀 있어도 희망을 품고 하늘의 별을 바라볼 수 있는 사람인가? 아니면 즐겁고 신나는 디즈니랜드에서도 절망을 느끼며 눈물을 흘릴 사람인가?

자신이 낙관적인지 비관적인지 잘 모르겠다면, 다음의 사례를 통해 좀 더 쉽게 구분할 수 있을 것이다. 한바탕 소나기가 지나가고 난 뒤 담장의 거미줄이 갈기갈기 찢기고 말았다. 거미 한 마리가 어렵사리 담장을 기어 올라가 찢긴 거미줄을 보수하려고 했다. 그러나

빗물에 젖은 담장이 미끄러워서 거미는 일정한 높이까지만 올라가고는 이내 굴러떨어지기 일쑤였다. 그럼에도 거미는 포기하지 않고 끈질기게 담장을 기어 올라갔다가 굴러떨어지기를 반복했다. 이러한 장면을 보았을 때 당신은 어떤 생각이 드는가? '운명은 무상하다, 우리가 제아무리 노력해봤자 저 거미처럼 무력한 존재에 지나지 않는다.'라고 생각하는가? 혹은 '참 멍청한 거미군, 차라리 다른 길로 돌아서 올라가 보지.'라고 생각하는가? 아니면 '저 거미는 정말 끈질기구나, 인생도 저 거미처럼 끊임없이 도전해야 하는 것이다.'라고 생각하는가? 당신의 뇌리에 맨 먼저 떠오른 생각이 곧 당신의 성격을 나타낸다.

사실 당신의 머릿속에 제일 먼저 떠오른 생각이 무엇이든 그 누구도 비난할 수 없다. 다만 첫 번째 생각만큼은 피하는 것이 좋다. 가령 예술가라면 마음속을 가득 채우고 있는 절망과 고통을 예술 작품으로 승화시킬 수 있다. 하지만 대부분의 사람들에겐 그러한 비관적인 생각이 영혼을 갉아먹기 때문에 인생에 아무런 도움이 되지 않는다. 무슨 일이든 그 일 자체보다는 그 일을 어떤 관점에서 바라보느냐가 중요하다는 것을 알아야 한다. 똑같은 일, 똑같은 현상일지라도 낙관적인 사람은 희망을 보지만 비관적인 사람은 절망하고 포기한다. 어떤 상황에서든 우리는 관점을 달리하여 희망을 찾는 습관을 길러야 한다. 그래야만 인생에 원동력이 생기고 활력으로 가득 찬다. 이러한 역량은 당신의 삶과 인생에 자양분이 될 것이다.

면접시험에서 면접관이 가장 많이 던지는 질문이 있다.

"전에 일하던 회사는 어땠습니까?"

만일 당신이 이런 대답을 한다면 어떨까?

"그곳은 엉망진창이었습니다. 동료들 간에 서로 속고 속이며 아귀 다툼을 벌였고, 상사는 제멋대로인 데다 위압적이어서 회사 분위기가 항상 우중충했습니다. 그런 곳에서는 도저히 숨 쉬고 살 수가 없을 것 같아 좀 더 이상적인 직장을 찾아 나섰습니다. 바로 이 회사와 같은 곳을요."

그렇게 대답한다면 십중팔구 면접시험에서 탈락하기 마련이다. 반면에 이런 대답을 하면 어떨까?

"그곳은 참 좋은 회사였습니다. 동료들 모두 열정적이고 서로 도우며 일했습니다. 상사도 친근하고 자상해서 회사 분위기가 화기애애했기에 직장 생활이 즐거웠습니다. 저의 장기를 발휘할 수 있는 새로운 환경이 필요하지 않았다면 그 회사를 떠나지 않았을 겁니다."

이렇게 대답했다면 당신은 면접시험을 거뜬히 합격했을 것이다. 그렇다면 전자의 경우에는 왜 환영을 받지 못하는 걸까? 그것은 잘못된 귀인론歸因論 때문이다. 이런 심리적 성향이 있는 사람은 설사 천당에 있더라도 만족감을 느끼지 못한다. 어떤 회사에 들어가더라도 그의 눈에는 모든 것이 비관적으로 보이기 마련이다. 그렇다면 정확한 귀인론은 무엇일까?

이른바 귀인이란, 사후에 성공 혹은 실패의 원인을 찾는 것이다. 비관적인 사람은 성공의 원인을 불확실하고 불안정한 요소에서 찾는다. 가령 '난 오늘 정말 재수가 좋았어.', '그저 소 뒷걸음질 치다 쥐

잡은 격이지.', '이번에는 무사히 성공했지만 다음에는 어떻게 될지 장담할 수 없다.' 등등의 생각을 한다. 반면에 실패했을 때는 그 원인을 불가항력적인 요소에서 찾는다. 가령 '나는 천성적으로 머리가 미련해.', '나는 처음부터 그 일을 할 만한 재목이 아니었어.', '우리 집이 가난해서 말이야.' 등등. 이처럼 책임을 전가하기 좋아하는 사람은 성공했을 때는 자신의 능력을 추켜세우고, 실패했을 때는 주변 환경을 탓한다. 이러한 사람은 취업 시장에서 그다지 환영받지 못하며, 심지어 결혼 배우자감으로도 낙제다.

　낙관적인 사람은 정반대다. 이들은 사후에 원인을 자신이 통제하고 바꿀 수 있는 요소에서 찾는다. 그래야 희망이 있고, 도전할 동력을 얻을 수 있기 때문이다. 설사 그 원인의 객관성이 부족하더라도 최소한 믿음과 용기를 얻을 수 있다.

　여러 해 동안의 직장 생활에서 가장 기억에 남는 프런트 데스크 여사무원이 한 명 있다. 그녀가 특별히 아름다워서가 아니라 언제나 해바라기처럼 환한 미소로 모두를 기분 좋게 해주던 밝은 모습 때문이다. 그녀는 전문대학 졸업장만 있을 뿐 외모가 특별나지 못했다. 프런트 데스크 사무직의 특성상 용모가 중요했기 때문에 그녀는 처음 우리 회사를 지원했을 때 정식 사원으로 채용되지 못했다. 그러나 친화력이 돋보이는 그녀의 미소를 눈여겨본 인사 담당자는 그녀를 인턴사원으로 채용했다. 그런데 인턴사원으로 취직한 다음 날, 인사부서에서 당분간 정식 사원을 채용하지 않겠다는 소식이 날아왔다. 솔직히 내가 생각해도 회사 측의 이러한 결정은 인턴사원들에게 매우 불공정한 처사가 아닐 수 없었다. 하지만 어찌해볼 방법이 없지 않겠는가? 나는 회사를 대표하여 인턴사원들을 불러다 위로의 말을 건네는 것 외에는 달리 방법이 없었다. 예상외로 인턴사원들의 반응은 매우 격렬했다. 심지어 불손한 태도로 회사 측 결정의 부당성을 따지는 이도 있었다. 그렇게 반나절을 정신없이 보내고 나서야 나는 전날 새로 채용된 프런트 데스크의 인턴사원이 아직도 업무를 하고 있다는 사실을 떠올렸다. 부랴부랴 그녀를 불러다 사과하며 정식 신입사원으로 채용되지 못할 것이라고 알려주었다. 그리고 회사의 급작스러운 결정이기 때문에 하던 업무는 그만두고 집으로 돌아가라고 권유했다. 그런데 뜻밖에도 그녀는 고개를 가로젓더니 환한 미소를 지으며 이렇게 말하는 것이었다.

"괜찮습니다. 저는 다른 직장 찾아보면 되는 걸요. 이곳 회사에서 잠깐 일할 수 있었던 것도 인연이라고 생각합니다. 지금 서류를 정리하고 있었는데, 제가 도중에 그만두고 돌아가면 다른 사람이 다시 처음부터 분류해야 할 거예요. 저도 일을 도중에 그만두면 마음이 찝찝하니까 이왕 한 김에 모두 끝내고 돌아가겠습니다."

그녀는 서류를 모두 정리한 뒤에 나를 찾아와 인사를 하고 돌아갔다. 그 와중에도 그녀는 환한 미소를 잃지 않았다. 그 일은 나에게 매우 깊은 인상을 남겨주었다. 그래서 사장에게 업무 보고를 할 때 그녀의 일을 들먹이며 인사부에서 좋은 인턴사원을 채용했었다고 덧붙였다. 그로부터 이 주일 뒤 회사에서는 다시 신입사원을 채용하기로 결정했고, 인사부에서는 곧장 그녀에게 전화를 걸었다. 그렇게 해서 그녀는 회사의 정식 사원으로 채용되었고, 내가 그 회사를 떠날 즈음 그녀는 프런트데스크 사원에서 어느덧 구매자재부 사원으로 승진해 있었다.

　만일 당신이 그녀였다면 어떻게 했을까? 가혹한 시간들이 닥쳤을 때 당신은 어떻게 응대하겠는가? 뜻하지 않은 일을 당했을 때 이에 대처하는 당신의 태도는 곧 인생을 대하는 당신의 태도이기도 하다. 태도란 참으로 신기하다. 마치 자석처럼 당신이 긍정적인 생각을 하든 부정적인 생각을 하든 주변 사람들을 그 태도에 끌려가게 만든다. 당신이 밝고 적극적이며 긍정적인 사람이라면 그와 똑같은 속성의 것을 끌어당기게 된다. 이 세상에 긍정적인 에너지를 싫어하는 사람이 어디 있겠는가? 그러므로 당신부터 긍정적인 자석이 되어보라.

자신감으로 가득 찬 사람은
열등감에 빠진 사람보다
성공하기 쉽다

이런 가정을 하나 해보자. 당신에게 꽤나 도전적인 프로젝트 하나가 있다. 그 일을 잘 해낼 수 있을지는 당신도 장담할 수 없다. 그러나 그 일을 순조롭게 완수한다면 당신에게는 굵직한 경력 하나가 추가되고 또 장래 승진에도 큰 도움이 되는 것만은 확실하다. 그 프로젝트는 당신에게 강요되는 것이 아니기에 그 일을 맡을지 안 맡을지는 오롯이 당신의 선택에 달려있다. 이때 당신은 어떤 선택을 하겠는가?

아마 "난 잘 해낼 자신이 있다."라고 말하는 이도 있을 테고, "경험 삼아 한번 해보지."라는 이도 있을 것이며, "최선을 다해서 한번 해보자."라는 이도 있을 테고, "내 능력 밖이야."라는 이도 있을 것이다.

결과는 그 누구도 단언할 수 없다. "난 잘 해낼 자신이 있다."라고 말하는 이도 꼭 성공하리라는 보장은 없다. 다만 한 가지 확실한 점은 "내 능력 밖이야."라고 말하는 이는 절대로 그 일을 할 수 없다는 사실이다. 어쩌면 당신은 망설임 없이 새로운 도전에 나설 것이다. 나처럼 실패해서 의기소침하고 낙담하기를 반복할 수도 있겠지만, 여러 해가 지나고 나면 이전과는 달리 크게 발전하고 성장한 자신을 발견하게 될 것이다. 반면에 "내 능력 밖이야."라고 말하는 이는 모든 일이 별다른 장애물 없이 순탄하기만 한 것 같겠지만, 서른 살이 지난 후에는 직장 생활에서 큰 곤경에 처한 자신을 발견하게 될 것이다.

직장에서 새로운 업무가 주어졌을 때, 당신이 반사적으로 "내 능력 밖이야."라고 말한다면 아마 처음에는 모두들 당신이 겸손을 떤다고 여길 것이다. 하지만 시간이 지나면 점차 당신의 능력에 의구심을 품을 것이다. 혹은 당신이 책임을 지기 싫어서 다른 이들에게 일을 전가한다고 여길 것이다. 하지만 회사는 자선기관이 아니다. 당신 능력 밖의 일이라면 새로 배우면 되지 않겠는가? 이 세상에 처음부터 모든 일을 잘하는 사람은 없다. 당신 능력 밖의 일이라고 해서 그 일을 안 한다는 것이 가당키나 한가? 만일 당신에게 정말 그 일을 할 능력이 없다면, 미안하지만 당신의 자리는 이내 다른 사람으로 대체될 것이다.

이처럼 "내 능력 밖이야."라는 말로 수많은 기회와 책임을 번번이 외면한다면, 그 말은 점차 당신의 입버릇으로 남게 될 것이다. "내 능력 밖이야."라는 말이 일단 입 밖으로 나가면 도전적이고, 어렵고, 귀찮은 일들은 당신으로부터 멀어질 것이고, 당신은 영원히 자신의 능력 범위 안에만 머물게 된다. 편안하고 익숙한 공간 안에서만 머무는 삶이 과연 즐겁기만 할까? 그럼 그다음엔? 이 세상은 끊임없이 변화하고 주변 사람들은 꾸준히 발전하는데, 오직 당신만이 제자리걸음하고 있다는 것은 곧 낙오를 의미한다. 그리고 언젠가는 시대에 뒤처진 당신을 발견하게 될 것이다. 당신의 입버릇처럼 정말로 능력이 안 되는 사람이 되고 마는 것이다. 업무뿐만 아니라 인생도 마찬가지다.

중국 최초로 국제무대로 진출한 유명 모델 뤼옌呂燕을 잘 알고 있을 것이다. 그녀는 국내는 물론 국제적으로 많은 상을 수상하며 모델업계에서 명성을 날렸다. 그러나 대다수 중국인들의 눈에 그녀는 못생긴 모델에 불과했다. 심지어 그녀를 높게 평가하는 외국인들의 심미안을 비웃는 이도 있었다. 하지만 시간이 지나면서 그녀의 실력이 모든 것을 증명했다. 쾌활하고 호탕한 성격의 그녀는 자신의 못생긴 외모에도, 가난한 집안 배경에도 전혀 거리낌이 없었다. 그녀의 인생 역정을 알게 된 수많은 네티즌들은 그녀의 팬이 되었다. 당신이 그녀의 용모를 어떻게 평가하든 그녀의 성공을 부인하지는 못할 것이다. 한때 세계적 모델이었던 뤼옌은 이제 디자이너로 변신하여 'Comme Moi'라는 브랜드를 론칭하여 승승장구하고 있다. 그녀가 디자인한 옷에는 그녀의 성격이 고스란히 드러나 있다. 그러한 옷들은 "간결하면서도 세련되고, 로큰롤 분위기에 젊고 자유로운 역동감이 내재되어 있다."라고 평가받고 있다.

뤼옌의 어린 시절부터 한번 들여다보자. 그녀는 가난한 이발사의 딸로, 아래로 여동생과 남동생이 있었다. 그녀는 어린 시절을 이렇게 회고했다.

"편벽한 시골이라서 수돗물도 안 나왔고, 화장실은 재래식이라서 한 번 화장실을 다녀오면 온몸에서 고약한 냄새를 풍기곤 했다."

작은 눈에 납작한 코, 두툼한 입술의 뤼옌을 아름답다고 여기는 중국인은 찾아보기 힘들었다. 그녀는 아름답지도 않았을 뿐더러 눈에 거슬릴 만큼 키가 컸다. 아름다움을 추구하지 않는 여성이 어디 있겠는가? 하지만 수많은 소녀들이 외모 때문에 열등감에 시달릴 때도 낙천적인 성격의 이 시골 소녀는 남들의 눈을 의식하지 않았다. 자신을 아름답다고도 또 못생겼다고도 여기지 않았기에 열등감 따위에 빠지지도 않았다. 그럼 뤼옌은 어떻게 모델의 길로 들어섰을까? 처음 그녀가 모델 학원에 등록한 것은 허리가 굽은 모습이 보기 싫었기 때문이다. 가난하면 어떻고 못생겼으면 어떤가? 하지만 이 세상에서 누구보다 자신을 중요하게 여기던 뤼옌은 체형을 교정하고 싶었다. 뤼옌이 처음으로 런웨이에 선 것도 순전히 부족한 인원수를 충당하기 위해서였고, 대회에 참가한 것도 그저 시험 삼아 나가본 것이었다. 그렇다면 그녀는 첫 대회에서 단숨에 유명해졌을까? 물론 아니다. 현실은 드라마와는 다르지 않은가? 그 대회에서 뤼옌은 순위에 들지 못했다. 대신 그녀의 진가를 알아본 인생의 은인을 만나게 되었다. 당시만 해도 아직 유명하지 않았던 스타일리스트 리둥하이李東海가 그녀의 개성을 눈여겨보고 스타일리스트를 자처한 것이다.

　자신만의 독특한 개성이 있었던 뤼옌은 그 후 프랑스 메트로폴리탄 회사 관계자의 주목을 받았고, 프랑스에서의 일자리를 제안 받았다. 그렇지만 단순한 업무자로서의 초청이었지 모델로 캐스팅된 것은 아니었다. 당시 뤼옌은 국내에서 제법 이름이 알려진 모델이었지만 국외에서는 사정이 달랐다. 과연 가야 할까, 말아야 할까? 당시 열여덟 살의 시골 소녀 뤼옌은 한 번도 외국에 나가 본 적이 없었고, 외국 친구도 없었다. 프랑스는 물론 영어조차 할 줄 몰랐다. 그렇다면 이대로 포기해야 하는 걸까?

　"실패하면 뭐 어때, 어쩌면 성공할지도 모르잖아."

　그녀의 생각은 그랬다. 프랑스에서의 생활은 녹록지가 않았다. 일단은 프랑스어를 할 줄 몰랐고 생활도 궁핍하여 여러 달 동안 계란으로만 배를 채우기도 했다. 그러한 고생 끝에 뤼옌이 프랑스에서 어렵사리 자리를 잡았을 때, 프랑스 매니저가 그녀에게 베이징에서 개최하는 세계 모델 대회에 참가할 것을 권유했다. 친구들 대부분은 그녀를 만류했다. 이미 프랑스에서 자리를 잡았고, 그녀를 높게 평가하는 중국인들은 그리 많지 않으니 귀국하지 말라고 말이다. 그러나 뤼옌은 과감하게 귀국을 선택하여 대회에서 당당하게 2등을 차지했다. 중국 모델이 국제무대에서 거둔 최고의 성적이었다. 덕분에 뤼옌은 국내외로 크게 이름이 알려지면서 국제무대에서도 큰 인기를 누리게 되었다.

크게 성공한 특급 모델 뤼옌은 여기서 멈추지 않았다. 그녀는 디자이너로 제2의 인생을 살고 싶었다. 그러한 갑작스러운 결정에 모든 친구와 가족들이 반대하고 나서자 그녀는 오히려 승부욕이 발동했다. 뤼옌은 "오랫동안 모델로 일하면서 어떤 옷이 좋은 옷인지, 또 내가 좋아하는 스타일이 무엇인지를 잘 알고 있었기에 더 이상 망설일 이유가 없었다."라고 당시 상황을 설명했다. 옷감을 구입하고, 작업실을 마련하고, 자신이 디자인한 옷을 직접 재단하여 옷을 만들고, 브랜드를 홍보하고, 옷을 판매하기까지 모든 일을 뤼옌은 직접 다 했다. 그녀가 'Comme Moi'라고 지은 브랜드 명칭은 중국어로 '나처럼'이라는 뜻이다. 자신이 좋아하는 스타일의 옷을 전문적으로 만든 것이다. 얼마나 제멋대로인 여성인가? 하지만 어쩔 수 없다. 자신감 넘치는 사람은 원래가 그러니까.

기나긴 인생에서 한 번쯤은 어려운 일에 부딪혀 큰 타격을 입고 순탄치 못한 시간을 보낼 때가 있다. 그럴 때는 대부분 굴복하고 절망하며, 방황한다. 하지만 때로는 실패와 절망감에 몸부림치고 나서야 눈앞에 놓인 새로운 가능성과 기회를 제대로 바라볼 수 있다. 당신 자신을 믿고 절망적인 순간에도 포기하지 않는다면 결국에는 해결책을 찾아낼 수 있다.

그러므로 당신 스스로와 약속해보라. '내 능력 밖이다.', '나는 안 된다'라는 말 따위는 절대로 하지 않는다고 약속하라. 아직 시작하지도 않은 일을 앞에 두고 지레 겁먹어 포기하지 않겠다고 말이다.

겸손할 때와
과시할 때를
구분하라

　어떠한 시스템에서나 조직에서는 대부분 연차를 중시한다. 신입은 항상 고개를 숙이고 선배들의 눈치를 살피며, 매사 함부로 나대서는 안 된다고 여긴다. 그래야만 자신을 보호할 수 있고, 또 언젠가는 자신도 높은 자리에 오르는 날이 올 거라고 믿는다. 사실 지나치게 자신의 능력을 과시하다 보면 뜻밖의 장애물을 만나기 십상이다. 그러나 무턱대고 겸손한 태도는 당신 인생에서 첫 번째로 꼽을 만큼 중요하지 않다. 그저 인간관계 속의 사소한 일에 지나지 않는다. 물론 겸손한 태도를 갖출 필요는 있지만 그렇다고 인생의 가장 중요한 일처럼 여길 필요는 없다는 뜻이다. 진정한 겸손은 당신이 언제든지 능력을 과시할 수 있는 밑천이 된다. 그러나 자신을 과시할 능력이 없다면 당신의 겸손은 무능력 혹은 미래 가능성이 없다는 것을 의미하게 된다.

사실 우리는 불필요한 겸손으로 스스로를 억울하게 만들 필요가 없다. 그러한 저자세가 앞으로 생길 방해물 하나를 줄여 줄지는 몰라도, 정작 그로 말미암아 소중한 것을 잃을 수 있다. 우리는 겸손하게 저자세를 취해야 할 때와 자신의 능력을 과시해야 할 때를 시의 적절하게 구분할 필요가 있다. 다시 말해서 겸손하게 고개를 숙여야 할 때는 묵묵히 자신의 일만 성실하게 하고, 반면에 자신의 능력을 드러내야 할 때는 최대한 자신의 능력을 발휘하여 주목을 받아야 한다.

NBA를 즐겨 보는 사람이라면 아마 마이크 콘리Mike Conley 라는 이름을 익히 들어보았을 것이다. 그는 마이클 조던Michael Jordan 처럼 전기적인 인물도 아니었고, 또 코비 브라이언트Kobe Bryant 처럼 인기가 많지도 않았으며, 르브론 제임스Lebron James 처럼 행운아도 아니었다. 심지어 올스타전에 출전한 적도 없었다. 또한 멤피스 그리즐리스Memphis Grizzlies 의 포인트 가드였지만 톱 10 가드 순위에 오른 적도 없었다. 이러한 '저평가'는 오랜 시간 마이크 콘리의 상징이 되었다. 밀워키 벅스Milwaukee Bucks 의 감독 데이브 예거David Joerger 는 마이크 콘리를 이렇게 평가했다. "마이크 콘리는 천부적인 운동 자질을 타고난 최고의 슈팅가드다. 이러한 가드는 팀원들에게는 보물과도 같은 존재다." 새크라멘토 킹스Sacramento Kings 의 전임 감독 마이클 말론Michael Malone 은 "마이크 콘리는 NBA에서 가장 저평가된 선수 중 하나다. 그는 수비수로든 공격수로든 모두 높은 수준의 경기를 보여주는 선수다."라고도 평가했다.

자신이 능력에 비해 높은 평가를 받지 못한다는 사실은 콘리 자신도 잘 알고 있었다. 이에 콘리는 "나는 살아오면서 항상 내가 생각하는 것보다 훨씬 뒤처진 평가를 받아왔지만 그러한 평가에 연연하지 않는다."라고 말했다. 그처럼 자신의 능력을 제대로 인정받지 못한 콘리가 항상 괴롭고 무기력한 표정을 지었을 거라고 여긴다면 틀린 생각이다. 콘리는 언제나 밝고 쾌활한 표정을 지었으며 감사의 미소까지 띠고 있었다. NBA에서 활동하기 전에도 마이크 콘리는 매우 겸손한 사람이었다. 그는 언젠가 "나는 이러저러한 순위에 오르락내리락하고 싶지 않다."라고 말한 적도 있다. 이렇게 겉으로 드러나는 평가에 연연해하지 않는 평화로운 태도 뒤에는 강인한 정신력이 있었다. 그러나 사람들은 그가 너무 예민하고 온순해서 자신이 마땅히 누려야 할 영광을 남들에게 빼앗긴다고 여겼다. 고등학교에 진학했을 때도 그랬다.

마이크 콘리와 그렉 오든Greg Oden은 십 대 시절부터 알고 지내던 사이였다. 고등학교에 진학한 뒤 뛰어난 성적을 보여준 그렉 오든에게 NBA 입성은 따 놓은 당상이었다. 그러나 얼마 지나지 않아 뜻밖의 일을 통해 코치 잭 키프Jack Keefe는 콘리가 팀의 결속을 이끄는 구심체 역할을 하고 있다는 사실을 깨달았다.

어느 날 모두에게 희망의 별이었던 오든이 부상을 입고 시합에 출전할 수 없게 되어 되자, 코치는 대기실에서 걱정에 휩싸여 있었다. 이때 콘리가 다가와 이렇게 말했다고 한다.

"코치, 우리가 시합에서 이길 수 있으니까 걱정 마세요."

키프는 말했다. "콘리가 지금까지 시합에서 득점수를 올리지 못했던 것은 주로 공을 패스해주는 역할을 했기 때문이다. 그러나 주 공격수였던 오든이 빠진 경기에서 대신 공격수 역할을 맡았던 콘리는 뜻밖에도 38점을 득점하며 시합을 승리로 이끌었다."

그 뒤 오든이 코치에게 어느 대학으로 진학할지 물어오자 코치는 "콘리가 가는 대학에 함께 가라."라고 조언했다. 코치의 설명은 이랬다.

"고등학교 시절 오든의 골 명중률은 86%에 달했는데, 이는 순전히 콘리가 정확하게 공을 패스해준 덕분이었다. 오든은 그저 패스해준 공을 받아서 골대에 던져 넣기만 하면 되었다. 콘리는 항상 침착하고 정확하게 공을 패스해줬는데, 이러한 파트너를 찾기란 매우 어렵다."

만일 인생에서 이러한 파트너가 있다면 얼마나 큰 행운이겠는가! 콘리는 그런 사람이었다. 포인트 가드는 NBA에서 가장 어려운 포지션으로 매우 막중한 책임이 따르는 위치에 있다. 팀원들을 기쁘게 해줘야 하는 동시에 리더십을 보여줘야 한다. 팀의 성공을 위해서는 '겸양'과 '과시' 사이에서 균형을 이뤄야 한다. 이처럼 어려운 난관에 섰을 때도 콘리는 포기하거나 혹은 불평불만을 쏟아 낸 적이 없었다. 이제 '저평가의 아이콘'에서 벗어난 콘리는 팀에 놀라운 성적을 안겨주는 리더로 팀원들의 기대를 한몸에 받고 있다.

사실 우리의 인생은 망망한 바다 한가운데를 항해하는 돛단배이고, 우리의 운명은 한 치 앞도 내다볼 수 없는 바다와도 같다. 안전하게 항해하려면 돛대를 세워야 할 때와 과감하게 잘라야 할 때를 알아야 한다. 배는 돛의 힘을 빌려 전진하기 때문에 돛대는 배가 전진하는 동력의 기반이기도 하다. 만일 돛대가 없다면 이는 곧 동력을 상실하는 것이므로 배는 해류에 밀려 표류할 수밖에 없다. 그런데 높이 솟은 돛대 때문에 배의 무게 중심이 위로 올라가므로 폭풍이 몰아칠 때는 배가 전복될 가능성이 있다. 그럴 때는 과감하게 돛대를 잘라야 살아남을 수 있다. 우리 인생은 돛을 높이 세우거나 돛대를 잘라야 하는 끊임없는 변환의 순간에 놓여 있으며, 이를 시의적절하게 잘 운용해야 인생을 성공으로 이끌 수 있다.

한번 생각해보라. 항상 겸손하고 차분하여 좀체 사람들 눈에 띄지 않던 이가 갑작스레 훌륭한 성과를 이뤘을 때 어떤 인상을 남기겠는가? 아마 모두들 깜짝 놀라며 그를 괄목상대하게 될 것이다.

상대적으로 안정적이고 평화로운 성장 환경을 얻고 싶다면 지나치게 자신의 능력을 과시해서는 안 된다. 평화로운 미소로 주변의 사람들을 대하면 된다. 하지만 다른 이들에게 당신의 능력을 보여주고 인정받고 싶다면 과감하게 앞으로 나설 줄 알아야 한다. 평생 동안 인내하며 남의 뒤에 숨어 있을 수만은 없다. 이 양자 사이에서 균형을 이루는 것은 오롯이 당신에게 달려 있다.

극본 창작

• 당신이 원하는 삶을 누릴 수 있게 해줄 것이다 •

응용 시기 ··

1 의지력을 상실하거나 인생이 막막하다고 느껴질 때

2 미래가 걱정될 때

3 일상생활의 잡다한 일로 지쳤을 때

연습 시간 ··

일주일에 한 번 혹은 2주일에 한 번

특별 힌트 ··

먼저 이 연습을 할 때는 가볍고 편안한 마음가짐으로 적극적인 태도를
유지하라.

이 연습이 단순한 장난에 불과하다고 느낀다면 참여하지 않는 것이 좋다. 혹은 '한번 해보자'라는 생각이라면 이 연습은 당신의 삶에 아무런 도움이 되지 않을 것이다.

모든 준비가 갖춰졌다면 이 연습을 시작할 수 있다.

연습 내용

당신이 신비한 작가라거나 혹은 신기한 능력이 있는 노트북을 가지고 있다고 가상해보자. 당신이 써 내려간 내용을 모두 현실로 이루어주는 신기한 능력 말이다.

당신이 할 일은 바라던 내용을 자세하게 써 내려가는 것이다. 미래의 어느 날 당신의 모습을 머리에서 떠오르는 대로 써보자. 당신이 정말로 바라는 일을 하나도 빠뜨리지 말고 자세히 쓰면 된다.

이러한 연습으로 당신이 바라는 것들을 구체적으로 알 수 있고, 또 진정으로 원하는 것이 무엇인지 정확히 깨달음으로써 집중력을 얻을 수 있다. 하나의 주제에 집중할수록 내용이 구체적이고 상세해지며, 그 일에 대한 갈망이 한층 강렬해지면서 실천력도 향상된다.

이러한 연습을 자주 하고 즐기다 보면 연습 삼아 적은 내용이 현실로 이뤄지는 것을 발견하게 될 것이다. 아마도 당신은 멋진 연극 한 편을 만들어낸 감독이 된 듯한 기분이 들지도 모른다. 이 연습의 목적은 당신이 원하는 삶을 가상으로나마 누려보는 데 있다. 자신이 원하는 삶을 끊임없이 적어보고 들춰본다면 어느 사이엔가 당신이 꿈꾸던 삶이 현실로 이뤄진 것을 발견하게 될 것이다.

이 세계에서 성공은 우연히 얻어지지 않는다.
반면에 노력하는 자는 반드시 그 대가를 얻는다.
만일 원하는 결과를 얻지 못했다면
그것은 당신의 노력이 부족했거나 좀 더 노력할 시간이 필요해서이다.

**승리의 여신은 끝없는 인내력이 있는 사람과
노력하면 무엇이든 이룰 수 있다고
믿는 사람에게 찾아온다.**

보잘것없는 사람에서 VIP가 되려면 1만 시간이 필요하다.
그 1만 시간 동안 숱한 도전과 실패를 거듭하면서도
좌절을 견뎌야 하고, 다시 도전할 용기를 잃어서는 안 되며,
결코 스스로 무너져서도 안 된다.

PART 2

1만 시간 뒤에는
당신이 꿈꾸는 삶을 살아라

성공하려면
1만 시간이
필요하다

1990년대 노벨 경제학상을 수상한 허버트 사이먼Herbert Simon 과 스웨덴의 심리학자 안데르스 에릭슨Anders Ericsson 은 '10년의 법칙' 이론을 주창했다. 즉, 어떤 한 분야의 대가가 되려면 최소한 10년에 걸친 각고의 노력이 필요하다는 뜻이다. 이는 '좋은 검을 만들기 위해 10년을 연마한다.'라는 뜻의 고사성어 '십년마일검十年磨一劍'과도 일맥상통한다.

1만 시간은 대략 10년 동안 하루도 빠짐없이 날마다 3시간을 투자해야 채울 수 있는 시간이다. 1990년대 스웨덴 심리학자 안데르스 에릭슨은 독일 베를린 음악학교 바이올린 전공 학생들을 대상으로 조사를 한 적이 있다. 학생들은 대개 다섯 살 때부터 바이올린을 배우기 시작했는데, 처음에는 모두들 일주일에 두세 시간을 연습에 할애했다. 그러나 여덟 살 때부터는 저마다 연습 시간이 달라지기 시작했다. 그중에 가장 우수한 학생 그룹은 아홉 살 때는 일주일에 6시간, 열두 살 때는 8시간, 열네 살 때는 16시간, 그리고 스무 살 때는 30여 시간을 연습했는데, 총 1만 시간을 바이올린 연습에 쏟아부은 셈이었다. 미국의 신경학자 다니엘 레비틴Daniel Levitin 역시 이와 비슷한 의견을 내놓았다. 즉 인간의 두뇌는 지식이나 기술을 습득하는 데 10년 안팎의 시간을 투자해야 대가의 수준에 이를 수 있다고 주장했다. 예컨대 정상급의 운동선수, 음악가, 바둑기사 등 어떤 한 분야의 전문가로 우뚝 서려면 최소한 1만 시간을 투자해야 한다는 뜻이다.

'1만 시간의 법칙'은 성공한 사람들에게서 쉽게 확인해볼 수 있다. 컴퓨터 천재 빌 게이츠는 열세 살 때 우연히 컴퓨터 단말기를 접하게 되면서 컴퓨터 프로그래밍을 배우기 시작했다. 그리고 7년 후 마이크로소프트 회사를 세울 때까지 7년간 프로그램 설계를 공부했는데, 그가 투자한 시간은 1만 시간이 넘었다.

'1만 시간의 법칙'의 관건은 그 1만 시간이 최솟값이라는 점이며, 여기에는 그 어떤 예외도 없다. 3000시간 혹은 7500시간을 공들여도 소용없다. 반드시 1만 시간 즉, 10년을 투자해야 세계급 수준에 도달할 수 있다. 다시 말해서 성공하려면 반드시 1만 시간을 투자해야 한다는 뜻이다.

음악 신동 모차르트는 여덟 살이 되기도 전에 음악가였던 그의 아버지로부터 이미 3500시간의 음악 지도를 받았다. 그가 스물한 살에 '피아노협주곡 제9번'을 작곡할 때까지 이미 얼마나 많은 시간을 음악 공부에 투입했는지 짐작하고도 남을 것이다. 체스 신동 보비 피셔Bobby Fischer는 불과 열일곱 살의 나이에 대가의 반열에 오르는 기적을 만들었다. 하지만 그가 그 자리에 오르기까지 이미 10년의 시간 동안 피나는 노력을 했다는 사실을 알고 있는가?

이탈리아의 거장 레오나르도 다빈치 역시 '1만 시간 법칙'의 수혜자이다. 그는 처음 스승으로부터 그림을 배울 때 계란을 그리는 것부터 시작했다. 하루하루가 지나고, 다시 해가 바뀌는 동안 레오나르도 다빈치는 각도와 광선을 바꿔가며 똑같은 계란 그림을 수백 번 수천 번 그리면서 기본 실력을 다졌다. 그리고 가장 단순하면서 무미건조하기만 한 반복적인 연습을 통해 최고 경지에 이르렀다. 그러한 노력이 있었기에 훗날 세계적 명화 〈모나리자〉, 〈최후의 만찬〉이 탄생한 것이다.

미국의 수영 황제 마이클 펠프스Michael Phelps는 남들에 비해 팔과 다리가 길어서 수영에는 최적의 신체 조건을 타고났다. 그러나 그가 유일무이하게 올림픽 금메달 8개 획득이라는 기적을 만들어낼 수 있었던 것은 5, 6년 동안 단 하루도 쉬지 않고 하루 8시간씩 연습한 노력이 있었기에 가능했다.

베스트셀러 《명나라 이야기明朝那些事兒》의 작가 당녠밍웨當年明月는 다섯 살 때부터 역사책을 읽기 시작했다. 열한 살이 되기도 전에 벌

써《상하오천년^{上下五千年}》을 일곱 번이나 읽었고, 열한 살부터는《이십사사^{二十四史}》와《자치통감^{資治通鑑}》을 읽기 시작했다. 그다음에는《명실록^{明實錄}》,《청실록^{淸實錄}》,《명사기사본말^{明史紀事本末}》,《명통감^{明通鑑}》,《명회전^{明會典}》,《강목삼편^{綱目三編}》을 모조리 통독했다. 그 뒤로 15년 동안 그는 총 60,000여만 자에 달하는 사료를 탐독하며 매일 두 시간 이상 공부했다. 15년에 2시간씩 곱하면 총 10,800시간에 달한다. 이러한 탄탄한 토대가 있었기에 당녠밍웨는 낮에는 공무원으로 세관에서 일하고 밤에는 인터넷 작가로 글을 쓰며 베스트셀러를 창작할 수 있었던 것이다.

위에서 살펴봤듯이, 성공하려면 1만 시간 동안 노력해야 한다. 얼핏 듣기에는 무척이나 긴 시간처럼 느껴져서 막연할지도 모른다. 하지만 그 시간을 오롯이 한 길에 투자한다면 성공은 따 놓은 당상이나 다름없다. 여러 성공한 사람들이 입증한 성공 비결이 아닌가? 그럼에도 이를 외면한 채 '벼락부자'처럼 단숨에 성공하기만을 꿈꾼다면, 당신은 어리석은 바보 내지는 순진한 어린아이라고밖에는 할 수가 없다.

인생의
질적 변화를 원한다면
먼저 양적 변화부터 실현하라

양적 변화는 질적 변화의 전제이자 필수 조건이며, 질적 변화는 양적 변화의 필연적 결과라는 사실을 우리는 누구나 알고 있다. 이러한 변증관계는 중학교 시절 교과서에서 배웠을 것이다. 이처럼 양적 변화와 질적 변화의 관계를 익히 알면서도 실제 생활에서는 그 관계를 망각하는 이들이 상당수다.

전하는 이야기에 따르면, 고대 대역사大力士를 훈련할 때도 바로 이러한 관계를 이용한다고 한다. 구체적으로 살펴보면 다음과 같다. 처음 어린아이에게 날마다 어린 송아지를 안고 풀을 먹이는 일을 맡긴다. 송아지는 태어난 지 얼마 되지 않아 무게가 가볍기 때문에 아이들은 손쉽게 풀을 먹인다. 그렇게 송아지가 점차 자라면서 아이들의 힘도 강해지게 되고, 송아지가 몸무게 수백 근의 어미 소로 자랄 즈음, 아이는 천하장사의 힘을 가지게 되는 것이다!

우리의 인생도 끊임없는 축적의 과정으로서 당신의 모든 경험과 경력은 훗날 인생의 단단한 밑천이 된다. 아이들이 취학 연령이 되면 모두들 학교를 다니게 되는 이유가 무엇이라고 생각하는가? 그것은 우리는 태어났을 때는 이 세상에 대해 아는 것이 없는 백지상태라서 공부를 통해 많은 지식과 견식을 넓히기 위해서이다. 한 사람의 지식과 경력이 일정한 수준에 오르면 그 자신만의 관점과 사상을 가질 수 있다.

《순자荀子》가 말하기를 "반걸음이 쌓이지 않으면 천 리에 이를 수 없고, 실개천이 모이지 않으면 강과 바다를 이루지 못한다."라고 했다. 처음 사회에 발을 디딜 때는 모두들 저마다의 꿈을 갖고 성공하겠다는 포부와 열정이 있기 마련이다. 그러나 꿈을 좇는 과정에서 뜻하지 않는 위기와 좌절에 부딪히게 된다. 그리고 점차 무엇 하나 이루지 못하고 하루하루 고된 생활에 치이며 자신이 꿈꾸던 삶과는 점차 멀어지게 된다. 결국에는 80% 이상의 사람들이 꿈을 포기하기에 이르고, 처음 세웠던 꿈과 목표는 시간이 지나면서 사라지고 만다. 대다수 사람들이 꿈을 포기할수록 성공은 밤하늘의 별처럼 손에 닿지 않는 선망의 대상이 된다. 그리고 그 선망의 대상은 나머지 20%의 '성공한 사람'이 차지한다. 끝까지 포기하지 않고 묵묵히 노력하여 결국에는 양적인 변화를 통해 질적인 변화를 이룬 사람들의 몫으로 말이다.

대학 졸업 후, 동기들은 저마다 다른 회사에 취직했다. 같은 도시에서 생활하던 탓에 우리는 시간이 날 때면 종종 모임을 가졌는데, 유독 샤오팡小方은 모임에 나오지 않았다. 가끔 친구들이 전화로 왜 모임에 나오지 않느냐고 성화를 부릴 때면, 샤오팡은 이렇게 말하곤 했다. "친구들아, 미안하다. 야근이네 뭐네 해서 좀체 시간을 낼 수가 있어야 말이지. 다음엔 내가 한턱낼 테니 이번만 봐주라." 하지만 그 다음번이 와도 샤오팡은 똑같은 핑계를 내세우며 모임에 나오지 않았다. 점차 시간이 지나면서 우리는 샤오팡이 모임에 나오지 않는 것을 당연시하며 그를 찾지 않게 되었다.

샤오팡을 대학 시절 동기들과 곧잘 어울리던 쾌활한 친구로 기억하고 있던 나는, 아마도 회사 생활이 바빠서 시간을 내지 못하는 것이리라 여겼다. 어느 날 그 친구와 단둘이 만날 기회가 생겨, 항상 야근을 하는 이유를 물었다. 그리고 그 친구의 대답에 나는 스스로가 부끄러워지고 말았다. 샤오팡의 대답은 이랬다. "지금은 피곤하다고 야근을 마다할 자격이 내게는 없다는 생각이 들었어. 할 줄 아는 것은 없는데 배워야 할 것이 너무 많거든."

샤오팡은 가난한 시골 출신으로 대학에 진학한 뒤로는 가족들의 희망이 되었다. 가족들은 샤오팡이 성공하여 가난에서 벗어나기를 바랐다. 그래서 그는 대학 시절에도 학업과 아르바이트를 병행하며 치열하게 생활했다. 우리는 그런 샤오팡을 죽기 살기로 산다고 놀리곤 했다.

한번은 마침 샤오팡의 회사 근처에서 동창 모임이 있었다. 샤오팡에게 전화를 걸었더니 잠시 뒤에 나간다며 먼저 모임을 시작하라고 하고선 서둘러 전화를 끊었다. 그날 저녁 10시가 다 돼서야 샤오팡이 허둥지둥 모임 장소로 왔다. 샤오팡은 우리들의 볼멘소리에 벌주를 석 잔이나 마셨다. 그날은 마침 주말이라서 자정 무렵이 다 된 시간에도 우리는 집으로 돌아갈 생각을 않고 술잔을 기울이며 수다 떨기에 여념이 없었다. 반면에 샤오팡은 내일 아침 일찍 여섯 시 비행기로 출장을 가야 한다며 사과하고는 먼저 자리를 떠났다.

샤오팡이 떠나고 나자 자연스레 그의 이야기가 화제로 올라왔다. 어리석게 목숨 바쳐 일한다고 못마땅해 하는 친구도 있었고, 그렇게 죽기 살기로 일하면서도 승진도 못하는 그를 비웃는 친구도 있었다. 그 뒤로 시간이 지나고 우리는 그 일을 까맣게 잊어버렸다. 그런데 어느 날, 나는 인터넷 메신저를 통해 샤오팡이 특정 사업부를 책임지는 총괄 본부장으로 승진했다는 소식을 전해 들었다. 우리 동기들 중에서 유일하게 회사의 중견 직책에 오른 샤오팡의 초고속 승진은 동문들의 뜨거운 이슈가 되었다. 모두들 샤오팡을 행운아라고 여기며 부러워했다.

물론 대학 동기로서 나는 그에게 축하 메일을 보냈다. 그러자 친구는 오히려 몸 둘 바를 모르겠다고 겸양 섞인 회신을 보내왔다. 그 뒤 우연한 기회로 샤오팡과 단둘이 만나게 된 나는 그에게서 자세한 속사정을 들을 수 있었다. 샤오팡은 회사에 입사한 뒤 거의 날마다 야근을 하다시피 했다고 한다. 매일 밤늦게 퇴근하는 것은 물론, 주말에도 회사에 출근했다. 죽기 살기로 일에 매진한 것이 아니라 자신의 능력이 부족하다는 것을 잘 알기에 남에게 뒤처지지 않기 위해서였다. 성취를 하려면 남보다 갑절의 노력을 해야 한다고 여긴 샤오팡은, 그렇게 야근을 밥 먹듯이 하며 회사의 전반적인 현황을 파악하고 분석하는 데 많은 시간을 투자했다. 술이 얼큰해진 샤오팡은 이렇게 말했다. "친구야, 이 세상에 공짜는 없다. 내가 노력한 만큼 그 대가가 있더라. 시간이 모든 걸 해결해주니까 서두르지 말고 꾸준히 노력만 하면 원하는 걸 얻을 수 있어."

샤오팡은 자신의 승진 발표가 있던 날 회의석상에서 회장이 했던 말을 전해주었다.

"자네는 입사할 때만 해도 특별히 능력이나 자질이 빼어나지는 않았네. 그저 성실함과 진취성을 높이 사서 자네를 채용했네. 그런데 회사에 입사한 뒤 자네는 놀라운 발전을 보여주었네. 회사의 전반적인 상황을 완전히 파악해서 개선 방안까지 제시한 자네는 수십 년간 일한 중견 간부보다 더 놀라운 성과를 보여주었어. 이번에 자네에게 신규 사업 부서를 맡긴 것은 자네가 뛰어난 능력을 갖췄기 때문이 아니라 자네의 학습 능력이 그 누구보다 강하고 또 부지런하기 때문일세. 나는 자네가 신규 사업 부서를 잘 이끌어나갈 것이라 믿어 의심치 않네."

그 당시까지만 해도 아직 젊었던 나는 그 말을 온전히 이해하지 못했지만 지금은 충분히 이해한다. 샤오팡이 총괄 본부장 직책에 오른 것은 순전히 행운아였기 때문이 아니었다. 우리가 술집을 전전하며 떠들고 마시고 놀 때, 주말이면 하루 종일 소파에 드러누워 빈둥

거릴 때, 그를 어리석은 바보라고 비웃을 때, 그는 노력했다. 그러한 노력들이 쌓여서 지금의 성공을 이룬 것이다. 그의 성공은 우연히 얻어진 것이 아니라 그동안의 노력이 쌓인 결과였다. 나는 그가 앞으로도 더 크게 성공할 것이라고 굳게 믿는다.

사람과 사람 사이의 차이는 어디서 오는 걸까? 당신이 한두 걸음을 걷고 피곤하다고 쉬고 있을 때 또 다른 누군가는 밤낮으로 꾸준히 연습한다. 그래서 올림픽에서 승자와 패자의 차이가 생겨나는 것이다. "태산이 그토록 높고 웅장한 것은 하나하나의 작은 흙모래도 다 포용하기 때문이고, 바다가 그토록 넓고 방대한 것은 작은 물줄기 하나도 마다하지 않고 받아들이기 때문이다."라는 말이 있다. 이 말이야말로 이른바 '천재'와 '성공한 사람'이 그 자리에 오르기까지 기울인 노력의 과정을 가장 잘 대변해주는 말일 것이다.

우리는 누구나 성공을 꿈꾼다. 그럼에도 날마다 꾸준히 노력을 기울이는 사람은 매우 드물다. 이 세상의 모든 사물의 변화는 양적 변화부터 시작된다. 양적 변화라는 전제조건이 없으면 그 어떤 질적 변화도 기대할 수 없다. 양적 변화는 질적 변화의 전제이자 필수조건이다. 인생에서도 한 걸음 한 걸음의 노력이 쌓여야만 남들과는 다른 눈부신 성취를 이룰 수 있다.

선택은
노력보다
더 중요하다

먼저 여러분에게 한 가지 이야기를 들려주고 싶다.

19세기 이탈리아의 작은 산촌에 파블로와 브루노라는 사촌형제가 살고 있었다. 한창 혈기왕성한 나이였던 이들 사촌형제는 마을에서 가장 큰 부자가 되리라는 웅대한 목표를 세웠다.

어느 날 마침내 큰돈을 벌 기회가 찾아왔다. 인근의 강에서 물을 길어와 마을 광장의 물 항아리를 채우는 일을 맡을 사람이 필요했던 것이다. 두 사촌형제는 그 일을 얻게 되었고, 두 사람은 신바람이 나서 물통을 들고 강가로 달려갔다. 하루 종일 물을 길어다 물항아리에 가득 채우고 물 한 통에 1리라씩 계산한 하루 일당을 받았다.

브루노는 돈을 벌어 기분이 좋았지만 파블로는 그다지 즐겁지가 못했다. 하루 종일 물을 긷느라 등이 쑤시고 손바닥에는 물집이 생겼던 것이다. 앞으로 날마다 이처럼 힘든 일을 해야 한다고 생각하니 눈앞이 깜깜했다. 결국 파블로는 물을 긷는 것보다 더 쉽게 돈을 벌 수 있는 방법을 찾기로 결심했다.

밤새 새로운 일감을 고심하던 파블로는 다음 날 아침 브루노에게 말했다.

"나에게 좋은 방법이 있어. 날마다 힘들게 물을 길을 것이 아니라 차라리 수로를 만들어서 강물을 마을까지 끌어오자."

이에 브루노가 놀라며 말했다.

"그런 말도 안 되는 소리가 어디 있어? 지금 우리는 마을에서 가장 좋은 돈벌이를 얻었어. 앞으로 반년만 더 일하면 집도 새로 지을 수 있으니 그런 허튼 생각은 집어치워."

파블로는 수로를 만들면 얼마나 편리한지를 설명하며 브루노를 설득했지만 소용이 없었다.

파블로는 의기소침해지고 말았지만 그렇다고 포기하기에는 일렀다. 브루노가 도와주지 않는다면 자신 혼자서라도 그 일을 해내고 말겠다고 결심했다. 수로를 만드는 일은 매우 힘든 노역이었다. 파블로는 일을 하는 틈틈이 시간을 쪼개 수로를 파는 데 투자했다. 게다가 적은 수입으로 인부까지 고용해서 함께 수로를 파다 보니 경제적으로도 허덕이게 되었다. 마을 사람들은 단 하루도 쉬지 못하고 수로를 파는 데 매달리는 파블로를 '어리석은 파블로'라고 부르며 비웃어댔다. 반면에 꾸준히 물을 퍼다 항아리를 채운 브루노는 점차 수입이 안정되어 경제적 상황이 나날이 좋아지기 시작했다.

그렇게 눈 깜짝할 사이에 2년이 지났다. 그동안 물 긷는 일을 계속하던 브루노는 재산은 점차 늘어났지만 고된 노동으로 허리가 굽기 시작했고 성격마저 우울해졌다. 반면에 파블로는 일이 아무리 힘들더라도 언젠가는 고생한 보람을 얻을 수 있으리라 굳게 믿으며 수로를 파는 데 여념이 없었다. 그리고 마침내 그날이 왔다. 수로가 완성되고 철철 흐르는 강물이 마을의 우물을 채우게 되자 마을 사람들은 파블로를 치켜세우며 탄사를 금치 못했다.

수로는 파블로가 만든 것이었기에 자연스레 마을 사람들을 파블로에게 물 값을 냈다. 덕분에 파블로는 더 이상 일할 필요가 없게 되었다. 그가 밥을 먹을 때도, 잠을 잘 때도, 주말에 여행을 갈 때도 강물은 끊임없이 수로를 타고 마을의 우물을 채웠고, 파블로의 주머니에는 쉴 새 없이 돈이 들어왔다. 반면에 더 이상 강에서 물을 길을 필요가 없게 된 브루노는 실직자 신세가 되고 말았다.

이 모든 것은 수로 덕분이었다. 당신이라면 10년의 시간을 들여 당신 소유의 수로를 만들겠는가 아니면 10년 동안 물을 긷는 일을 하겠는가?

브루노가 실직하여 곤궁에 처한 것을 보고 마음이 괴로워진 파블로는 그에게 수로 만드는 방법을 알려주었다. 브루노는 다시 다른 이에게 그 방법을 가르쳐주었고, 그렇게 해서 인근 마을 곳곳까지 수로가 연결되었다.

그 뒤 여러 해가 지나고, 큰 부자가 된 파블로와 브루노는 전국 각지를 유람하며 인생을 만끽했다. 두 사람은 물통을 지고 물을 긷는 젊은이를 볼 때마다 자신들의 이야기를 들려주었다. 그중에는 두 사람의 경험담에 귀를 기울이고 수로 사업에 참여하는 이도 있었지만, 대부분은 이를 거절하며 핑계를 대기에 급급했다.

"일이 바빠서 수로를 팔 시간이 없습니다."

"내가 아는 친구의 친구도 수로를 만들려다 결국 실패하고 말았지요."

"맨 처음 수로 사업을 시작한 사람이나 큰돈을 벌었지, 지금은 게나 고동이나 수로를 판다고 달려드는데 어디 돈벌이가 되겠습니까?"

"조상 대대로 물을 길어다 쓴 것이 습관이 되어서 구태여 힘들게 수로를 만들 필요가 없을 것 같은데요."

"수로 사업이네 뭐네 해서 사기 치는 사기꾼이 있다는 소문을 들어서요, 저는 싫습니다."

파블로와 브루노는 이처럼 훗날을 내다보지 못하는 사람들을 대할 때마다 한숨이 절로 나왔다. 그러나 본시 세상이 그러한데 어떡하겠는가? 꿈을 꾸고 성공을 이루는 사람은 언제나 극소수에 불과한 것을. 대다수의 사람들은 강가에서 물을 길어다 물독을 채우는 것처럼 바쁘게 살며 전술상의 근면으로 전략상의 나태함을 메우려 한다.

아마 대다수 사람들은 땀을 흘리고 정당한 노동의 대가를 받는 게 무슨 문제가 있느냐고 반문할 것이다. 하지만 정작 문제는 시간을 염두에 두지 않았다는 데 있다. 가령 당신이 병에 걸리거나 혹은 해고된다면 어디서 수입을 얻을 수 있겠는가? 위의 일화에 나오는 브루노처럼 갑작스레 일감을 잃어버린다면 가족의 생계는 어떻게 꾸릴 것인가 말이다.

당신의 수입이 얼마나 되든 우리는 항상 그러한 문제에 직면해 있다. 내가 아는 개업 치과의가 한 명 있었다. 의료 기술도 좋고 병원비도 그다지 비싸지 않아서 그녀의 병원은 금세 근방에 소문났다. 덕분에 다른 치과의에 비해 수입이 많아서 경제적으로도 매우 풍족했다. 하지만 마흔 살이 되면서 그녀는 심각한 관절염에 시달리기 시작했다. 의사는 그녀에게 어깨의 관절염이 이미 심각한 지경에 이르러 더 이상 일을 해서는 안 된다고 경고했다. 치과의는 병원 문을 닫을 수밖에 없었고, 이제는 그동안 저축해 놓은 돈으로 생계를 유지해야 하는 지경에 이르고 말았다.

무슨 일을 하든 단순히 '물을 길어 날라 물 항아리를 채우는' 수동적인 상태에 머물러서는 안정적인 경제적 기반을 구축할 수가 없다. '수로'를 만들어 지속적인 경제 수입원을 확보해야만 경제적 안정을 누릴 수 있다. 현재의 생활은 어제의 생각과 선택에 따른 결과이다. 미래 10년 동안 당신은 하루하루 일하며 근근이 생계를 도모하기를 원하는가 아니면 튼튼한 경제적 기반을 구축하기를 원하는가? 혹은 '수로를 건설하는' 회사를 찾아 성공의 희열을 함께 나눌 것인가? 모든 선택은 당신 손에 달려있다.

당신은 어떤 자질이 있으며
또 어떤 방향으로
노력할 것인가?

우리는 많은 책을 통해 익히 들어왔다. 인간에게는 무한한 잠재력이 있으며, 자신의 천부적 자질을 찾아내어 잠재력을 최대치로 발휘해야 한다는 말을. 그렇다면 나의 천부적 자질은 어떻게 찾아야 하고, 또 잠재력은 어떻게 발휘해야 하는 걸까?

잠재력은 대단히 광범위한 개념이다. 당신에게도 다양한 잠재력이 있을 것이다. 가령 성장 잠재력, 학습 잠재력, 업무 잠재력, 감정 조절 잠재력, 육아 잠재력 등등. 하지만 여기서 내가 강조하려는 중점은 업무 잠재력, 혹은 좁은 의미에서 천부적 재능이다.

먼저 여러분에게 찬물을 끼얹는 말을 해야 할 듯싶다. 아마도 당신은 평생 자신의 잠재력을 발견하지 못할 가능성이 매우 크며, 그것은 지극히 정상적인 현상이라고 할 수 있다. 예컨대 당신이 피아노에 천부적 자질을 타고났다고 가정해보자. 그러나 안타깝게도 당신은 가난한 산골에서 태어났고, 자라서는 도시 건설 현장의 인부가 되었다. 일하면서 벌어들인 돈으로 당신은 집을 장만하고, 결혼을 하여 가정을 꾸리고, 작은 상점을 열게 되었다. 그런 삶이 앞으로도 계속 지속된다면 당신은 평생 피아노를 만져볼 기회조차 얻지 못할 것이다. 물론 음악 방면에 천부적 소질이 있다는 사실은 더더구나 깨닫지 못할 것이다.

교육 방면에서도 마찬가지이다. 어린 시절에는 종종 일반적인 상식에 맞지 않는 '부적합'한 형태로 천부적 자질을 드러내는 경우가 많아서 대개는 싹이 트기도 전에 말살되기 일쑤다. 이러한 사례는 부지기수이다. 그렇기 때문에 성공하지 못한 사람들 상당수가 잠재적인 피해자일 가능성이 있다. 자신의 잠재력을 발휘하는 데 성공한 사람은 극소수에 불과하지만 아주 없지는 않다.

모두들 타이완臺灣의 만화가 주더융朱德庸을 잘 알고 있을 것이다. 예리하면서도 온정 넘치는 그의 만화에 모두들 익숙할 것이다. 하지만 그가 어린 시절 학교에서 환영받지 못한 아이였다는 사실을 아는 이는 과연 얼마나 될까? 주더융은 어린 시절 학교 선생님들이 지적 능력이 떨어지는 바보라 여겨 받아주지 않은 탓에 여러 학교를 전전했고, 하마터면 아예 진학조차 못할 뻔했다. 훗날 주더융은 자신이 바보가 아니라 천성적으로 문자에 대한 반응이 둔할 뿐이라는 사실을 깨닫게 되었다. 반면 그림에 대해서는 매우 예민한 감수성이 있어서, 비록 어문학에는 젬병이었지만 그림에는 탁월한 소질을 보였다.

다행히 주더융의 부모는 현명한 사람들이었다. 주더융에게 압력을 가하는 대신 그가 자신의 소질을 맘껏 발휘할 수 있도록 도와주었다. 훗날 주더융은 이렇게 회상했다.

"만일 우리 부모님이 학교 선생님들처럼 공부하라고 강요했다면 아마도 나는 살아남지 못했을 것이다. 사람은 누구나 천부적인 소질이 있다. 다만 일부 자질은 그들의 부모 혹은 사회 관습에 억눌려 사라지고 만다."

어린 시절의 경험으로 천부적 자질에 대한 소회가 남다른 주더융은 또 이렇게 말했다. "나는 사람이 동물처럼 누구나 자신만의 천부적 자질을 타고났다고 굳게 믿는다. 가령 호랑이는 날카로운 이빨이 있고, 토끼는 점프력과 달리기 실력이 탁월하기 때문에 대자연의 적자생존 속에서도 살아남을 수 있었다. 사람도 마찬가지이다. 다만 성장하는 과정에서 천부적 자질이 매몰될 뿐이다. 마치 피만 보면 겁이 나는 사람이 부모의 강압 때문에 마지못해 의대를 진학하는 것처럼 말이다. 실제로는 토끼과에 속하는데도 너도나도 호랑이과가 되려다 결국에는 죽도 밥도 아닌 꼴이 되는 경우가 많다. 똑똑한 토끼를 마다하고 왜 꼭 미련한 호랑이가 되려고 하는가?"

"우리가 사는 사회는 참 이상하기 짝이 없다. 토끼는 토끼의 본능이 있고 사자는 사자의 본능이 있는데, 왜 사회는 모든 사람들에게 사자가 되기를 강요하여 결국에는 미련한 사자들만 몽땅 만들어내는지 모르겠다. 나는 천부적 자질 혹은 본능이 매몰되지 않아서 얼마나 다행인지 모른다."

　천부적 자질을 온전히 발굴하여 계발하는 사람은 그리 많지 않다. 이 사회에 통용되는 성공의 법칙이 주로 언어, 수학, 창의성에만 집중되어 있기 때문이다. 그래서 나는 여러분들에게 충고하고 싶다. 천부적 자질은 다양하며, 당신의 자질이 당신이 원하는 것이 아닐 수도 있고, 또 당신이 원하는 자질을 지니지 못할 수도 있다. 어쩌면 당신은 천부적 자질이 그다지 '현실'적이지 못해 포기할 수도 있다.

　서머셋 모옴William Somerset Maugham 의 《달과 6펜스》를 읽었거나 혹은 폴 고갱Paul Gauguin 의 이야기를 안다면, 아마도 천부적 자질의 마력에 대해 깊이 깨달은 점이 있을 것이다. 그것은 하늘이 당신에게 내린 소명이며 도망치려야 도망칠 수 없는 운명이다. 그러나 대다수 사람들은 그러한 마력의 힘에 끌리는 것을 원치 않는다. 그러한 마력을 느낄 때 자신의 마음이 원하는 대로 따를 사람이 과연 얼마나 될까?

　고등학교가 문과와 이과로 나뉘어 있는 탓에 문학에 심취해 있으면서도 '미래의 좋은 직업'을 얻기 위해 이과를 선택한 이들이 많다. 내 주위에도 그런 사람들이 많다. 언어에 천부적 자질이 있어서 훌륭한 작가가 될 재목감인데도 고생고생하며 회계사 공부에 매달리는 사람들 말이다.

　대다수 사람들은 자신의 천부적 자질을 찾아서 계발하기를 원한다. 그래서 별자리, 띠, 성격 분석, 직업 적성 검사에 관심이 많고, 심지어는 타로 카드로 미래의 직업을 찾으려고도 한다. 하지만 안타깝게도 성격 테스트니 MBTI 진단이니 하는 것들은 모두 기분 상태나 측정 당시의 환경, 설문 내용에 큰 영향을 받는다.

이러한 테스트가 신뢰할 만한 것이 못 된다는 말을 하고 싶은 것이 아니다. 내가 말하고 싶은 것은, 당신이 스스로를 파악하고 이해하는 데 시간을 쏟기보다 외부의 확률성 테스트에만 의존한다면 스스로를 규정하기가 어려우리라는 사실이다.

자신을 객관적으로 평가하고 싶다면, 일상생활에서 자신의 천부적 자질이 무엇인지 찾아야 한다. 이른바 천부적 자질이란 당신이 남들보다 수월하게 배우고, 즐겁게 완성할 수 있는 일을 뜻한다. 가령 남들은 2주에 스키 고급반을 수료하는데, 당신은 두 달을 배우고서야 수료하거나 혹은 초급반에서 계속해서 넘어지기 일쑤라고 해보자. 이는 곧 당신에게 운동 소질이 없다는 것을 의미한다. 어쩌면 당신은 남들보다 더 많은 노력을 기울여 실력이 향상될 수도 있겠지만, 운동을 인생의 주된 목표로 삼지 말기를 권유한다. 우리가 이 세상에 태어난 것은 자아실현을 위해서이다. 그런데 당신은 명명백백 사과나무이면서 왜 스스로에게 다른 나무의 열매를 열라고 강요하고 압박하는가?

자신의 천부적 자질이 무엇인지 찾을 때는 다른 사람과 학습 속도를 비교하는 것 외에도 스스로와도 비교해야 한다. 이 세상에는 신과 같은 완벽한 존재가 있기 마련이다. 그런 사람들은 당신이 제아무리 이를 악물고 덤벼도 따라잡을 수가 없다. 그런 사람과 비교하며 자신의 존재 가치에 회의를 느끼고 좌절하기보다는 당신 스스로와 비교하는 것이 더 낫다. 가령 어떤 것을 배울 때 상대적으로 학습 속도가 빠르거나 혹은 재미를 느끼는지, 어느 분야에서 가장 좋은 성과를 얻었는지를 살펴보는 것이다. 그러한 것들은 당신의 잠재적 자질일 가능성이 크므로 기록해서 목록을 만드는 것이 좋다.

그다음으로 중요한 것은 직접 체험하는 것이다. 잠재적 능력을 실제적인 능력으로 바꾸는 것이다. 자신에게 있을지 모를 천부적 자질을 끄집어내어 열심히 학습하면 당신에게 어떤 자질이 있는지 확연히 드러나게 될 것이다. 물론 학습을 통해 별다른 자질이 없다고 확인되면 목록에서 지우면 된다.

좋은 습관을 기르면
좋은 결과를
얻을 수 있다

습관이란 것은 어떤 의미에서는 공기와도 같다. 내가 살아가는 데 없어서는 안 될 중요한 것이지만 평소에는 그 존재를 인식하지 못하는 것처럼 말이다.

당신은 왜 내일도 어김없이 태양이 동쪽에서 뜰 것이라고 믿는가?

영국의 대표적 철학자 흄David Hume 의 말을 빌리면, 그것은 인류의 습관 때문이라고 한다. 하루하루가 지나고 해가 바뀌는 동안에도 변함없이 떠오르는 태양을 보면서 우리 마음속에 습관이 생긴 것이다. 그래서 내일도 당연스레 태양이 뜨리라고 믿는 것이다!

습관은 그래서 무서운 것이다. 베이컨Francis Bacon 도 이렇게 말했다. "사람들의 생각은 대부분 그들의 성향이 결정하고 언어는 그들의 학식과 견해로 결정되지만, 그들의 행동은 평소의 습관을 따른다."

습관은 거의 절대적일 만큼 우리의 행위를 지배한다. 당신이 성공할 수 있도록 도와주기도 하고 반대로 실패의 원인이 되기도 한다. "행동의 씨앗을 뿌리면 습관의 열매가 열리고, 습관의 씨앗을 뿌리면 성격의 열매가 열리고, 성격의 씨앗을 뿌리면 운명의 열매가 열린다."라는 말이 나온 것도 바로 그 때문이다.

우리는 스스로도 모르는 사이 습관을 기르고 있으며, 그 습관은 우리에게 성취를 가져다주거나 혹은 장애물이 된다. 이것이 바로 습관의 힘이다. 우리 몸에 밴 습관은 커다란 나무처럼 당신 인생에 절대적인 영향력을 미친다. 습관이 작은 새싹에서 큰 나무가 되기까지에는 끊임없이 계속되는 반복의 과정이 있다. 반복되는 시간이 길어지면서 이는 당신의 몸에 단단히 뿌리를 내려 쉽게 바꿀 수 없게 된다. 때문에 몸에 나쁜 습관이 생기면 일찌감치 발견해서 싹을 잘라야 한다.

미국 텍사스 주의 석유재벌 폴 게티J. Paul Getty는 한때 대단히 심각한 골초로 유명했다. 한번은 휴가를 맞이하여 프랑스로 자동차 여행을 떠났다. 마침 도중에 큰 비를 만난 그는 여러 시간 운전한 끝에 간신히 작은 마을의 여관에서 묵게 되었다. 온종일 운전을 하느라 피곤했던 그는 저녁 식사를 끝내자마자 잠에 곯아떨어지고 말았다.

새벽 두 시 즈음, 잠에서 깨어난 그는 담배 생각이 나서 전등을 켜고 침대 협탁 위에 놓아뒀던 담뱃갑을 찾았다. 그런데 아뿔싸! 담뱃

갑은 텅 빈 채였다. 폴은 침대에서 일어나 옷 주머니를 뒤적였지만 남은 담배는 없었다. 혹시나 하는 기대감으로 여행 가방을 풀어헤쳐 뒤졌지만 역시나였다. 자정을 훨씬 넘은 시각이라서 여관의 식당이나 칵테일 바는 모두 문이 닫힌 상태였다. 그가 담배를 구할 수 있는 있는 방법은 옷을 챙겨 입고 밖으로 나가 빗속을 뚫고 두세 블록 떨어진 기차역의 매점으로 가는 것뿐이었다.

담배가 없자 담배를 피우고 싶은 욕구는 더욱 강렬하게 타올랐다. 담배를 피워본 사람은 누구나 이러한 경험이 있을 것이다. 폴은 결국 잠옷을 벗고 외출복으로 갈아입은 뒤 비옷을 챙겨 입으려다 문득 이런 생각이 들었다. '내가 지금 뭘 하고 있는 거지?'

폴은 그 자리에 목석처럼 서서 생각에 잠겼다. 이른바 재계의 거두이며 성공한 사업가였다. 남들보다 명석한 두뇌와 뛰어난 사업 감각으로 수많은 부하를 호령하며 사업체를 이끌고 있는 자신이었다. 그런 자신이 겨우 담배 한 갑을 사기 위해 한밤중에 빗속을 헤매야하다니? 그는 새삼 습관이 얼마나 무서운 건지 깨달았다.

폴은 더 이상 이런저런 생각할 필요 없이 그 자리에서 결심했다. 그는 빈 담뱃갑을 쓰레기통에 던져 버린 뒤 다시 잠옷으로 갈아입고 침대 속으로 들어갔다. 뭔가 설명하기 힘든 해방감과 승리감에 만족해하며 이내 다시 잠 속으로 빠져들었다.

그 뒤로 폴은 두 번 다시 담배를 피우지 않았다. 그의 사업은 점점 번창했고, 그는 세계에서 손가락 안에 드는 갑부가 되었다. 난 가끔 이런 생각을 한다. 내가 뛰어난 사업가가 되지 못하는 이유가 어쩌면 나쁜 습관을 버리고 좋은 습관을 기르지 못한 탓은 아닌가 하고 말이다.

　비행기를 타고 갈 때면 나와 비슷한 나이 또래인 삼사십 대 중년의 남자들을 눈여겨 살펴보게 된다. 그럴 때면 재미있는 현상 하나를 발견할 수 있다. 1등석의 승객들은 대부분 책을 읽고, 비즈니스석의 승객들은 잡지를 읽거나 아니면 노트북이나 아이패드iPad로 업무와 관련된 일을 하고 있다. 반면에 이코노미석의 승객들은 신문이나 영화를 보거나 혹은 게임이나 수다를 떨고 있는 경우가 대부분이다. 도대체 좌석이 이 사람들의 행위에 영향을 미친 걸까 아니면 이들의 행위가 좌석에 영향을 미친 걸까? 단언컨대 후자라고 생각한다. 나와 성공한 사람들의 차이점은 아마도 그러한 좋은 습관이 있느냐 없느냐의 차이가 아닐까?

　성공한 사람들의 특성을 찾아볼 때 우리는 그들의 천부적인 자질이나 사업적 두뇌, 인간적인 매력이나 업무에 대한 열정에 주된 초점을 맞춘다. 정작 '습관'이라는 중요한 특성은 무시한 채. 어쩌면 남들이 나보다 훨씬 뛰어나고 우수한 이유는 그저 좋은 습관이 나보다 더 많기 때문일지도 모르는데 말이다.

　그렇지만 제아무리 좋은 생각, 좋은 품성, 좋은 원칙, 좋은 이념도 단순히 '알고 있는 것'과 자신의 것으로 '성취하는 것'은 전혀 별개의 문제이다. '알고 있는 것'과 '성취하는 것' 둘 사이에는 매우 넓고 깊은 급류가 흐르고 있어서 연결해주는 다리가 필요하다. 그 다리가 바로 지금 당장 행동하는 것이다.

그렇다면 어떤 것이 좋은 습관이고 또 어떤 것이 나쁜 습관일까? 실상 이는 일괄적으로 규정짓기가 어렵다.

가령 모두가 알고 있는 빌 게이츠와 제임스 맥킨지James McKinsey 는 둘 다 대부호이지만 비행기 좌석을 선택하는 습관은 전혀 다르다. 맥킨지는 무조건 1등석만 타는데, 이유인즉슨 '1등석에서 새로운 고객 한 명을 유치하면 곧 1년 치의 수익을 확보할 수 있기' 때문이다. 반면에 빌 게이츠는 이코노미석에 타는 것이 습관이다. 그의 이유인즉슨, '1등석에 탄다고 해서 이코노미석보다 더 빨리 목적지에 도착하는 것은 아니기' 때문이다. 여기서 보듯이 가치판단과 가치선택은 종종 사람마다 다르다는 것을 알 수 있다. 그렇다면 두 사람 중 누구의 습관이 더 좋은가? 저마다의 타당한 이유가 있기 때문에 간단히 단언하기가 어렵다.

일부 습관은 좋고 나쁜 것이 확연히 드러난다. 가령 균형 잡힌 식단, 아침저녁으로 양치질하기, 규칙적인 학습 습관 등은 좋은 습관이고, 반면에 흡연하거나 위생상태가 나쁜 길거리 음식을 즐겨먹는 것은 나쁜 습관임을 쉽게 판별할 수 있다. 하지만 일부 습관은 좋고 나쁘고가 상대적일 경우가 많다. 가령 온라인 쇼핑은 시간과 돈을 절약하는 데 도움이 되지만 쉽게 물품을 구매할 수 있어 낭비로 이어질 때가 많다. 좋은 습관이 될지 나쁜 습관이 될지는 오롯이 당신이 어떻게 중심을 잡느냐에 달려 있다.

좋은 습관을 기르는 것 이외에도 나는 여러분이 자신의 직업이나 미래 발전 방향을 목표로 삼아 자신에게 어떤 습관이 도움이 되는지를 판별하고, 이를 기르는 데 진력하기를 바란다. 다행히 우리에겐 충분히 그럴 능력이 있기 때문에 당신은 분명히 해낼 것이다.

날마다 조금씩 성공의 DNA가 당신의 몸속으로 주입될 것이다

습관을 기르는 것은 말은 쉽지만 막상 행동으로 옮기기에는 참으로 어려운 일이다. 하지만 한 가지 확실한 것은 당신이 좋은 습관을 기르든 나쁜 습관을 고치든 그것이 당신의 의지력에 달려 있다는 사실이다.

예를 들어 설명하자면, 습관을 기르는 것은 천을 짜는 것과 같다. 처음에는 가느다란 실에 불과하지만, 똑같은 행위가 끊임없이 반복되면서 그 가느다란 실은 단단한 밧줄이 되어 우리의 생각과 행위를 꽁꽁 얽어맨다. 이처럼 습관을 기르는 것은 밧줄로 나 자신을 둘둘 감아서 얽어매는 과정이기 때문에 귀찮고, 따분하고, 또 난감할 때가 많다.

몸을 조여 오는 압박감 속에서 당신이 해야 할 일은 그저 참고, 반복하는 것뿐이다. 그 반복의 힘이 얼마나 강한지 알고 싶은가? 광고를 보면 알 수 있다. 대다수 사람들은 광고에 경계심을 갖지만 날마다 TV만 켜면 나오는 반복된 광고는 당신도 모르는 사이 당신의 잠재의식 속에 뿌리를 내리게 된다. 마찬가지 이치이다. 당신이 기르려는 좋은 습관도, TV 광고처럼 끊임없는 반복 속에서 당신의 잠재의식 속으로 들어가 당신의 골수와 혈액으로 스며들어 DNA에 새겨지게 된다.

다시 말해서, 당신이 원하는 좋은 습관을 갖고 싶다면 의식적으로 끊임없이 반복해야 한다. 얼마나 많은 시간을 반복해야 하는지는 당신이 기존에 갖고 있던 나쁜 습관이 완전히 사라질 때까지이다. 만일 완전히 새로운 습관이라면 상대적으로 몸에 익히는 것이 쉽다. 반면에 기존의 낡은 습관을 새로운 습관으로 대체하는 것은 보다 많은 시간이 필요하다. 가령 아침에 일찍 일어나는 습관을 기른다고 가정해보자. 그러면 그동안 몸에 밴 늦잠 자는 버릇이 하나의 장애물처럼 버티고 저항력을 발휘하기 때문에 새로운 습관을 기르기가 그만큼 어려워진다.

실제 생활에서 낡은 습관을 고치는 과정은 대체적으로 다음과 같다. 먼저 당신은 의식적으로 스스로에게 다짐한다. 기존의 나쁜 습관을 고쳐서 가치 있는 좋은 새 습관을 들이겠다고 말이다. 하지만 이러한 다짐은 그저 의식적인 수준으로만 머물러 있을 뿐 그다지 강하지가 않아서 잠재의식 속에 깃들기에 부족하다.

그와 동시에 이미 당신의 잠재의식 속에 깃들어 있는 낡은 습관은 당신이 대체하려고 하는 새로운 습관보다 훨씬 강력한 힘을 갖고 있다. 따라서 당신이 의식적으로 새로운 습관을 몸에 익히려고 할수록 결과적으로 잠재의식을 억누르는 것이기 때문에 왠지 답답하고 불편한 느낌을 갖게 된다. 이러한 불편함을 이기지 못해서 새로운 습관을 포기하고 다시 예전 습관으로 돌아갔을 때 평소보다 훨씬 자유롭고 편한 느낌을 갖는 것도 그 때문이다. 그렇기에 좋은 새 습관으로 나쁜 과거의 습관을 고치는 과정에서 우리는 필연적으로 고통스럽고 불편한 시간을 거치게 된다. 이는 바로 의식과 잠재의식이 서로 협상하고 교섭하는 기간이라고 할 수 있다. 이 기간에 당신이 해야 할 일은 새 습관이 잠재의식 속에 깃들 때까지 꾸준히 반복하는 것뿐이다.

가령 나는 어린 시절부터 치약을 중간에서부터 짜서 쓰는 버릇이 있다. 지난 이삼십 년간 쭉 그렇게 사용했기 때문에 아래쪽부터 짜서 쓰라는 아내의 잔소리도 매번 까먹기 일쑤이다. 이처럼 하찮은 치약 짜는 일도 이미 오랜 시간 몸에 밴 습관이 되어서 고치기가 매우 어렵다. 그러므로 서너 차례의 짧은 훈련으로 그러한 나쁜 습관을 단숨에 고칠 수 있으리란 생각은 애초에 버리는 것이 좋다. 서두르지 말고 지속적인 반복으로 천천히 꾸준하게 새로운 습관에 길을 들여야 한다.

이러한 과정에 얼마나 많은 시간이 필요한지에 대해서는 아마 여러분들도 들은 적이 있을 것이다. 즉, 21일이면 충분하다는 주장 말이다. 잔인하게 들리겠지만 나는 그러한 주장에 단순화의 오류가 있다고 생각한다. 21일이면 족하다는 주장은 성형외과 의사 출신의 성공학 전도사로 맥스웰 몰츠Maxwell Maltz 의《성공의 법칙》에서 비롯

되었다. 그 책에서 작자 몰츠는 성형 수술한 환자들이 신체의 변화에 적응하는 데는 최소한 21일이 필요하다고 설명했다. 하지만 21일 만에 새로 생긴 쌍꺼풀에 적응했다고 해서 21일 만에 담배를 끊을 수 있는 것은 아니다.

런던대학의 연구 보고서에 따르면, 새로운 습관을 기르는 데는 21일보다 더 많은 시간이 필요하다. 얼핏 21일만 참고 견디면 충분히 습관을 바꿀 수 있다는 말에 누구나 쉽게 도전할 수 있는 생각이 든다. 그러나 실상 대부분의 경우 새로운 습관을 기르려면 21일 이상의 시간이 필요하다. 또한 그 성공 여부는 습관 그 자체에 달려있다. 의지력이 강한 사람은 그저 결심만 하면 그만이지만 반면에 의지력이 약한 사람은 더 많은 시간이 필요하다.

게다가 아침에 일어나자마자 생수 한 잔 마시는 습관은 잠자기 전에 윗몸 일으키기 100번 하는 것보다 훨씬 간단한 습관이다. 하지만 일부 사람들에게는 아침에 일찍 일어나는 것이 죽는 것보다 더 힘든 일일 수 있다. 그렇기 때문에 습관을 기르는 데 정확히 얼마의 시간이 걸린다고 말하는 것은 매우 어려우며 또 무책임한 말이기도 하다.

하지만 연구자들은 구체적인 수치를 산출하여 '언젠가는'이라는 막연한 말보다는 '××일'이라는 구체적인 숫자에 희망을 걸도록 해주었다. 비록 연구 대상은 96명에 불과하고, 연구 규모도 작았지만 런던대학은 최소한 우리에게 구체적인 수치를 제시해주었다.

그들의 결과에 따르면, 우리가 한 가지 습관을 기르는 데는 평균 66일 가량이 소요된다. 66일 이전까지 완전히 습관으로 안착할지 아니면 66일 이후에도 더 시간이 필요할지는 오롯이 당신의 의지력과 습관의 난이도에 달려 있다. 또한 중간에 하루 이틀 빼먹었다고 해서 다시 처음부터 날짜 계산을 할 필요도 없다. 습관을 기르는 데는 무엇보다 처음 시작하는 며칠이 가장 중요하다. 이때는 하루도 빠짐없이 꼬박꼬박 지켜야 한다. 만일 띄엄띄엄하다 보면 습관으로 길들이기 힘들다.

한 가지 충고하고 싶은 것은, 인간은 감정의 동물로서 우리의 감정은 이성보다 훨씬 힘이 크다는 점이다. 그렇기 때문에 습관을 기를 때 너무 괴로워해서는 안 된다. 새로운 습관에 어떤 좋은 점이 있는지 생각하며 최대한 즐거운 기분을 유지해야 한다. 또한 당신의 굳은 결심을 흔들리게 해서 다시 나쁜 습관으로 되돌아가게 할 수 있는 장소나 시간, 인물은 최대한 피하도록 하라.

새로운 습관을 지켜 나가는 과정을 기록하는 것도 좋다. 혹은 주변 가족이나 친구들에게 당신의 결심을 알리고 스스로에게 압박을 가하는 동시에 그들의 감시를 받는 것도 좋은 방법이다. 그밖에도 하룻밤 사이 당신의 생활을 완전히 바꾸려는 욕심은 부리지 않는 것이 좋다. 한 번에 습관을 바꾸기는 그만큼 어렵기 때문이다. 남보다 훨씬 강한 의지력이 있지 않는 이상 힘든 일이다.

아무튼 좋은 습관을 기르는 데서 당신이 기억해야 할 가장 중요한 것은 '견지'이다. 일단 시작했다면 하루하루 꾸준히 실천해나가라. 그러면 그 어떤 습관도 기를 수 있다.

미래의 청사진은
당신을 성공으로 이끄는
원동력이 된다

　여러 해 전, 한 여자 학우의 사진첩을 본 적이 있다. 그 친구는 자신의 꿈의 파일이라며 사진첩 안에 들어있는 6장의 사진을 소개해 주었다. 웨딩 사진, 아름다운 꽃 사진, 카리브 해의 아름다운 해변 사진, 대학 졸업 사진, 어느 회사 여회장의 사진, 그리고 마지막은 석사모를 쓴 중년 여성의 사진이었다. 그 친구는 그 사진들이 자신이 이루고자 하는 인생의 목표라며 한 장 한 장 자세한 설명을 해주었다.

　나는 그 친구의 방법이 아주 기발하면서도 퍽이나 마음에 들었다. 만일 당신이 커다란 고층빌딩을 지어야 한다면 제일 먼저 무엇을 해야 할까? 그야 물론 설계도를 만드는 일일 것이다. 이 세상에 설계도 없이 짓는 건물이 어디 있겠는가? 마찬가지로 당신이 꿈꾸는 것들을 시각화하여 생생한 '청사진'으로 만든다면, 그것은 막연한 꿈에 머물지 않고 실천 가능한 구체적 목표로 당신 앞에 훌쩍 다가설 것이다. 막연하게 꿈꾸기만 한다면 그 꿈을 이루고 말겠다는 당신의 투지력을 발휘하기가 힘들다.

하루 종일 자신 혹은 타인에게 "나는 이 세상에서 가장 성공한 사람이 되고 싶다."고 말하면서도 정작 그 목표를 위해 무엇을 해야 하는지 모른다면, 그 꿈은 허황된 백일몽에 지나지 않는다. 그러므로 지금 당장 백지 한 장을 꺼내서 당신이 가장 중요하게 생각하는 것을 중요순으로 하나하나 써보아라. 마음속 깊은 곳에 자리 잡고 있던 막연한 소망이나 꿈을 한 글자 한 글자 써 내려가다 보면 구체적인 미래 청사진이 그려질 것이고, 더불어 그 꿈을 이루고자 하는 당신의 투지력을 유지하는 데도 큰 도움이 될 것이다.

내가 처음 사회에 발을 디뎠을 때 나는 어느 기업의 인턴사원직부터 시작했다. 그때 동기였던 마리馬麗, 가오옌高彦과 함께 우리는 회사의 자질구레한 일을 도맡아 했다. 다시 나이도 어리고 혈기만 앞섰던 우리는 능력에 비해 대접을 못 받는다는 생각에 하루하루가 따분하기만 했다. 그래서 우리 세 사람은 시간만 나면 한데 모여 단조로운 업무와 걸핏하면 트집잡는 상사를 험담하고, 물가가 비싼 수도권 생활의 어려움 등을 토로하곤 했다. 가끔은 자신의 꿈에 대한 이야기도 나누었다.

마리의 꿈은 아주 단순했다. 지방 출신인 그녀는 베이징 남자에게 시집을 가서 이곳에 안착하고 살 수 있기를 바랐다. 가오옌은 돈을 많이 벌고 싶어 했다. 그리고 나는 3년 안에 과장직에 오르고 5년 안에 본부장이 되는 것이 꿈이었다. 당시 우리에게 본부장은 오를 수 없는 나무처럼 까마득하기만 한 직책이었다.

그 뒤 우리 세 사람의 인생은 이랬다. 마리는 그다음 해에 소개팅을 해서 그녀의 조건에 맞는 남성을 만나 결혼을 했고, 회사도 집 부근으로 옮겼다. 가오옌은 3년째 되던 해에 회사를 이직했다. 3년이 지나도록 연봉이 오르지 않는데다 업무가 워낙 많아 투잡을 뛸 수도 없었기에 불만이 많았다. 그래서 연봉이 많은 중소기업으로 옮겨갔다. 나의 경우는, 내가 원하는 것이 무엇인지 잘 알고 있었기에 회사에 남았다. 이곳에서 더 많은 것을 배울 수 있고, 또 이곳이 자기 발전을 이루는 데 발판이 돼줄 거라고 여겼기 때문이다. 적은 연봉과 잡다한 업무 속에서 고군분투하면서도 나는 틈틈이 시간을 쪼개 여러 가지 기술과 지식을 배웠다. 3년 동안 나는 혼자서 7개의 프로젝트를 수행했고, 주말도 반납한 채 일주일 내내 회사에서 일을 했다. 나의 전문성과 연봉도 점차 높아져갔고, 나는 프로젝트 담당자에서 과장, 부장을 거쳐 점차 승진했으며, 5년째 되던 해에는 내가 꿈꾸던 본부장이 되었다. 그 뒤 다른 회사로 이직을 했지만 그때의 시간들을 난 잊을 수 없다.

지금 나는 대기업에서 일하면서 계속해서 나의 인생 계획을 세우고 있다. 마리는 가끔씩 연락을 할 때마다 남편의 사랑이 식었다는 둥, 고부관계 때문에 힘들다는 둥, 회사 동료들이 너무 돈만 밝힌다는 둥의 이야기를 늘어놓는다. 가오옌은 한곳에 정착하지 못하고 계속해서 이 회사 저 회사를 전전하고 있다. 그의 연봉이 어느 정도인지 알 수는 없지만 그의 초라한 행색을 보면 경제상황이 그다지 좋지 않다는 것을 알 수 있다.

나는 지금 내가 성공했다고 자랑하려는 것이 아니다. 그저 명확한 미래 모습을 계획하고 구상하느냐의 여부는 그것을 실현하는 데 매우 중요한 역할을 한다는 사실을 말해주고 싶을 뿐이다. 마리의 이상은 그다지 원대하지 못했지만 구체적이었기에 쉽게 실현할 수 있었다. 반면에 가오옌의 '돈을 많이 벌고 싶다'는 꿈은 너무나 막연하고 허황되기만 했기에 쉽게 이룰 수 없었다.

나는 비록 힘든 시간들을 보냈지만 뚜렷하고 확고한 미래 청사진은 나에게 무한한 힘을 주었다. 막막하고 기운이 빠질 때면 중도에 포기하지 않고 계속해서 앞으로 나아갈 수 있도록 해주었다. 또한 맹목적으로 서두르거나 욕심을 부리지 않고 차근차근 한 단계 한 단계씩 미래를 향해 다가가게 해주었다.

그렇기 때문에 나는 여러분에게 당신의 꿈이나 목표를 구체적인 청사진으로 그려보라고 말해주고 싶다. 그리고 날마다 그 청사진을 들여다보는 습관을 갖도록 하라. 그러면 투지력이 생기는 것은 물론, 대뇌가 적당한 각성 상태를 유지하며 현실과 미래 사이의 거리를 좁히려고 끊임없이 노력하게 된다. 이 얼마나 신기하면서도 강력한 힘인가? 오리슨 스웨트 마든Orison Swett Marden 은 이렇게 말했다. "우리가 무엇을 얻고 싶어 하든 간에 우선은 그것을 마음속 깊은 곳에 새겨야 한다. 이것은 심리학의 원칙이다."

여기서 한 가지 잊지 말아야 할 것은, 미래의 청사진을 그린 다음에는 그것을 수시로 들춰보며 자신을 격려하는 일이다. 언젠가 나는 어느 젊은 청년에게 이와 같은 설명을 해준 적이 있다. 내 말에 크게 흥분한 청년은 그날 밤 당장에 나에게 메일을 보내왔다. 그는 이미 인생 목표를 구체적인 청사진으로 그렸다며 앞으로 열심히 노력할 것이라고 했다. 그리고 나더러 한번 훑어보고 조언을 해달라고 부탁했다. 그의 미래 청사진은 매우 상세했다. 기간별로 달성할 결과까지 일목요연하게 정리했으며, 계획도 매우 꼼꼼하게 세웠다. 그래서 나는 그에게 계획을 잘 세웠다면 앞으로 잘 이뤄나기를 바란다고 말했다.

그로부터 수개월 뒤, 나는 그 청년의 인생 계획이 차근차근 잘 진행되고 있는지 궁금해서 그에게 물었다. 그러자 청년은 쑥스러운 표정으로 이미 포기했다고 대답하는 것이 아닌가? 내가 의아해하며 이유를 묻자 그는 이렇게 대답했다. "처음 미래 청사진을 그릴 때는 가슴이 두근거리고 흥분되었는데, 며칠 지나지 않아 흥분도 사라지고 계획을 실천하는 일도 심드렁해지고 말았어요. 나도 모르게 예전 생활 방식으로 돌아오면서 미래 청사진도 차츰 잊게 되더라고요."

위의 청년처럼 우리는 이치는 잘 알면서도 막상 행동으로 옮기는 것은 잘 하지 못한다. 이처럼 중도에 포기하는 이유는 신념이 부족한데다 외부의 자극도 약하기 때문이다. 미래에 대한 갈망이 약해질 때는 외부의 자극에 힘입어 날마다 미래 청사진을 보며 스스로 분발할 필요가 있다. 그래야만 계획 없이 대충대충 살아가던 예전으로 돌아가는 것을 피할 수 있다.

마지막으로 다시 한 번 강조하지만, 우리가 갈망하는 목표는 반드시 명확해야 한다. 그것을 시각화하고, 만질 수 있고, 느낄 수 있다면 그보다 더 좋은 방법은 없다. 그러한 '미래 청사진'이야말로 당신의 투지력을 자극한다. 길고 긴 실천 과정에서 수시로 미래 청사진을 들여다보며 당신이 원하는 것이 무엇인지, 지금 무엇을 해야 하는지 명확히 이해한다면 미래 목표를 향해 당신의 모든 역량을 쏟아부을 수 있다.

주변의
환경이 좋아질수록
당신도 더 나아질 수 있다

만일 우리에게 충분한 시간이 주어진다면 아마도 누구나 빌게이츠나 워런 버핏과 같은 부자가 될 수 있을 것이다. 하지만 아쉽게도 조물주가 우리 인간에게 허락한 시간은 유한하기만 하다. 그렇기 때문에 짧은 인생에서 최대한 자아실현을 이루기 위해서는 무엇보다 효율성이 중요하다.

그러므로 무언가를 배울 때는 최대한 최고의 실력이 있는 사람에게서 배워야 한다. 당신이 어떤 사람과 어울리느냐에 따라 당신의 사고방식이나 가치관도 그 사람을 따르기 마련이다. 그러므로 신중하게 대상을 선택해야 시간을 절약할 수 있다. 생각해보라, 만일 당신이 30년의 노력 끝에 성공한 사람과 교분을 나누며 그에게서 성공에 관한 경험과 교훈을 배운다면 어떻겠는가? 당신은 무려 30년의 경험치를 한꺼번에 배우게 되는 셈이다.

사람의 능력은 유한하기 때문에 우리가 미처 알지 못하고 지나치는 지식이 태반이다. 때문에 지혜로운 사람, 강한 사람과 교분을 나누면 뜻밖의 여러 가지 지식과 정보, 그리고 소중한 경험치를 얻을 수 있다.

당신이 시간과 정력을 절약할 수 있게 해줄 학습 대상은 다분히 성공한 사람에게만 국한된 것이 아니다. 탁월한 두각을 나타내는 동년배, 혹은 후배도 괜찮다. 연령도 성취 여부도 상관없다. 그저 당신보다 더 우수하고 또 소중한 경험을 나눠줄 수 있는 사람이라면 누구라도 상관없다.

드롭박스Dropbox의 CEO 드류 휴스턴Drew Houston은 매사추세츠 공과대학에서 강연할 때 학생들에게 인생에 대한 세 가지 조언을 했다. 그중 하나가 "뛰어난 사람과 같이 있으면 인생의 단 하루도 낭비하지 않게 된다."였다. 그는 아주 좋은 이야기들을 해주었는데, 그의 말을 옮기면 이렇다.

"대부분의 사람들은 다섯 명 정도가 어우러질 때 가장 오랜 시간을 보냅니다. 생각해 보세요, 당신 주변에 가장 친하게 지내는 다섯 명이 누가 있는지? 단짝 친구 그룹을 만드는 데 매사추세츠 공과대학보다 더 좋은 장소는 없을 것입니다. 저 역시 이곳에 오지 않았다면 스미스를 만나지도 못했을 테고, 그밖에 뛰어난 능력의 동업자는 물론이거니와 드롭박스조차 만들지 못했을 겁니다."

"제 경험에 비추면, 자신의 재능과 노력도 중요하지만 주변의 친구 그룹이 얼마나 뛰어난 인재들인지도 똑같이 중요합니다. 가령 농구 황제 마이클 조던이 NBA에 입단하지 않았다면 이탈리아 출신인 단짝 친구들을 어떻게 만났을까요? 당신의 친구 그룹은 당신을 훨씬 뛰어난 사람으로 만들어줍니다."

"당신의 단짝 친구 그룹에는 주로 회사 동료나 주변 사람들이 포함됩니다. 그렇기에 당신이 어떤 환경에서 사는지가 가장 중요합니다. 전 세계에서 공과대학으로는 매사추세츠 공과대학이, 영화계에서는 할리우드, IT 분야에서는 실리콘 밸리가 각각 독보적인 존재로 군림하지요. 이것은 단순한 우연이 아닙니다. 어떤 분야든 뛰어난 인재들이 모여드는 곳은 극히 한정되어 있습니다. 그리고 그곳은 당신이 목표로 삼아서 가야 할 곳입니다. 내가 우상처럼 여기는 사람들에게 배운다는 것은 얼마나 큰 이점인지 모릅니다. 당신이 숭배하는 우상의 그룹에 들어가 그들을 따르세요."

이른바 "파리를 따라다니면 화장실로 가게 되고 꿀벌을 따라다니면 꽃을 만나게 된다."라는 말이 있다. 당신이 어떤 사람인가는 중요하지 않다. 지금 당신이 누구와 함께 있느냐가 중요하다. 벼 잎 한 줄기는 아무런 값어치도 없지만 배추에 꽂으면 배추의 가치가 생기고, 털게에 묶으면 털게의 가치가 생긴다. 당신이 속한 그룹이 뛰어날수록 당신의 가치 역시 상승한다.

무릇 사람은 끼리끼리 어울리는 법이다. 물론 절대적인 것은 아니지만 당신의 친구를 보면 당신의 미래를 짐작할 수 있다. 또한 당신과 가장 많은 시간을 보내는 6명, 혹은 당신과 가장 친하게 지내는 친구들 6명의 평균 수입은 아마도 당신의 수입과 비슷할 것이다. 왜냐면 인간은 군집 동물이기 때문이다. 또한 대개 자신과 비슷한 부류의 사람들과 어울린다. 그러는 것이 좀 더 현실적이고 안정감이 있기 때문이다.

　하지만 내가 조언하건대, 당신보다 더 뛰어난 사람, 당신보다 한 단계 위의 사람들과 어울리며 당신의 그룹에 보다 많은 역량을 주입하도록 하라. 어쩌면 당신은 많은 사람들을 알고 지내고, 그중에는

사회의 유명인사도 있을지 모른다. 하지만 당신의 인맥이 얼마나 넓든 혹은 친구가 얼마나 많든 그것은 중요하지 않다. 정작 당신에게 영향을 미치고, 자극을 주고, 좌지우지하는 사람은 대개 주변의 몇몇 사람에 불과하기 때문이다. 그들이 당신에게 미치는 영향은 이미 암묵적인 형태로 자리 잡고 있을 것이다. 그러므로 당신보다 우수한 사람들과 교류를 하되 자주 만나는 것이 중요하다. 그래야만 상호작용을 일으키며 좀 더 큰 영향력을 발휘할 수 있다.

그런 점에서 유대인은 좋은 본보기이다. 유대인 속담에 "대다수 사람들은 연주하지 않은 악보를 갖고 무덤에 들어간다."라는 말이 있다. 그들이 생각하기에 부자가 될 수 있는 이유는 그들만의 돈 버는 비결이 있기 때문이다. 돈 버는 비결만 알면 우리도 부자가 될 수 있다. 만일 당신이 부자와 친밀하게 지낸다면 큰돈을 벌어 부자가 될 기회를 얻을 수 있다. 부자들의 사고방식과 경험을 배우고 그들과 인맥을 쌓는다면 돈을 벌 기회는 쉽게 얻을 수 있다. 반면에 당신이 가난한 사람들과 어울린다면, 돈을 절약하는 법을 배우는 것 이외에는 그 어떤 것도 배울 수 없다.《탈무드》에서 우수한 사람들과 어울리라고 강조하는 것도 그 때문이다.

유대교의 성인 랍비 나단도 이렇게 말했다. "향료 상점에 들어가면 비록 아무것도 사지 않고 빈손으로 나와도 그의 옷에는 향료 냄새가 배어 하루 종일 풍기게 된다. 반면에 가죽 상점에 들어가면 아무것도 사지 않고 만진 것도 없지만 고약한 가죽 냄새가 몸에 배어 오래도록 가시지 않는다."

이는 중국 고대 경전《순자_{荀子}》중 "마밭에 난 쑥은 세우지 않아도 곧게 서고, 흰 모래도 진흙을 만나면 물들이지 않아도 저절로 더러 워진다."라는 말과 일맥상통한다. 구불구불 자라는 성질의 쑥은 삼 밭에서 자라면 누가 세워주지 않아도 곧게 자라고, 하얀 모래는 진 흙 속에서는 검게 더럽혀진다는 뜻이다.

어쩌면 당신은 본래 뛰어난 사람이었지만 주변의 소극적인 사람 들의 영향으로 발전 동력을 잃고 평범한 사람으로 변했는지도 모른 다. 이른바 "붉은 인주를 가까이하면 붉게 되고, 먹을 가까이하게 되 면 검게 물든다."라는 속담 역시 '자주 보고 듣다 보면 그것에 익숙해 지고 습관이 되는 것'을 경계하는 말일 것이다.

하지만 안타깝게도 대다수 사람들은 자신보다 못한 사람들에게 떠받히고 추앙받는 것을 좋아한다. 물론 이러한 것이 당신의 허영심 을 크게 만족시켜주는 것은 사실이다. 하지만 허영심을 만족시킨들 무슨 도움이 되겠는가? 만일 당신이 친구들 무리 중에 가장 성공한 축에 속한다면 그것은 곧 앞으로 더 큰 성공을 거두기는 틀렸다는 것을 의미한다. 지금의 환경에서는 더 이상 발전할 수 없으니 새로 운 환경으로 바꾸는 것이 나을 것이다.

매번 허물을 벗어
탈피를 할 때마다
당신은 한 단계 더
성장할 것이다

　모두가 알다시피, 뱀을 비롯한 수많은 절지동물, 파행 동물은 정기적으로 탈피를 한다. 낡은 허물을 벗고 그 자리를 새로운 껍질이 대체한다. 일반적으로 뱀이 한 번씩 탈피를 할 때마다 조금씩 몸이 커진다. 수차례의 탈피를 거듭한 뒤에는 완전한 성체가 되어 스스로의 힘으로 먹이를 구하고 자신을 보호할 수 있게 된다.

　뱀이 탈피를 할 때의 고통스러운 과정을 우리로서는 이해하기 힘들다. 기존의 허물을 벗는 것 자체만으로도 참을 수 없는 고통일 것이며, 또 허물을 벗은 뒤에 새로운 껍질이 자라날 때까지는 움직이기도 불편해서 먹이를 구하기도 힘들며, 심지어 적의 침입도 막아낼 힘이 없다. 그렇기 때문에 뱀은 매번 탈피를 할 때마다 생과 사의 기로에 서는 시련을 겪는다. 실상 우리 인간의 성장 과정 역시 매번 탈피를 거듭하는 행위와 다름없다!

한때 내가 세웠던 목표, 내가 이뤘던 성취와 발전은 시간이 지나면 발목을 잡는 속박이 된다. 그것들을 버리고 초월해야만 다시 새로운 삶을 쟁취할 수 있다.

뱀은 고통스러운 탈피의 과정을 겪은 뒤에는 새로운 삶을 얻는다. 보다 강하고 성숙한 생명을 얻게 되는 것이다. 인간도 마찬가지이다. 우리는 끊임없이 노력하고 쟁취하고, 자아부정을 하는 과정에서 지속적으로 발전할 수 있다.

하나의 단계성 목표가 달성되거나, 한 차례 자아초월에 성공한 것은 그저 인생의 디딤돌 중의 하나에 불과하므로 크게 확대 해석하고 자아도취에 빠져서는 안 된다. 그러한 디딤돌을 하나씩 하나씩 쌓아 올려 높은 정상에 오르는 새로운 길을 개척해야 한다. 일단 정상에 오르면 다시 서둘러 내려와 새로운 정상을 향한 등반에 올라야 한다. 작은 성공에 도취하여 그 자리에 주저앉는다면 그보다 더 큰 성취를 어떻게 이루겠는가?

안타깝게도 대다수 사람들의 위기는 그들의 목표가 너무 높아 쉽게 이루지 못해서가 아니라, 목표를 너무 낮게 잡아 손쉽게 달성하기 때문에 찾아온다.

런던에 사는 셔먼이라는 청년이 있었다. 불행하게도 그는 한쪽 다리에 만성 근육위축증이 있어 걸음이 불편했다. 우리가 흔히 말하는 지체장애자였다. 그러나 그는 강인한 끈기와 신념으로 진기록을 거듭 세우며 세상 사람들을 놀라게 했다. 열아홉 살 때는 세계 최고봉 에베레스트를 등반했고, 스물한 살 때는 알프스산을, 그리고 스물두 살 때는 킬리만자로를 등반했다. 그렇게 스물여덟 살이 되기 전에 그는 세계 곳곳의 내로라하는 유명한 산은 모두 완정했다.

강인한 끈기와 도전정신으로 세상 사람들의 본보기가 되었을 즈음, 청년은 뜻밖에도 스물여덟 살의 젊은 나이에 아파트에서 자살했다. 크게 성공하여 명성까지 얻었는데, 그는 왜 갑작스레 자살을 선택했을까? 사실 그가 열한 살 때 그의 부모는 킬리만자로 산을 등반하다 눈사태로 목숨을 잃었다. 그의 부모님은 세상을 떠나기 전 어린 셔먼에게 유서를 남겼는데, 자신들처럼 세계의 유명한 산을 등반하라는 유언을 남겼다. 부모의 마지막 유언은 어린 셔먼에게 삶을 지탱하는 버팀목이 되었다.

그리고 그는 마침내 세계의 명산들을 완정하고 부모의 유언을 완수했다. 그는 자신의 유서에 이렇게 심정을 토로했다. "지난 시간 동안 지체장애자로서 세계의 명산을 등반하는 기록을 세웠다. 그것은 부모님이 유언으로 남겨준 내 삶의 신념이었다. 그런데 막상 모든 산을 완정하고 난 지금은 더 이상 내가 할 일이 없어졌다……."

셔먼의 부모가 남긴 유언은 그에게 인생의 목표가 되었고, 그는 기적과 같은 기록들을 거듭 세웠다. 하지만 막상 그 목표를 완수하고 난 뒤에는 한 번도 느끼지 못했던 무력감과 절망에 휩싸였고, 결국엔 목숨마저 포기하고 말았다.

내가 이 사례를 드는 이유는 목표의 중요성을 설명하기 위해서가 아니다. 삶의 의의는 인생의 목표를 실현하는 것에 있지 않고 끊임없이 인생 목표를 발전시켜 나가는 데 있다는 말을 하고 싶어서이다.

우리는 성장 과정에서 빠르거나 느린 속도의 차이가 있을 뿐 누구나 발전한다. 그 과정에서 우리는 수시로 자신을 돌아보고 자기를 평가하며 목표를 조정하고, 기대치를 높여야 한다. 가령 당신이 10년의 기한을 둔 목표를 5년 만에 완성했다면, 이제 그것으로 모든 것이 다 만사형통일까? 그건 아니다. 우리의 인생은 목표가 있어야 활력이 생긴다. 그렇기 때문에 하나의 목표를 완수했다면, 또 다른 새로운 목표를 만들어야 한다.

20년 전 내가 고등학생이던 시절에 1만 위안은 천문학적인 숫자였다. 그때 나는 언제쯤이면 1만 위안을 벌 수 있을지 상상한 적이 있다. 그러나 10년이 지난 뒤 직장 생활을 하며 돈을 벌기 시작하자 1만 위안은 더 이상 천문학적인 액수로 느껴지지 않았다. 대신 10만 위안을 저축하고 싶은 새로운 욕심이 생겼다. 그렇다면 또다시 10년이 지난 지금, 난 100만 위안을 목표로 삼았을까? 그렇진 않다. 요즘 100만 위안은 아파트 계약금조차 치를 수 없는 액수가 되었으니 말이다.

내가 하고 싶은 말은, 10년 전의 당신과 지금의 당신은 목표가 달라야 한다는 것이다. 만일 목표가 당신의 성장에 따라 바뀌지 않는다면 그것은 곧 당신의 발전을 방해하는 걸림돌이 될 것이다.

언젠가 새로 입사한 신입사원과 이야기를 나눈 적이 있다.

"이 회사는 언제 입사했어요?"

"3개월이 다 되어 갑니다."

"회사 생활 어때요? 일은 재미있어요? 업무는 모두 파악했나요?"

"지금 하는 일이 재미있습니다."

"그럼 봉급은 얼마예요?"

"4천 위안입니다."

"현재 생활에 만족하나요?"

"만족합니다."

그는 만족한다고 대답했지만 나는 뭔가 잘못됐다는 생각이 들었다. 이제 막 사회생활을 시작한, 미래가 촉망한 젊은이가 한 달 월급 4천 위안에 만족하다니, 그보다 높은 목표를 세우고 고군분투해야 하지 않을까?

인생에서 가장 활기가 왕성한 젊은 시절은 두 번 다시 돌아오지 않는다. 당신에게 열정과 동경이 남아 있을 때, 그 시간을 소중히 여기며 당신의 재능과 잠재력을 최대한 발휘하여 끊임없이 도전하고 쟁취해야 한다. 그러지 않고 열정과 꿈이 모두 사라지고 난 뒤에야 지난 세월을 아까워하고 한탄해봤자 무슨 소용이 있겠는가?

우리 주변의 대다수 사람들은 일정한 성과나 단계성 목표를 달성하고 난 뒤에는 자신의 현재 일에 만족하며 안주하려는 경향이 있다. 물론 그 자리까지 오기에 끊임없이 노력하고 고군분투했다는 것은 인정한다. 하지만 여기서 안주하고 앞으로 나아가지 않는다면 어떻게 될까?

시간은 계속해서 흘러간다. 그 시간을 내 것으로 만들지 않으면 낙오하기 마련이다. 혹은 계속해서 당신을 치고 올라오는 사람들에게 추월당해 결국엔 평범한 사람으로 전락하게 될 것이다. 보잘것없는 평범한 당신은 도대체 무엇으로 환경의 변화에 맞서겠는가? 또 무엇으로 인생의 도전과 변화에 맞서겠는가? 그러므로 자신에 대한 기대치를 끊임없이 높이며 보다 나은 자신을 목표로 삼아서 꾸준히 발전해야 한다. 그러면 하늘도 당신의 노력을 배반하지 않을 것이다.

어두운 밤길을 밝혀줄
불빛 하나 없다면
당신 스스로 길을 밝혀라

　우리는 항상 희망을 품고 살지만 매번 그 희망이 아름다운 현실로
이루어지지는 않는다. 그렇기 때문에 우리는 자주 실망하고 심지어
절망에도 빠진다. 아마 당신도 그런 경험이 많을 것이다. 꿈에도 그
리던 대학 시험에 떨어지거나, 아무리 애타게 기다려도 꿈꾸는 이상
형이 나타나지 않거나, 로맨틱한 사랑이 결혼으로 이어지지 않거나,
간절히 바라던 회사에 취직하지 못하거나, 승진 명단에 매번 누락되
거나, 밤낮을 연구하고 실험해도 원하는 결과가 나오지 않거나, 수
십 번 고객을 찾아가 면담을 했지만 결국은 계약을 못 따거나 등등
……. 이러한 실망과 절망에 맞닥뜨렸을 때 우리는 포기하지 말고
한 번 더 인내심을 발휘해야 한다. 설사 여전히 눈앞에는 깜깜한 절

벽만이 가로 놓여 있어도 최소한 우리의 암울한 경험은 인생에서 아주 중요한 재산이자 밑거름이 될 것이다.

이 세상에서 천재가 아닌 이상 누구나 위대한 성취를 이루기에 앞서 오랜 시간의 고난과 역경을 거쳐야 한다. 아니 좀 더 정확히 표현하자면, 천재 화가라고 불리는 반 고흐 역시 처음부터 강렬한 흡인력이 있는 명화를 그리지 않았으며, 셰익스피어 역시 처음부터 불후의 명작을 써내려간 것은 아니다.

자신의 인생을 책임져야 하는 성인이라면 누구나 무거운 짐을 지고 살아간다. 당신이 피곤하고 지쳐서 희망 한 줄기 보이지 않는 순간에도 스스로에게 "이건 아무것도 아니야, 좀 더 참고 견디자."라고 말해야 한다.

왜 이것이 아무것도 아닌 걸까? 그건 수많은 성공한 사람들의 사례가 증명하고 있다. 우리는 대개 눈앞에 놓인 위기나 난관에 쓰러지기보다는 스스로의 나약한 마음 때문에 자포자기할 때가 많다.

아주 오래전에 나는 아주 인상 깊은 글을 읽은 적이 있다. 그 글은 오랜 세월 나를 격려하고 자극하는 힘이 되어 매번 포기하고 싶을 때마다 다시 일어서게 해주었다. 여러분과 그 이야기를 공유하고 싶다.

때는 1796년 어느 날이었다. 독일 괴팅겐 대학교를 다니던 청년이 있었다. 그는 저녁 식사를 끝내고 스승이 매일 그에게만 내주는 수학 과제를 풀기 시작했다. 총 세 문제를 푸는 과제였는데, 두 문제는 쉽게 풀었지만 나머지 문제는 난감하기만 했다. 문제는 얼핏 보기에

는 매우 간단했다. 컴퍼스와 직선 하나로 17각형을 만들라는 문제였
다. 청년은 오랜 시간 그 문제에 매달렸지만 도무지 풀 수가 없었다.
그동안 배웠던 모든 지식은 아무런 쓸모가 없었다. 수학에 천부적
자질이 있었던 남학생에게는 보기 드문 난제 중의 난제였다. 하지만
어려운 문제는 오히려 청년의 투지를 자극했다. 밤을 꼬박 새우고
창 너머로 먼동이 터오는 순간, 마침내 그가 환히 웃었다. 드디어 문
제를 푼 것이다. 그는 스승을 찾아가 부끄러운 듯 얼굴을 붉히며 말
했다.

"어제 내주신 세 문제를 푸는 데 밤을 꼬박 새웠습니다. 저를 아껴
주시는 스승님의 기대에 미치지 못해 부끄럽습니다."

그러고는 과제물을 스승에게 보여주었다. 스승은 무심코 과제물
을 들춰보다 소스라치게 놀랐다. 그는 떨리는 목소리로 물었다.

"이걸 정말 네가 직접 푼 것이냐?"

청년은 의아한 눈빛으로 스승을 쳐다보며 말했다.

"네, 밤을 꼬박 새우고서야 겨우 풀었습니다."

스승은 그 자리에서 다시 한 번 그 문제를 풀어보라고 했다. 청년
은 어젯밤에 풀었던 방법으로 다시 한 번 정17각형을 그려냈다. 그
러자 스승은 그의 손을 움켜잡으며 감격스러운 듯 말했다.

"그것을 알고 있느냐? 너는 지난 2천 년 동안 아무도 풀지 못했던
수학 난제를 풀었다. 아르키메데스도, 뉴턴도 풀지 못했던 문제를
너는 하룻밤 새 풀었다. 너야말로 진짜 천재구나!"

알고 보니 스승 역시 오랫동안 그 문제를 풀기 위해 매달렸었는

데, 실수로 제자에게 과제로 내주었던 것이다.

그 청년은 다름 아닌 가우스Carl Friedrich Gauss였다. 그는 열아홉 살에 정17각형 작도법을 풀었다. 또한 컴퍼스로 정다각형을 그리는 조건을 완성하여 2천 년 동안 풀지 못했던 난제를 풀었다. 훗날 그는 그날의 일을 이렇게 회고했다. "만일 그때 누군가가 그 문제가 2천 년 동안 풀지 못한 수학 난제였다고 귀띔했더라면 난 아마도 그 문제를 풀어낼 엄두조차 내지 못했을 것이다."

볼링을 쳐본 사람은 모두들 잘 알고 있을 것이다. 볼링공을 던질 때 우리가 맞혀야 할 대상은 10개의 볼링 핀이다. 만일 당신이 매번 8개의 볼링 핀을 쓰러뜨렸다면 최종 득점은 90점이다. 하지만 만일 볼링 핀 10개를 모두 쓰러뜨렸다면, 최종 득점은 100점이 아니라 240점이 된다. 왜 그럴까? 이는 볼링 경기만의 독특한 점수 계산법으로, 사회의 점수 계산 법칙과 똑같다. 만일 당신이 다른 사람보다 조금 더 뛰어나고, 또 조금 더 견딘다면 더 많은 점수를 얻어 남들과 큰 격차를 이룰 수 있다.

그렇기 때문에 어떤 의미에서 보면 인생 최대의 적은 바로 자기 자신이라고 할 수 있다. 《노자老子》에서는 "남을 이기는 자는 힘이 있지만, 자기 자신을 이기는 자는 강하다."라고 했다. 의미인즉슨, 남을 이기는 것은 단순히 힘의 표시일 뿐 자기 자신을 이길 수 있는 자만이 진정한 강자라는 뜻이다.

나는 감히 성공한 사람이라고 말할 수는 없지만, 그동안 살아오면서 많은 역경과 시련을 겪었다. 그 누구의 도움도 받지 못하고 절망에 빠졌을 때 나 역시 자존심에 상처를 입고 지칠 대로 지쳤었다. 한밤중에 베이징 거리를 혼자서 배회하며 무작정 걸어 다닌 적도 있었다. 수많은 사람들이 스쳐 지나가지만 누구 하나 당신 옆에 머무는 이가 없을 때, 거리에는 무수히 많은 가로등이 켜져 있지만 암울한 내 마음을 비쳐줄 희망의 불빛 하나 없을 때, 그럴 때는 온갖 부정적인 생각과 감정이 칭칭 휘감고 놓아주지 않는다. 그럴 때는 스스로에게 말하라. 대충 한평생 살다 가고 싶지 않다면 지금은 참고 견디는 것 말고는 그 어떤 방법도 없다고.

　이미 엉망진창이 된 일을 우리는 바꿀 수 없다. 대신 나 자신의 생각과 그 일이 내게 미치는 영향을 바꿀 수 있다. 이 세상 모든 일은 긍정적인 관점과 부정적인 관점에서 바라볼 수 있다. 부정적인 관점에서 보면 고난이나 좌절에 쉽게 무너진다. 반면에 긍정적이고 낙관적인 관점에서 보면 실패는 힘이 된다. 낙관은 단순히 허무하고 막연한 감정이 아니다. 그 자체만으로 가치와 힘이 있다. 그렇다면 지금 미래의 당신을 찾아 마음의 여행을 떠나보라. 아마 미래의 당신은 지금 당신에게 엄청난 스트레스를 주는 일로부터 진즉에 벗어나 있을 것이다. 지금 괴로워하거나 힘들어하는 당신에게 미래의 당신은 뭐라고 조언해줄까? 나라면 "힘내, 너의 미래는 지금보다 훨씬 좋아질 거야."라고 말해주고 싶다. 그럼 당신은?

DESIRED LIFE TIP

28일간 견디기

• 기적적인 변화의 증거 •

응용 시기 ··

1 좋은 습관을 기르고 싶을 때

2 나쁜 습관을 고치고 싶을 때

3 의지력이 강한 사람이 되고 싶을 때

연습 시간 ··

28일을 하나의 주기로 날마다 진행한다.

특별 힌트 ··

먼저 자신이 이 연습을 해야 하는 이유를 명확히 해야 한다. 또한 연습
과정에서 자신에게 꾸준히 심리적 암시를 하고, 새로운 습관이 가져올

장점을 끊임없이 되뇌어라. 감정은 이성보다 훨씬 강하기 때문이다.

지금 이 연습은 심리적 갈등을 위한 것이 아니다. 그러므로 마치 과학자처럼 새로운 습관을 기르는 일종의 실험을 하고 있다고 생각하라.

이 연습에서 무엇보다 중요한 것은 날마다 꾸준히 지켜나가는 것이다. 단 하루라도 멈춰서는 안 된다. 만일 하루라도 빼먹었다면 다시 처음부터 시작하라.

연습 내용

당신이 바꾸고 싶은 나쁜 습관이 있다면 한번 적어보라. 종이에 쓴 뒤 친구에게 보여주고 당신을 감독하게 하여 스스로에게 압박감을 주라. 첫날부터 28일째가 되는 날까지 날마다 새로운 습관을 반복해서 실행하되 단 하루도 빠뜨리면 안 된다.

첫 일주일은 몹시 불편하고 답답한 느낌이 들 것이다. 이 시기에는 당신의 나쁜 습관을 촉발할 수 있는 위험지대를 멀리해야 한다. 가령 담배를 끊으려는 흡연자라면 흡연실 근처에는 얼씬도 말아야 한다. 일주일이 지난 뒤부터는 점차 자연스럽고 편한 느낌이 들 것이다. 그러나 조금이라도 방심하면 다시 예전으로 돌아갈 수 있다. 예컨대 다시 늦잠꾸러기로 돌아가는 것처럼 말이다. 그러니 끊임없이 자신을 환기시켜야 한다.

이 연습을 하는 목적인 좋은 습관을 기르기 위해서라면, 작은 것에서부터 큰 순서대로 진행하라. 만일 당신이 체력을 단련하기 위해 조깅하는 습관을 들이고 싶다면, 첫날에는 10분부터 시작하다가 4일째 이후로는 15분으로 점차 시간을 늘려라. 처음부터 과도한 운동을 하면 쉽게 포기하게 된다.

반면에 금연과 같이 나쁜 습관을 고치기 위해서라면 방법을 달리해야 한다. 가령 금연을 하려고 하면, 반드시 첫날부터 단번에 끊어야 한다. 또한 늦잠 자는 버릇을 고치기 위해서라면 첫날부터 일찍 일어나는 연습을 해야 한다.

비록 이 연습의 목적은 당신의 의지력에 대한 도전이지만, 어느 정도는 자신에게 '관용'을 베푸는 것이 좋다. 처음부터 완벽하게 못했다고 자신을 가혹하게 대할 필요가 없다는 뜻이다. 날마다 조금씩 꾸준히 하다보면 얼마 지나지 않아 그 효과를 얻을 수 있을 것이다.

추호도 의심할 여지없이, 당신이 원하는 것이 명예든 이익이든
혹은 진실한 사랑이든, 시간은 필수적인 조건이다.
시간만 충분하면 모든 것이 가능하다.
하지만 시간이 부족하면 그 무엇도 논할 수가 없다.
만일 당신이 시간을 장악하지 못한다면
오히려 시간에 지배당할 수 있다.
사실 시간을 관리하는 것은 그다지 어려운 문제가 아니다.
시간을 관리하는 요령은 쉽게 터득할 수 있다.
정작 문제는 시간 관리의 요령이 아니라
가치관에 있다는 점이다.
당신은 어떤 사람인가?
평생 자유를 즐기는 사람인가 아니면 워커홀릭인가?
당신이 어떤 사람이든 간에

시간을 당신의 최고의 조수로 만들어서
당신이 원하는 인생을 꾸리는 데 도움이 되도록 해야 한다.

PART 3

당신에게 부족한 것은
시간이 아니라 시간 관리이다

인생의 효율성은
정리 정돈에서부터
시작한다

이른바 "집안을 다스리지 않고 어찌 천하를 다스리겠는가?", "사
내대장부는 자질구레한 일에 얽매이지 않는 법이다." 등의 논제는
학창 시절 토론 시간에 곧잘 다루는 것들이다. 내 경험에 비춰보면,
토론회의 명제로 나오는 것들은 대부분 명확한 결론을 얻기 힘들 때
가 많다. 남자라서인지 모르겠지만 사실 난 그다지 세심하거나 꼼꼼
하지 못한 편이다. 기숙사에서 생활할 때도 주변 친구들 모두 나와
비슷했다. 우리는 방 안을 어지럽히거나 물건을 제멋대로 쌓아두는
것이 그저 개개인의 성격 문제일 뿐 그다지 중요한 문제라고 생각해
본 적이 없다. 하지만 여러 해 동안 사회생활을 하면서 그 문제에 대
한 나의 생각이 바뀌었다.

아마도 나처럼 상당수 사람들은 "어지러운 가운데서도 질서가 있다."라는 말을 믿을 것이다. 나 역시 그런 경우가 많다. 잡다한 물건들로 어지럽힌 방 안에서도 내가 필요로 하는 물건은 족집게처럼 쉽게 찾곤 한다. 반면에 누군가가 방 안을 깔끔하게 정리하고 나면 도통 물건을 찾지 못해 헤맬 때가 많다. 아마 대다수 사람들은 정리를 잘 못하거나 혹은 정리하는 것을 좋아하지 않으리라 생각한다. 그렇다면 갑작스레 필요한 물건을 찾지 못해 낭패를 겪은 적은 없는가? 아마도 정리를 싫어하는 사람들 대부분 그러한 경험이 있을 것이다.

한번 이렇게 가정해보자. 약속이 있어서 공들여 화장을 하고 옷을 갈아입으려는데 당신이 입으려고 했던 블라우스가 보이지 않는다. 잡동사니로 가득 채워진 옷장 안을 수차례 뒤져도 보이지 않는다. 약속 시간은 다 돼 가는데, 나에게 가장 잘 어울리는 그 블라우스를 찾을 수가 없다. 어떻게 하면 좋을까? 아마 당신은 촉박한 약속 시간 때문에 대충 어울리는 다른 옷을 입고 서둘러 집을 나설 것이다. 하지만 약속 장소로 가는 길 내내 머릿속에는 온통 블라우스 생각밖에 없을 것이다. 혹은 블라우스 대신 바꿔 입은 옷이 왠지 오늘 자신에게 어울리지 않는 듯해 자꾸 신경이 쓰일지 모른다. 그러면 결국 그토록 기대하던 멋진 데이트는 블라우스 한 장 때문에 엉망진창이 되고 말 것이다.

업무도 데이트와 마찬가지이다. 정리는 모든 것의 출발이다. 어수선하고 혼란스러운 것보다는 질서정연하게 정리하는 것이 좋은 습관임에는 틀림없다. 모두가 알다시피 습관은 우리에게 매우 큰 영향을 미친다. 질서정연한 좋은 습관은 우리 인생에 좋은 영향을 미치지만, 무질서한 습관은 결국 내 생활 역시 혼란스럽고 어수선하게 만들기 일쑤이다. 심지어 그 혼란스러움을 정리하는 데 귀중한 시간들을 낭비하기 십상이다.

곤도 마리에近藤麻理惠라는 일본 여성이 있다. 그녀는 미국 시사주간지 「타임」지의 '2015년도 세계에서 가장 영향력 있는 100인'에 선정되었다. 당시 미국 대통령 오바마, 러시아 대통령 푸틴, 애플의 CEO 팀 쿡 등 세계의 내로라하는 명사들과 어깨를 나란히 했다. 평범하기 이를 데 없는 그녀는 어떻게 타임지에 선정되는 영광을 누릴 수 있었을까? 그것은 곤도 마리에가 쓴《인생이 빛나는 정리의 마법》이라는 책 때문이었다. 그녀의 책은 영어, 중국어, 한국어 등으로 번역되어 여러 나라에 출판되면서 전 세계적으로 선풍적인 인기를 끄는 베스트셀러가 되었다. 또한 그 책은 '정리'라는 시대적 유행을 이끌어냈다.

예컨대 앞의 사례처럼 외출을 앞두고 옷이 보이지 않아 낭패를 겪은 적이 있다면, 시간을 내서 옷장 안의 옷을 모두 꺼내 종류별로, 계절별로 정리해보라. 그러면 옷장 안이 일목요연해져서 옷을 찾느라 시간을 낭비하는 일도 없고, 약속 시간에 발을 동동거리며 초조해할 필요도 없을 것이다. 이처럼 집안을 질서정연하고 깔끔하게 정리하고 나면 마음이 한층 개운해지고 차분해지는 것을 느낄 수 있다. 집안의 공간도 어지럽히던 물건이 줄어든 만큼 넓어지고, 업무나 집안일의 효율성도 한층 높아진다. 꼼꼼하고 질서 있는 삶이 만들어지는 것이다.

아직 읽지 않은 책, 처리가 끝나지 않은 업무 파일, 갈등을 겪고 있는 사람들, 아직 실천하지 못한 계획들을 하나하나 정리한 뒤 차근차근 처리해보라. 그러면 어수선하고 뒤죽박죽이던 생활을 계획적으로 꾸려나갈 수 있게 될 것이다. 우리가 흔히 '일이 계획대로 이루어지지 않는다', '모든 게 뒤죽박죽이어서 골치가 아프다'라고 불평을 늘어놓는 것은 대부분 지금 눈앞에 닥친 일, 손에 쥐고 있는 일을 깔끔하게 끝내지 못했기 때문일 때가 많다.

사실 뒤죽박죽 어수선한 우리의 인생도 정리가 필요하다. 가령 업무를 제때에 마무리 짓지 못하거나, 휴식과 업무 시간이 들쭉날쭉하거나, 일을 끝까지 완수할 끈기가 부족하거나, 나태와 게으름에 절어 만사가 귀찮아지는 것…… 이러한 것들은 모두가 '인생의 정리'를 못하는 데서 비롯된다.

가령 야근을 좋아하는 사람이 누가 있을까? 야근을 피하기 위해서라도 업무를 효율적으로 최대한 빨리 처리해야 한다. 그럼 업무의 효율성을 높이려면 어떻게 해야 할까? 먼저 회사 책상을 정리하는 일부터 시작해야 한다. 노트북, 볼펜, 자료 파일 등등 날마다 사용하는 물건은 손이 닿는 곳에 두는 것이 좋다. 사용 빈도가 높은 이러한 물건들은 왼편에 두면 물건을 집어 드는 데 드는 시간을 줄일 수 있고, 그러면 자연스레 업무 효율성도 높아진다.

반면에 잘 사용하지 않는 물건은 서랍 속에 넣어두는 것이 좋다. 그러면 필요할 때마다 언제든지 서랍을 열고 꺼낼 수 있다.

또한 예쁜 상자나 포장지, 쓸모없는 파일 등 앞으로 쓸 일이 없는 물건은 과감히 버리는 것이 좋다. 이러한 물건은 책상 공간만 차지하며, 업무의 효율성을 떨어뜨리는 요인이기도 하다.

이처럼 정리에 대해서는 일본인들에게 배울 점이 있다고 생각한다. 일본은 업무의 효율성을 매우 중시하는 나라이다. 그래서인지 효과적인 정리법에 관한 서적들이 많이 출판되고 있다. 앞서 언급했던 곤도 마리에가 집안일을 정리하는 요령에 대한 책을 썼다면, 일본의 경제 금융 교육 전문가 이즈미 마사토泉正人는《초특급 정리 기술: 업무의 효율성은 정리 정돈에서부터 시작한다》라는 책에서 어수선하고 혼란스러운 업무를 어떻게 정리해야 하는지에 대해 설명한다.

내가 이 책에 매력을 느낀 것은 작가의 개인적인 경력 때문이다. 이즈미 마사토는 5개의 기업을 경영하고 있으며, 1년에 최소 300권 이상의 책을 읽는다. 또한 세계 각지를 돌아다니며 여행도 하고 강연도 하면서 자신이 하고 싶은 일을 마음껏 하고 있다. 내 주위에도 회사를 경영하는 친구들이 있다. 하지만 그들 대부분은 회사일 때문에 항상 시간에 쫓기며 산다. 좀 더 과장을 보탠다면, 1년 365일 중에 360일은 회사에 틀어박혀 업무를 처리하느라 시간을 보내고, 나머지 5일은 과로로 병원에 입원하느라 시간을 보낼 정도이다. 가족과 오붓한 시간을 즐기기도 힘들뿐더러 여행은 엄두조차 내지 못한다. 정말이지 옆에서 보기에도 안쓰러운 생활을 하고 있다.

이즈미 마사토의 책을 읽고 난 뒤에야 나는 작가가 그 많은 일들을 무리 없이 잘 해내는 비결을 알 수 있었다. 책에서 그가 소개한 방법은 결코 절묘하고 독특한 비법이 아니었다. 그저 평상시 우리가 대수롭지 않게 여기던 습관에 관한 것이었다. 작가가 설명한 방법은 실상 일련의 간단한 정리 규칙을 만들어서 그것을 엄격하게 따르면 자연스레 업무 효율성이 올라간다는 내용이었다. 그 규칙들은 모두에게나 일률적으로 적용되는 것이 아니라, 개인의 특성에 따라 모두 다르다. 또한 규칙이 매우 간단하여 누구나 쉽게 따를 수 있기에 중도에 그만둘 걱정도 없다. 대신 모든 규칙은 한 가지 주제 즉, 업무 효율성을 높이는 데 초점이 맞춰져 있다.

그의 말을 빌리면 이렇다. 우리가 정리를 하는 목적은 단순히 정리를 위한 것이 아니다. 정리의 진짜 목적은 업무 효율성을 높이기 위한 것으로, 최소의 노력으로 최대의 성과를 거두는 데 있다. 업무 스트레스가 심하고 과도한 업무량에 숨이 막힐 때는 지금 하고 있는 일을 잠시 멈춰라. 그리고 지금 자신의 업무 처리 방법이 과연 옳은 것인지 곰곰이 따져보라. 그다음엔 당신 몫으로 남겨진 업무를 중요하고 급히 처리해야 하는 업무 순서대로 리스트를 작성하라. 그러고는 한 가지 업무를 완성할 때마다 리스트에 표시를 하라. 그렇게 하면 어느 순간 당신의 생활이 훨씬 여유로워졌다는 것을 느낄 수 있을 것이다.

꼼꼼하고 질서정연한 인생을 살고 싶다면 먼저 정리 정돈을 배울 필요가 있다. 단순히 집안일을 정리하는 데서 그치지 말고, 주변을 어지럽게 흩뜨려 놓는 습관과 뒤죽박죽 쌓인 업무를 정리하는 법도 배워라.

당신의 시간은 유한한데
왜 굳이 모든 일을
직접 처리하려고 하는가?

일사천리로 박사 학위를 딴 지인이 있다. 그 친구는 이제 막 팀장으로 승진했는데, 아직까지 자신의 직책에 적응하지 못하고 있다. 왜냐하면 그에게는 꽤나 심각한 습관 즉, 모든 일을 반드시 자신이 직접 처리해야 하는 버릇이 있기 때문이다. 그 친구는 자신도 어쩔 수 없다고 항변한다. 부서 내에서 업무를 가장 빠른 속도로 빈틈없이 처리하는 사람이 자기밖에 없다고 말이다. 부하 직원에게 일을 맡기면 항상 실수가 나오기 마련이라서 마음을 놓을 수 없으니 차라리 자신이 처리하는 것이 더 속 편하다고 말이다.

다행히 그 친구는 직장 생활을 시작한 지 얼마 되지 않아 열정적이고 또 나이도 젊은 편이라서 기운이 왕성하기 때문에 지금은 그럭

저럭 잘 버티고 있다. 하지만 앞으로도 계속 이런 식으로 나간다면 문제가 크다. 아마도 얼마 지나지 않아 날마다 온갖 번잡한 일을 도맡아 처리하느라 지칠 대로 지쳐 관리 능력에 문제가 생길 것이다. 또한 직장 상사로부터 업무 단련을 받아야 하는 부하 직원들은 모든 일을 상사가 대신 하는 바람에 업무 능력은 갈수록 떨어질 것이 불을 보듯 뻔하다. 아마 그 친구는 부서의 업무를 도맡아 처리하느라 심신이 지칠 대로 지쳐가는 반면에, 그의 부하 직원들은 뒤에서 그가 일할 기회조차 주지 않는다고 불평을 늘어놓을 것이다.

그래서 하루는 그 친구에게 진심 어린 조언을 했다. "자네는 평생 만년 과장으로 머물고 싶지 않다면 부하 직원에게 일도 맡기고 통솔하는 법을 배우게. 물론 자네는 능력이 뛰어난 사람이네. 하지만 일부 능력 있는 관리자들은 자신감이 넘치다 못해 부하 직원을 믿지 못하는 게 문제야. 뭐든지 자신이 직접 나서서 일을 하는 탓에 하루하루를 일에 치여 살거든."

나중에 그 친구는 내 조언에 자신을 되돌아보고 차츰 잘못을 깨닫게 되었다고 말했다. 관리자의 업무는 일반 직원과는 다르며, 자신의 궁극적인 임무는 부하 직원들을 관리하는 것이라는 사실을 깨달았던 것이다. 그래서 그 친구는 그동안 자신이 도맡아 하다시피 했던 업무를 부하 직원들에게 나눠주고, 업무의 진척도를 살피며 주요 안건에 대한 결정만 내렸다고 한다. 그렇다, 이것이야말로 관리자의 역할이며, 부하 직원들은 그의 명령에 따르면 되는 것이다.

그렇다면 애당초 그 친구는 왜 그런 오류를 범했을까? 우선은 시간의 소중함을 몰랐기 때문이다. 자신에게 얼마만큼의 시간이 있는지, 또 그 한정된 시간에 과도한 업무량을 혼자서 다 처리할 수 있는지, 과연 잡다한 일조차 자신이 직접 처리할 가치가 있는지를 몰랐던 것이다.

둘째는 매사 자신을 기준으로 타인을 평가했기에 자연스레 부하 직원들의 능력에 의구심을 품고 신뢰하지 못하게 된 것이다.

셋째는 그는 오로지 일에 쏟아붓는 시간을 아끼는 것에만 몰두했다. 자신이 직접 나서서 처리하면 부하 직원을 독촉하거나 서류를 검토하거나 혹은 상급 부서에 제출하는 시간을 줄일 수 있을 것이라고만 여겼다. 정작 부하 직원에게 일을 맡기면 그 뒤부터는 자신이 직접 나서지 않아도 부하 직원이 알아서 잘 처리하게 된다는 것을, 또 그만큼 자신은 한층 여유로워질 것이라는 사실을 미처 몰랐던 것이다.

그 친구는 그동안의 과오를 반성하며 자신 스스로에게 이렇게 말했다고 한다. "설사 예수일지라도 그를 도와 교리를 전파하고 신자를 모을 제자가 필요했는데, 하물며 나는 모든 일을 혼자서 다 하려고 했단 말인가?"

우리는 불완전한 인간이다. 이 세상의 모든 지식과 기술을 다 가질 수 없다. 설사 당신이 다재다능한 사람일지라도 모든 일을 다 잘할 수는 없다. 기껏해야 당신이 가장 잘하는 일만 할 수 있을 뿐, 나머지 일은 당신 아니어도 잘 해낼 사람이 수두룩하다.

시간 분배에는 업무 분배도 포함되어 있다. 최단 시간에 최대의 가치를 창출하는 것이 바로 고효율이다. 여러 사람이 각자 자신이 가장 잘하는 일을 맡아서 하는 것이야말로 시간을 합리적으로 잘 운용하는 것이다. 마찬가지로 업무를 부하 직원에게 고루 나누어주고 잘 처리하도록 하는 것이야말로 당신의 시간을 효율적으로 운용하는 것이다.

물론 일을 맡길 때는 합리적이어야 한다. 그 사람의 실력, 업무 처리에 소요되는 시간을 정확하게 파악하여 배분을 해주어야 한다. 그러지 않으면 오히려 더 큰 시간 낭비를 불러올 수 있다.

업무뿐만 아니라 일상생활에서도 마찬가지이다. 예컨대 우리 집에서는 나와 아내가 정확하게 가사분담을 하고 있다. 집안의 중요한 일은 둘이 의논해서 결정하되 자질구레한 일은 아내가 결정한다.

언젠가 주말에 집에서 쉬고 있을 때였다. 가구점에서 주문한 책장의 디자인과 설치 문제로 전화를 걸어왔다. 마침 아내는 시장에 가고 없던 터라 나는 가구점의 주인에게 말했다. "미안하지만 지금 아내가 집에 없으니 20분쯤 후에 다시 전화 걸어주세요." 왜냐하면 가구를 구매하는 일에는 내가 한 번도 관여해본 적이 없었기 때문이다. 그 일은 아내의 소관이었기에 디자인을 고르는 문제도 아내가 가장 잘 알고 또 관심이 많았다. 물론 나도 집안일에 관심이 많지만 가구를 사는 따위의 시시콜콜한 문제까지 관심을 쏟을 겨를은 없었다.

그런데 가구점 주인은 고집스럽게 나와의 통화를 계속했다. "선생님께 말씀드려도 상관없을 것 같은데요. 이번에 새로운 디자인이 나왔는데, 아마 그게 더 마음에 드실 것 같아서요……." 그전에 결정했던 디자인이 무엇인지조차도 모르는 나에게 새로운 디자인에 대해 이야기한들 무슨 소용이 있단 말인가? 도대체 왜 자기 멋대로 나와 이야기해서 결정해도 될 일이라고 판단하는 걸까? 나는 예의 바르면서도 단호한 어조로 그의 말허리를 자르며 말했다. "미안합니다. 집사람이 돌아오면 그때 다시 통화하시지요." 그러고는 전화를 끊어버렸다.

어쩌면 당신은 내가 융통성도 없고 고지식하다고 생각할지도 모른다. 어차피 집에서 쉬고 있는데 가구를 들이는 일에 관심 좀 가지는 게 어떠냐고, 부부간에 내 일 네 일 구분할 필요가 있냐고 말이다. 하지만 그것은 내가 집안일에 관심이 없어서가 아니다. 나는 그저 한정된 내 시간을 쪼개서 휴식 시간을 마음껏 즐기고 싶었던 것뿐이다. 그리고 무엇보다도 가구 문제는 내가 처리해야 할 일의 목록에도 없었다. 만일 이처럼 불쑥불쑥 갑작스레 생기는 일들로 나의 일정이 헝클어진다면, 어떻게 매일 주어지는 일들을 잘 처리할 수 있겠는가? 또한 한정된 시간을 어떻게 효율적으로 운용할 수 있겠는가?

만일 부족한 시간 때문에 고민하고 싶지 않다면, 당신에게 가장 중요한 일이 무엇인지, 당신이 굳이 처리하지 않아도 될 일이 무엇인지를 명확하게 구분 짓고 불필요한 일은 과감히 하지 말아야 한다. 그러지 않으면 당신은 자신도 모르는 사이 가치 없는 일로 아까운 시간을 낭비하게 된다.

당신이 직접 처리해야 할 일이라고 판단되면 당신의 시간을 중요한 일에 집중 안배하고, 급하지 않거나 중요하지 않은 일에 시간을 뺏겨서는 안 된다.

이처럼 일을 구분 지어 처리하는 데 익숙하지 않다면, 우선 업무를 분류하여 목록을 작성하라. 그중에서 반드시 당신이 직접 처리해야 하는 일에 표시해두고 우선적으로 처리하라. 그렇게 하다 보면 나중에는 굳이 목록을 작성하지 않아도 자연스레 중요한 일만 선별하여 처리할 수 있게 된다.

부하 직원에게 일정한 권한이나 임무를 맡기는 법을 배웠다면, 이제는 외주에 대해서도 생각해 볼 필요가 있다. 이른바 외주란 간단히 말해서 전문적인 회사나 조직에 일련의 업무를 통째로 맡기는 것이다. 가령 전문적인 직업 훈련 기관에 회사 직원들의 연수를 맡기거나, 광고회사에 회사 홍보를 맡기거나 혹은 전문 IT 서비스 회사에 회사 홈페이지 관리를 맡기는 것이다. 이러한 일들을 직접 하려면 외부에서 전문 인재를 초빙하고, 관련 설비를 마련하고, 이를 책임질 팀도 따로 만들어야 한다. 그러면 더 많은 시간과 정력을 낭비하는 셈이 된다. 비교적 독립적으로 진행이 가능한 업무가 있을 때, 그것을 담당할 전문적인 기구에 외주를 준다면 시간과 인력도 절약하고 훨씬 더 좋은 효과를 얻을 수 있다. 이처럼 외부의 자원을 효과적으로 이용하면 당신의 업무 효율성도 상대적으로 크게 향상된다.

나도 결혼하기 전에 혼자 살 때는 집안일에 익숙하지 않아 가사도우미의 도움을 받았는데, 덕분에 집안 청소하랴 음식 만들랴 허비되는 시간을 아낄 수 있었다. 이것도 어떤 의미에서는 외주라고 할 수 있을 것이다.

외부 자원을 활용하는 법을 터득하면 당신의 업무 효율을 크게 향상시킬 수 있다. 또한 자원을 합리적으로 통합하여 시간과 인력의 낭비를 방지할 수 있다. 물론 모든 일을 무조건 외주에 맡기라는 것은 아니다. 전문적인 기술에 대한 의존성이 높은 일, 당신이 가지고 있는 자원이나 설비로는 완성하기 힘들거나 혹은 많은 자본과 시간을 필요로 하는 일을 선택적으로 맡겨야 한다. 우리가 시간 자원을 합리적으로 분배하고, 자신이 직접 해야 할 일인지 아닌지 명확히 구분하여 이를 다른 사람에게 맡기거나 외부자원을 합리적으로 이용한다면, 우리는 보다 많은 시간을 나에게 진정으로 중요한 일에 투자할 수 있다.

충분한
준비가 없으면
효율성을 높일 수 없다

고대 그리스의 철학자 소크라테스는 "시험 받지 않는 삶은 살 가치가 없다. 마찬가지로 사전에 준비하지 않으면 일도 순조롭게 풀리지 않는다."라고 했다. 이는 중국 고대의 "무릇 모든 일은 예측하여 준비하면 일이 잘되고, 예측하여 준비하지 못하면 일을 망친다.", "칼을 가는 것이 장작 패는 일을 지체시키지는 않는다."라는 말과도 일맥상통한다. 즉, 무슨 일을 하든 사전에 철저히 준비하면 쉽게 성공할 수 있지만, 그러지 않으면 실패하기 쉽다는 뜻이다. 단순한 축원은 현실로 이뤄지기 힘들지만 위와 같은 성현의 격언은 곧잘 현실로 증명되곤 한다. 사실상 그 어떤 일이든 충분한 준비가 없으면 순조롭게 풀리지 않는다.

이와 관련하여 나는 오래전에 뼈저린 경험을 했다. 대학 시절 어느 여름방학 때 나는 친구와 함께 일출을 보기 위해 타이산泰山으로 향했다. 우리가 밤새 진땀을 흘리며 산에 올라 마침내 정상에 다다랐을 때는 새벽 3시가 다 된 시각이었다. 일출까지는 한 시간 정도 여유가 있었는데, 친구는 제대로 쉬지도 못하고 부랴부랴 사진 찍을 준비부터 했다. 배낭에서 삼각대를 꺼내서 사진 찍을 위치를 정하고 초점거리를 맞추며 가장 좋은 사진을 찍기 위해 분주히 움직였다.

평소 일의 효율성을 중시하는 나는 어차피 친구가 준비하는 과정을 모두 지켜본 데다 사진 찍는 것쯤이야 식은 죽 먹기라서 대략 5분이면 충분히 준비를 끝마칠 수 있으리라 생각했다. 그래서 친구가 사진 찍을 준비를 하는 동안 나는 텐트를 치고 그 안에 들어가 쉬었다. 어차피 해 뜨기 10분 전에 나와서 준비해도 충분했으니까.

"우와, 진짜 아름답다. 태양이 뜨기 시작했어!"라는 친구의 외침소리에 허둥지둥 텐트 밖으로 뛰어나간 나는 그제야 부랴부랴 사진 찍을 준비를 했다. 그러나 내가 삼각대를 꺼내 카메라를 고정시키고 초점거리를 맞추는 동안 어느새 해는 짙은 먹구름 사이로 사라지고 말았다. 친구는 완벽한 준비를 한 덕분에 근사한 일출 사진을 찍었는데 말이다. 산을 내려오는 동안 잔뜩 침울해진 나에게 친구가 말했다. "뭔가를 하려면 미리 만반의 준비를 갖춰야 돼. 기회는 금방 왔다 사라지거든. 그러니까 앞으로 무슨 일을 하든 반드시 철저히 준비해. 그러지 않으면 성공하기 힘들어."

바로 그렇다. 기회는 항상 준비된 사람에게만 찾아오는 법이다. 매번 인생의 좋은 기회를 놓치지 않고 잡는 사람을 보고 우리는 '행운아'라며 부러워한다. 정작 그 기회를 얻기 위해 그 사람이 얼마나 많은 시간 동안 준비하며 노력을 기울였는지는 모른 채 말이다. 업무를 처리할 때도 항상 철저히 준비하고 계획을 세운다면 그 어떤 일도 성공적으로 처리할 수 있다. 당신도 기회의 총애를 받는 사람이 될 것이다.

아마 일을 하기 전에 계획을 세우는 것이 번거롭기도 하고 또 괜한 시간 낭비라고 여기는 사람이 많을 것이다. 또한 자신은 임기응변 능력이 뛰어나서 막상 닥치면 못할 일이 없다고 자부하는 이도 있을 테고, 어떻게든 잘 넘어가겠지 하고 요행을 바라는 이도 있을 것이다. 하지만 한 가지 등한시하는 것이 있다. 일을 하다 보면 예기치 못한 뜻밖의 변수가 생길 수 있다는 점이다. 또한 설령 모든 일이 순조롭게 진행된다 해도 마지막의 성패는 당신의 완벽한 준비에 달려있다는 점이다.

모든 일에서 사전에 철저한 준비를 하는 것은 매우 중요하다. 이는 모두가 다 알고 있는 사실이다. 그런데도 우리는 왜 종종 준비에 소홀하게 되는 걸까?

내 주변의 사람들 대부분은 온종일 동분서주하며 바쁘게 살고 있다. 야근이네 뭐네 하며 항상 바쁘게 돌아다니지만 특별한 성과도 거두지 못하고 업무 효율성은 낮다. 주된 원인은 그들이 사전에 철저한 준비를 하지 않기 때문이다.

가령 출근 전날에 20분가량의 시간을 쪼개서 다음 날 중요한 일이 무엇인지, 반드시 끝내야 할 일이 무엇인지, 잠시 보류해도 되는 일은 또 무엇인지를 살펴보고 내일 하루 계획을 세운다고 가정해보자. 그러면 그다음 날에는 자신이 집중해서 제일 먼저 처리해야 할 일이 무엇인지 일목요연해지기 때문에 허둥댈 필요가 없다. 이 일을 하다 다시 저 일을 하고, 또 아직 처리하지 못한 중요한 일이 불현듯 떠올라 갈피를 잡지 못하는 등 하루 종일 허둥지둥 대다 결국엔 퇴근 시간이 다 되도록 무엇 하나 제대로 처리하지 못하고 엉망진창이 되는 일 따위는 생기지 않을 것이다.

시간 관리에서 "계획을 통한 절약이 최대의 절약이다."라는 말이 있다. 다시 말하면, 명확하고 규율적인 계획을 세우면 먼저 처리해야 할 일과 나중에 처리해야 할 일을 구분할 수 있게 되어 순차적으로 일을 처리하게 된다. 바쁜 가운데서도 허둥대지 않고 차분하게 일을 끝마칠 수 있게 되는 것이다.

이러한 사전 준비를 하려면 먼저 업무의 전반적인 과정을 기본적으로 파악하고 있어야 한다. 그리고 구체적인 업무 계획표를 짜서 순서대로 업무를 처리하고, 또 업무 처리 과정에서 발생할 수 있는 변수에 대해서도 미리 살펴봐야 한다. 우리는 갑작스레 생기는 예기치 못한 일을 배제할 수가 없다. 그러한 돌발 변수로 말미암아 우리의 계획이 어그러질 때가 많다. 이러한 돌발 변수를 사전에 살펴보고 그 위험성을 미리 고려하지 않는다면, 막상 돌발 상황이 발생했을 때 이를 처리하느라 많은 시간이 소요된다. 그 때문에 전반적인 업무의 진척도 크게 지연된다. 그렇기 때문에 사전 준비를 할 때는 '유비무환'의 원칙 아래 대책을 잘 세워야 한다. 발생할 가능성이 있는 '돌발 변수'를 미리 예상하고 그에 따른 대책과 처리 방법을 마련해야 한다.

　임어당林語堂은 유명한 언어의 대가로서 평생 무수히 많은 강연을했다. 그야말로 강연가로서 잔뼈가 굵었고 말솜씨도 탁월했다. 그럼에도 임어당은 미리 예정되지 않은 즉석 강연을 싫어했다. 그는 사전에 충분한 준비를 해야 좋은 강연이 나온다고 여겼다. 충분한 준비를 해야만 강연의 내용도 충실해서 청중들은 자신들이 원하는 것을 얻을 수 있고, 자신 역시 하고 싶은 말을 명확하게 전달할 수 있다고 여겼다. 임어당처럼 강연의 대가조차도 준비되지 않은 강연을 하지 않은 것만 봐도 사전 준비가 얼마나 중요한지 알 수 있을 것이다. 시간이 촉박하더라도, 눈코 뜰 새 없이 바쁘더라도, 제아무리 쉬운 일이라도 항상 충분한 준비를 해야 한다는 사실을 잊지 말라. 준비는 일을 성공적으로 완수할 수 있는 최고의 비결이다.

　안타깝게도 대다수 사람들은 시간을 아끼기 위해 아무런 준비 없이 곧장 일을 시작한다. 하지만 제아무리 노력을 기울여도 계획성 없는 일이기 때문에 두서가 없고 효율성이 떨어지기 마련이다.

　성공은 길고 긴 여정과도 같다. 화려하게 흐드러진 꽃을 보라, 겨울 동안 땅속에서 묵묵히 영양분을 축적하지 않았다면 어떻게 봄날에 그처럼 아름다운 자태를 뽐낼 수 있겠는가? 기회를 잡고 성공하고 싶다면, 오랜 준비가 필요하다는 사실을 기억하라.

미안하지만
당신이 낭비하고 있는 것은
타인의 시간이다

　"시간을 낭비하지 말라."는 어린 시절 "식사 후에는 양치질을 꼭
해라."처럼 유치원 시절부터 귀에 못이 박이도록 들은 말이다. 그러
나 과연 이를 잘 지키는 사람이 얼마나 될까?

　우리는 많게 적게 시간을 낭비하고 산다. 이는 누구도 피할 수 없
는 일이지만 그렇다고 해결책이 없는 것은 아니다. 가령 퇴근 시간
에 길거리에서 낭비하는 시간을 예로 들어보자. 베이징에서는 출퇴
근하는 데 한두 시간 소요되는 것이 일상다반사이다. 나 역시 마찬
가지였다. 그런데 시간이 지날수록 날마다 한두 시간을 길거리에서
낭비하는 것이 참을 수가 없어서 급기야 회사 근처로 이사를 왔다.
물론 집값은 두 배 이상에 가까웠지만, 출퇴근 시간을 아낄 수 있었

기에 그만큼의 가치가 있다고 생각했다.

그렇다면 당신은 일상생활에서 자신이 주로 어떤 일에 시간을 낭비하고 있는지 잘 알고 있는가? 아니면 시간 낭비 자체에 심각성을 느끼지 못하고 있지는 않은가? 나는 내 인생에서 이미 2, 30년을 허비했다는 생각을 하면, 역시 시간은 사람을 기다려주지 않는다는 두려움에 휩싸이곤 한다. 당신은 어떤가? 만일 당신도 마찬가지라면 지금부터 나와 함께 시간을 낭비하는 주요 사례에 대해 살펴보자.

첫 번째는 웹 서핑이다. 아마 모두들 생활 패턴이 비슷할 것이다. 아침에 회사에 출근하면 컴퓨터를 켜고 대화창을 열어 잡담을 나누거나 혹은 웹페이지를 뒤지며 각종 뉴스를 검색하느라 족히 한두 시간을 보낸다. 나랏일에 관심을 갖고 뉴스를 보는 것이 왜 시간 낭비냐고 따지는 이도 있을 것이다. 물론 맞는 말이다. 문제는 그 한두 시간 동안 대부분의 사람이 연예 오락과 같은 아무런 도움도 안 되는 뉴스에 한눈을 판다는 것이다. 오늘과 같은 정보화 시대에 대부분의 사람이 자신에게는 아무런 도움도 안 되는 정보에 시간을 빼앗긴다. 그렇게 보내는 시간을 하루하루 계산해보면 참으로 어마어마한 시간일 것이다.

그렇다고 뉴스를 아예 안 보는 것은 비현실적이며, 또 시대에 뒤떨어지는 행위일 수도 있다. 그럼 어떻게 해야 시간 낭비를 막을 수 있을까? 내가 조언하자면, 중요한 뉴스만 간추려서 당신에게 필요한 정보를 흡수하고 그 외의 것은 건너뛰라고 권하고 싶다. 가령 경제 금융 관련 정보가 필요하다면 그것만 집중적으로 보라. 뉴스를 볼 때는 목표를 정하고 시간을 제한하는 것이 좋다.

　두 번째는 사무실 내의 잡담이다. 적잖은 여성 직원들은 근무 시간에 시간만 나면 삼삼오오 모여서 잡담을 늘어놓곤 한다. 오늘 입고 온 옷이 예쁘다는 둥 어디서 샀느냐는 둥 혹은 최근 들어 피부가 좋아졌는데 어떤 브랜드 화장품을 쓰느냐 등등. 그들의 화제는 대개가 옷, 화장품 혹은 남자 친구이다. 업무가 한가할 때는 대개 30분가량 한창 수다를 떨고 난 뒤에야 각자 자리로 돌아가 일을 시작한다. 그러고는 퇴근 시간이 다 되도록 업무를 끝내지 못해 시간 외 근무를 하게 되면 그때서야 시간이 부족하다는 둥 불평을 늘어놓는다. 자신이 동료들과 잡담하느라 낭비한 시간은 전혀 의식하지 못한 채 말이다.

　물론 잡담을 아예 안 하고 살 수는 없다. 다만 당신의 시간을 낭비하지 않는 한도 내에서 잡담을 즐겨야 한다. 여기에 조언을 덧붙인다면, 되도록 여러 사람과 한데 어울려 잡담을 나누는 것은 피하는 편이 좋다. 머리 숫자가 많으면 서로 한마디씩 자기 이야기를 꺼내느라 더 많은 시간을 낭비하게 된다. 누군가가 당신에게 칭찬을 늘어놓으면 간단히 한두 마디로 감사 인사를 하고 당신의 업무를 시작하라. 그러면 점차 잡담을 나누는 무리들이 당신을 찾는 일이 줄어들 것이고, 그러면 잡담으로 낭비하는 시간을 줄일 수 있다.

　세 번째는 SNS 즉, 소셜 네트워크 들여다보기다. 현대인들의 생활은 휴대폰과는 불가분의 관계이다. 우리는 단 하루도 휴대폰이 없는 생활을 상상할 수 없을 것이다. 휴대폰은 우리에게 편리함을 가져다주는 대신에 매우 많은 시간을 빼앗는다. 만일 단순히 통화만 한다면 문제 될 것이 없다. 정작 문제는 SNS다. 우리는 홈피나 메신저 서비스를 통해 가족, 친구, 동료들과 거의 일상을 공유하다시피 한다. 아마 휴대폰에 모바일 메신저 서비스 앱이 깔리지 않은 사람은 아무도 없을 것이다.

생각해보라. 당신이 SNS에 할애하는 시간이 얼마나 되는가? 아마 그것은 일종의 사교 수단으로 일상생활에 없어서는 안 될 소중한 일부분이라고 말할 것이다. 물론 어떤 의미에서는 맞는 말이다. 하지만 어쩌면 우리가 SNS의 사교적 가치를 너무 높게 평가하고 있는지도 모른다. 단 하루라도 홈피나 메신저를 들여다보지 않는다고 해서 무슨 큰 손해가 생기는가? SNS를 통해 당신의 일상을 뽐내고 또 다른 사람의 일상을 들여다보는 것이 그렇게 좋은가? 당신이 그토록 다른 사람들의 댓글에 연연하는 것은 '좋아요'의 클릭 수를 많이 받기 위해서인가?

한때 비행기 날리기 게임이 SNS상에서 크게 유행한 적이 있다. 나 역시 재미를 붙이고 가끔 즐기기도 했다. SNS상에서는 수많은 사람이 서로 질세라 하루가 다르게 바뀌는 점수를 자랑했고, 나 역시 수시로 SNS를 들여다보며 누가 얼마나 높은 점수를 얻었는지 흥미진진하게 살펴보았다. 그러던 어느 날 문득 내가 지금 무엇을 하고 있는 걸까 하는 생각에 정신이 번쩍 들었다. 내가 시간을 낭비하고 있다는 생각에 그날부로 나는 SNS를 끊었다. 당신은 어떤가? 아직도 SNS를 들여다보며 많은 시간을 보내고 있는가?

네 번째는 다른 사람의 부탁을 거절하지 못하는 것이다. 아마 이런 경험이 있을 것이다. 정신없이 일을 하는데 갑자기 동료가 고민거리를 안고 찾아올 때가 있다. 이를 거절하기 힘든 당신은 업무를 잠시 제쳐두고 친구와 함께 고민거리를 논의할 것이다. 덕분에 친구는 고민거리를 해결했지만 당신은 제시간에 업무를 완수하지 못하고 만다.

사실 이때는 거절이 필요함을 당신도 잘 알고 있을 것이다. 하지만 실상 일부 사람들에게 거절은 결코 쉬운 일이 아니다. 다른 이가 부탁해오는 것은 그만큼 당신에게 문제 해결 능력이 있다고 믿기 때문이라고 여기는 것이다. 바꿔 말해서 당신에 대한 상대방의 신뢰의 표시인데, 어떻게 잔인하게 거절해서 상대방의 마음에 상처를 줄 수 있느냐고 말이다. 하지만 당신이 알아둬야 할 것이 있다. 도와줄 수 있는 상황일 때는 마땅히 도와줘야 하지만, 도움을 주기 힘든 형편임에도 상대방을 도와주는 것은 그 사람이 업무 단련을 하고 자기 발전을 이룰 수 있는 기회를 박탈하는 것이나 다름없다. 게다가 그들로부터 진심 어린 감사를 받기도 힘들다. 왜냐하면 남의 부탁을 무조건 들어주는 사람은 시간이 지나면 모두들 당신의 도움을 당연시 여겨서 특별히 감사함을 느끼지 못하게 되기 때문이다. 당신과 상대방 모두에게 이로울 것이 없어지는 셈이다. 그러므로 거절할 때는 단호히 거절하는 법을 배워야 한다.

다섯 번째로 남들에게 하소연의 대상이 되는 것이다. 살다 보면 일이 뜻대로 이뤄지지 않아서 속상하고 괴로울 때가 있다. 가령 상사에게 호된 질책을 들었을 때는 직장 생활의 고달픔을 하소연하고 싶고, 일이 너무 힘들 때는 한탄을 하고 싶고, 말다툼을 벌였을 때는 억울한 심정을 털어놓을 사람이 필요하다. 그럴 때면 정말이지 이 세상에서 자신이 가장 불행한 사람 같아서 우울하고 속상한 것들을 모조리 토해내고 싶어진다.

이때 곤혹스러워지는 사람은 바로 하소연의 대상이다. 진지하게 귀담아듣자니 하소연은 끝도 없이 쏟아져서 지금 당장 처리해 할 일에 손도 댈 수 없다. 반면에 외면하자니 쉽게 거절할 말이 떠오르지 않는다. 이 얼마나 모순된 상황인가? 사실 당신이 거절하지 않거나 혹은 거절하지 못하는 이유는 상대방의 감정을 상하게 하고 싶지 않아서이다. 혹은 당신을 신뢰하고 의지하는 상대방의 믿음을 저버리고 싶지 않기 때문이기도 하다. 하지만 당신의 그런 이미지를 위해 많은 시간을 낭비함으로써 결과적으로는 얻는 것보다 잃는 것이 많다는 생각이 들지 않는가? 이럴 때 가장 좋은 방법은 상대방을 잠깐 위로해주고, 지금 당신이 업무 중이라는 점을 상기시켜주면서 퇴근 후 다시 이야기를 나누자고 하는 것이다. 이때는 타인을 잘 배려할 줄 모르는 사람일지라도 당신의 말뜻을 충분히 이해할 것이다.

위에서 살펴본 몇 가지 이외에, 호기심도 시간을 낭비하는 주요 요인 가운데 하나이다. 가령 두 사람이 앉아서 속닥이는 모습을 보면 당신은 관심 없는 듯 그 자리를 스쳐 지나가는가 아니면 재빨리 다가가 그들의 은밀한 대화에 끼어드는가? 호기심이 강한 사람이라면 분명 그들 사이로 끼어들어 무슨 이야기를 나누는지 물어볼 것이다. 그렇게 되면 자신도 모르는 사이 그들 대화에 끼어들게 되고 적잖은 시간을 낭비하게 된다.

　시간은 자원과도 같다. 1초를 쓰면 그만큼의 자원이 줄어든다. 만일 당신이 자기 발전을 위해 꾸준히 노력하는 사람이라면 언제나 시간이 부족하다고 느껴야 옳다. 만일 당신이 그러하다면 축하해주고 싶다. 왜냐하면 당신은 지금 자기 발전을 이루고 있는 중이니까 말이다. 잠시 지금 하고 있는 일을 멈추고 자신을 되돌아보라. 아까운 시간을 낭비하는 나쁜 습관이 있는지, 무엇을 고쳐야 하는지 생각해보라.

'계획 시간'과
'여유 시간'을
잘 구분하라

그날의 일정이 빼곡하게 표시된 계획표에 이른바 '내진' 기능이 있는지 확인하라. 다시 말해서 약간의 돌발 변수만으로도 순식간에 전체 계획이 어그러져 우수수 무너지는지 말이다. 현실 생활에는 돌발 변수가 많다. 그렇기 때문에 계획을 세울 때는 만일에 발생할 수 있는 상황에 대처할 수 있도록 약간의 여유 시간을 확보해야 한다.

다시 말해서, 계획을 세울 때는 '계획 시간' 이외에도 '여유 시간'이 마련되어 있어야 한다는 뜻이다. 이른바 '계획 시간'을 이미 짜 놓았다면, 이 시간에는 확정된 중요한 일을 집중해서 처리하라. 반면에 '여유 시간'에는 불확정하고 계획에는 없는 돌발적인 일을 처리하라.

오랜 기간의 경험을 통해 나는 내 시간 계획을 매우 정확하게 짜는 편이다. 가령 매일 30%의 시간은 고객과의 상담에, 15%는 회의 진행에, 10%는 전화 응대에, 5%는 회사 서류 검토에, 15%는 부하 직원과의 소통에, 15%는 회사와 직접적인 관계는 없지만 회사에 이익이 되는 행사에 각각 할애한다. 그리고 약간의 시간을 융통해서 상사가 갑작스레 하달하는 업무를 해결하는 데 활용한다. 이로써 나는 약간의 시간을 융통해서 예기치 못한 일을 처리하는 것이 시간 낭비를 막아줄 뿐만 아니라 시간 절약의 효율성도 한층 높여준다는 사실을 깨달았다.

만일 당신이 팀장이라면 언제든지 처리하고 있는 일을 중단하고 부하 직원의 보고를 듣거나, 상사의 부름을 받거나, 아니면 언제든지 발생할 수 있는 부서 내의 문제를 처리하는 데 비교적 많은 시간이 소요될 것이다. 이때는 융통할 수 있는 시간대를 비워놓아 누군가가 갑자기 당신을 찾을 때 그 시간을 활용하라.

일반 직장인이나 학생도 마찬가지이다. 자유 시간을 계획할 때 '계획 시간'과 '여유 시간'을 구분 짓는 것이 좋다. 그래야 자신의 시간을 최대한도로 활용할 수 있다. 가령 수업 외 시간 혹은 업무 외 시간에 어떤 기술을 배우거나 혹은 책을 읽고 싶다면 가장 효율성이 높은 시간대를 '계획 시간'에 편입시켜 다른 사람의 간섭을 받지 않도록 한다. 효율성이 떨어지는 시간대는 '여유 시간'으로 주로 일상적인 잡다한 일을 처리하는 데 활용하라.

이탈리아인 파레토Pareto는 부의 흐름을 연구하다 재미있는 현상을 발견했다. 즉, 원인과 결과, 노력과 결실 간에 일반적으로 불평등한 관계가 형성되어 있다는 점이다. 가장 전형적인 예로, 성과의 80%는 당신이 기울인 노력 중에서 최대의 집중력을 발휘한 20%에서 나온다. 이러한 원리는 우리의 시간 관리에도 적용할 수 있다. 중요한 관건이 되는 '계획 시간'을 잘 활용한다면 당신이 매일 해야 하는 일을 수월하게 완성하고 생활의 즐거움을 누릴 수 있다.

당신이 학생이든 직장인이든 날마다 해야 할 일이 산더미처럼 쌓여 있을 것이다. 만일 가장 합리적인 시간으로 최고의 효율성을 얻고 싶다면 당신의 시간을 '계획 시간'과 '여유 시간'으로 나눠서 잘 짜야 한다. '계획 시간'과 '여유 시간'에 대해 생각하게 만드는 이야기가 하나 있다.

입이 넓은 병이 하나 있다. 그 병에는 과연 얼마나 많은 것들을 채워 넣을 수 있을까? 처음에는 자갈돌을 집어넣는다. 자갈돌이 병에 가득 차면, 그다음에는 작은 돌 부스러기를 넣는다. 돌 부스러기가 가득 찬 뒤에는 또다시 모래를 부어 돌 틈 사이의 빈 공간을 채울 수 있다. 그리고 마지막에는 물을 부어 그 안을 채운다.

우리의 시간 관리도 이와 마찬가지이다. 당신의 '계획 시간' 내에 먼저 중요한 일을 처리하고, 그다음에는 두 번째로 중요한 일을 처리할 수 있다. 그리고 나머지 자투리 시간에는 긴급한 일을 처리하거나 다른 사람의 일을 도와줄 수 있다. 만일 우리가 시간 계획을 잘 짜놓지 않거나 혹은 그 순서가 뒤바뀐다면 생활이 엉망진창이 될 수 있다.

예컨대 사소한 일에 많은 시간이 소요되었다고 생각해보라. 그러면 정작 중요한 일에 쏟아부을 시간이 없어진다. 혹은 막상 중요한 일을 처리할 기력이나 마음의 여유가 없어진다. 이때는 아무리 바삐 서둘러도 좋은 성과를 거둘 수가 없다. 자연스레 마음이 불편해지고 기분이 나빠지고 심지어는 스트레스로 우울해지기까지 한다.

물론 '계획 시간'과 '여유 시간'을 합리적으로 안배해서 당신이 어떻게 시간을 사용하고 있는지를 정확히 파악해야 한다. 일주일의 시간을 예로 들어보자. 날마다 매시간마다 자신이 하는 일을 기록한 뒤 이를 분류하고 예측 효과를 분석해보라. 자신이 많은 시간을 낭비하는 곳이 어디인지, 또 시간을 투자한 만큼 거둔 성과는 어떠한지를 살펴보라. 그러면 하루 동안 당신의 모든 활동과 시간 대비별 성과에 대해 상세하고 명확한 통계를 얻을 수 있다. 일주일이 지난 뒤에는 지난 한 주일 동안 어떤 부분에 시간을 낭비했는지, 또 이미 완성한 일과 그 완성도가 어떠한지, 어떤 시간대가 가장 효율성이 높았는지, 또 효율성을 높일 수 있는 방법은 없는지를 분석하라.

자신에게 가장 효율성이 높은 시간대가 언제인지를 파악한 뒤에는 그 시간대에 그 누구에게도 방해받지 않을 '계획 시간'을 안배하라. 만일 단 한 시간이라도 남들의 방해를 받지 않고 온전한 당신만의 공간에서 생각이나 일에 집중한다면, 그 한 시간에는 하루 꼬박 일한 것보다 더 높은 효율성을 발휘할 것이다. 때로는 그 한 시간이 3일 치 업무보다 더 높은 효율성을 발휘하기도 한다. 물론 일부 시간은 '여유 시간'으로 남겨두는 것도 잊어서는 안 된다. 하루 계획표를 빼곡한 일정으로 짜놓는다면, 업무나 학습 중에 예기치 못한 돌발 상황이 일어날 경우 나머지 계획이 모조리 어그러질 뿐만 아니라 심지어 아무것도 할 수 없게 된다.

여기서 주의할 점은 중요한 결정을 미뤄서 여유 시간을 확보해서는 안 된다는 것이다. 미래의 불확실성은 완전히 예측하기가 힘들다. 만일 더 많은 정보를 얻기 위해 무조건 기다리며 미래에 발생할 수 있는 문제를 일일이 체크하느라 결정을 내리지 못한다면 좋은 기회를 놓치고 실패하기 쉽다. 또한 계획에 여유를 두다 보면 그만큼의 대가를 치러야 한다. 심지어 얻는 이익보다 더 큰 비용을 지출할 수도 있다. 이는 계획의 효율성에 부합하지 않는다. 그러므로 계획에 여유를 두기 위해 효율성을 희생해서는 안 된다. 균형을 이루는 것이 관건임을 잊지 말라.

당신은 정말로
시간이 부족한 것인가
아니면 효율성이
낮은 것인가?

우리 주위에는 시간이 부족하다고 푸념하는 사람이 정말 많다. 업무를 제시간에 완수하지 못했을 때, 대개 우리는 시간이 부족했다며 푸념부터 한다. 그러나 정말로 시간이 부족했는지 아니면 효율성이 떨어져서 시간이 지체되었는지 생각해본 적이 있는가?

시간이 부족하다고 생각할 때 떠오르는 고사성어가 있다. '적은 노력으로 많은 성과를 올리다 사반공배 事半功倍'와 '힘은 많이 들이고 성과는 적다 사배공반 事倍功半' 중에서 당신은 어느 부류에 속하는가? 똑같은 시간을 투자했는데, 남들은 업무를 끝냈는데도 왜 당신은 아직 끝내지 못하는 걸까? 그 이유는 능력 이외에도 시간 관리에서 차이가 나기 때문인 경우가 많다.

수년 전 일본에서 마츠야마 신이치松山眞一라는 인물이 세간의 주목을 끈 적이 있다. 그의 일화는 시간과 관련이 있다. 마츠야마는 똑같은 시간 동안 일반 사람들과는 비교도 안 될 만큼 많은 일을 해서 화제가 되었다. 하지만 정작 그가 그토록 많은 일을 할 수 있었던 이유를 아는 이는 별로 없다.

마츠야마 신이치는 일본항공의 운행기술부 성능팀 팀장이었다. 직업상 눈코 뜰 새 없이 바빴지만 뜻밖에도 그는 독자들의 사랑을 받는 작가이기도 했다. 그는 매일 책을 읽고, 책을 읽은 뒤에는 서평을 작성해서 온라인 잡지사에 보냈다. 그의 독창적이고 날카로운 평론은 온라인상에서 반복적으로 재전송되어 수만 명의 독자를 보유하게 되었다. 하지만 그가 업무 외 시간을 어떻게 쪼개서 글을 썼는지에 대해 아는 이는 별로 없다.

그는 하루를 이렇게 보낸다. 날마다 아침 6시에 일어나서 첫차를 타고 출근한다. 이때는 출근하는 사람들이 별로 없어서 비교적 한적한 데다, 그의 집은 회사와 멀어서 차로 1시간 50분 정도 걸린다. 그래서 마츠야마는 출근 시간을 이용해서 책을 읽기로 결정했다.

그는 그때를 이렇게 회상했다. "그 시간에는 출근하는 직장인들도 많지 않고 또 전화를 걸어오는 데도 없었기에 강의실에 있는 것처럼 조용했다."

사무실에 도착하면 아침 8시쯤 된다. 정식 업무는 9시부터이기에 아직 사무실 안은 텅 빈 채이다. 그 누구의 간섭도 받지 않는 조용한 시간에 마츠야마는 그날 처리해야 할 중요한 일을 정리한다. 일정표를 작성하여 그날 처리해야 할 일을 중요도 순으로 정리하고, 예상 처리 시간까지 명확히 표시한다. 그는 일정표를 정확히 분 단위로 표시한다. 날마다 하는 일이기에 일정표를 작성하는 데 그다지 많은 시간이 들지는 않는다.

9시가 되어 동료들이 허겁지겁 회사에 도착할 즈음, 마츠야마는 만반의 준비를 끝마치고 개운한 정신으로 하루의 업무를 시작한다. 업무 시간에 그는 매우 엄격하게 자신의 자리를 지킨다. 그는 사람이 어떤 상태에 있느냐에 따라 업무의 효율성이 달라진다고 믿기 때문이다.

저녁 퇴근 시간이 되면 승객들이 가장 많이 몰리는 시간이라서 차 안이 그야말로 콩나물시루가 되기 일쑤다. 마츠야마는 이 시간에는 앉아서 가든 서서 가든 그날 아침에 읽은 책을 되새김질하며 어떻게 서평을 작성할 것인지를 구상한다. 머릿속에 서평의 얼개를 짜고 난 뒤 집에 도착하면 저녁 식사를 끝내고 그때부터 서평을 작성한다. 서평을 다 쓰고 나면 비로소 활력이 넘치는 그의 하루 일정이 끝난다.

나는 마츠야마의 이야기를 읽고 난 뒤 나의 하루를 되돌아보았다. 그리고 몇 가지 요점을 정리해서 시도해봤는데, 확실히 업무 효율을 높이는 데 도움이 됐다. 그 요점을 여러분과 함께 공유하고 싶다.

첫째, 정리하는 법을 배워야 한다. 회사든 집이든 당신의 물건을 질서정연하게 정리하라. 각기 다른 물건들을 분류별로 정리하는 것이 좋다. 그렇게 정리하면 당신이 필요로 하는 물건을 그때그때 찾을 수 있다. 예컨대 컴퓨터 문서 폴더에는 여러 파일이 한데 섞여있고, 또 책상 위에는 잡다한 물건들로 어지럽혀져 있다고 생각해보자. 그러면 정작 필요한 문서가 있을 때 그것을 찾으려고 여기저기를 뒤지느라 적잖은 시간이 허비된다. 이러한 실수를 미연에 방지하기 위해서는 문서를 분류하는 것이 좋다. 가령 고객 서비스 관련 문서, 운영부 관련 부서, 영업부 관련 문서 등 각기 다른 분야별로 문서를 분류하여 파일을 만들어 놓은 뒤 표시해두라. 그러면 나중에 문서를 찾을 때 훨씬 편리해진다. 집 안의 책들도 마찬가지이다. 문학, 역사, 과학 등 분야별로 나눠서 정리해놓으면 일목요연해진다.

둘째, 일을 할 때는 세심하게 신경 써라. 일을 할 때 우리는 일련의 데이터를 분석하고 통계를 낸다. 그런데 일부 사람들은 상사에게 업무를 지시받았을 때, 열정적으로 부리나케 일을 완수한다. 그러면 그들이 처리한 업무 결과가 다른 부서로 넘어갔을 때 문제가 발생하기 마련이다. 그들이 제출한 데이터가 엉망진창이거나 파일 형식이 틀려서 다시 작성해야 하는 일들이 생기기 때문이다.

생산부서에서 일하는 동료가 이런 이야기를 해준 적이 있다. 연구개발부에서 데이터를 보내올 때 일련의 숫자에 오류가 있었다고 한다. 그런데 아무도 그것을 발견하지 못해 그대로 부품이 생산라인을 통해 제작되었다. 품질감독부에서 부품의 오류를 발견하자 전체 생산라인을 멈추고 원인 조사를 실시했고, 그제야 연구개발부에서 보낸 데이터에 오류가 있었다는 사실이 밝혀졌다. 결국 회사는 출고된 수천 개에 달하는 제품을 회수할 수밖에 없었고, 큰 손실을 입었다. 물론 고객에게 제때에 제품을 납품하지 못한 것은 두말할 나위도 없다. 만일 그러한 실수를 당신이 저질렀다고 상상해보라. 당신의 회사 생활에 얼마나 큰 치명타가 되겠는가?

셋째, 일처리가 질서 정연하지 못한 것은 시간을 제대로 활용하지 못하기 때문이다. 이른바 질서 정연하다는 것은 우리가 흔히 말하는 논리성이기도 하다. 업무를 빨리 처리하려면 반드시 논리성이 있어야 한다. 처음 시작할 때 명확히 구상해야만 차근차근 순차적으로 일을 처리할 수 있다. 학교 다닐 때 국어 선생님은 작문 시간에 우리에게 요강을 먼저 작성하라고 했다. 이유가 뭘까? 그것은 질서 정연하게 일하는 습관을 만들어주기 위해서이다. 요강을 세워놓으면 글의 내용이 주제에서 벗어나지 않기 때문이다. 평소 우리가 하는 일도 마찬가지이다. 어떤 업무 지시를 받았을 때는 먼저 해야 할 일과 나중에 할 일이 무엇인지 분석하라. 일을 어떻게 처리해야 할지 미리 구상해놓고 시작하면 적은 노력으로도 갑절의 성과를 거둘 수 있다.

넷째, 나는 당신이 따분하고 무료한 업무를 즐겼으면 한다. 사실 자신이 좋아하는 일을 직업으로 삼아 사는 사람은 그리 많지 않다. 대부분 생계를 위해 일을 한다. 하지만 자신의 일에 대한 열정을 잃어버린 사람은 그 일을 잘 해내기가 힘들다. 그저 마지못해 형식적으로 일하는 것은 악순환을 가져올 뿐이다. 그렇기에 나는 당신이 업무에 대한 열정을 되살려서 그 일에 재미를 느끼기를 바란다. 그 일에 재미를 붙이면 업무 효율성도 자연스레 높아질 것이다.

마지막으로 주의해야 할 점은, 밤샘하며 일하는 것은 결코 시간을 효과적으로 활용하는 것이 아니라는 사실이다. 나는 당신이 자신에게 적합하고, 또 업무의 효율성을 높일 수 있는 방법을 선택하기를 바란다. 당신의 인생에서는 업무도 중요하지만 일상생활도 중요하다. 업무의 효율성을 최대한도로 높이면 그만큼 더욱 많은 시간을 일상생활에 할애할 수 있다. 그러면 당신의 인생은 한층 풍요로워질 것이다.

바로 지금
'늑장쟁이'로부터
탈출하라

　당신은 일을 할 때 맨 마지막 순간까지 질질 끌고 가는 타입인가? 예전에 회사 전체 직원들에게 '맷돌'이라고 놀림 받던 동료가 한 명 있었다. 사실 그녀는 능력이 뛰어났지만 매번 업무를 처리할 때마다 마지막 납기 시한까지 늑장을 부리다 제출했다. 왜냐하면 마지막까지 일을 미루다 한꺼번에 몰아서 처리했기 때문이다. 가령 금요일 전까지 보고서를 작성해서 제출하라고 하면 그녀는 금요일 퇴근 시간이 다 돼서야 보고서를 제출했다.

　비록 시한을 꼬박 채우기는 하지만 제때 보고서를 제출하는 것으로만 끝나면 다행이다. 문제는 종종 예기치 못한 돌발 변수가 생긴다는 사실이다. 가령 금요일까지가 시한인데 갑자기 다른 업무가 생기면 그 보고서는 자연스레 처리가 늦어져 제출 시한을 넘기기 일쑤였다. 처음에는 동료들도 이해하고 참았다. 하지만 시간이 지나도 변함이 없자 결국 그녀는 회사에서 해고되고 말았다. 새로운 회사에서 그 버릇을 고쳤는지 아니면 여전히 그대로인지 자못 궁금할 따름이다.

사실 그녀에게는 넉넉한 시간이 주어졌다. 그럼에도 기한 내에 업무를 처리하지 못한 것은 순전히 늑장 부린 결과이다. 사실상 대부분의 '급한 일'은 늑장 부리며 지연하다 벌어진 결과일 때가 많다.

자세히 생각해보라, 지금 당신 앞에 놓인 급한 일은 며칠 전 혹은 일주일 전에 처리해야 했던 일이 아닌가? 만일 그렇다면 아마 당신은 어릴 때부터 이런 습관이 있었을 것이다. 가령 부모님의 퇴근 시간이 다 돼서야 어지럽힌 방 안을 허겁지겁 청소하든가, 과제물은 항상 제출하기 전날에야 밤을 새워 작성하든가, 작문 시험을 치를 때는 생각에 빠져 있다 시험 종료 5분 전에야 부랴부랴 대충 휘갈겨서 제출하든가, 아침에는 출근 시간이 다 될 때까지 늑장을 부리다 부리나케 집을 나서 미친 듯이 뛰어가든가, 프로젝트를 기획할 때는 마지막 순간까지도 기획안을 고치고 또 고친다든가 등등 아마 이와 비슷한 경험이 부지기수일 것이다.

본래 이러한 일들은 시간이 넉넉하게 주어지기에 결코 '급한 일'이 아니었다. 그런데 당신이 늑장을 부리고 미루고 또 미룬 탓에 결국엔 '급한 일'이 되어 발등에 불이 떨어지고 만 것이다. 그래서 당신은 풍족했던 시간을 낭비한 채 항상 동분서주하며 시간 부족에 시달리게 된다. 이러한 '급한 일'은 유독 사람을 지치게 만들고, 또 촉박한 시간 내에 처리해야 하므로 실수가 나오기 쉽다. 엎친 데 덮친 격으로 예기치 못한 돌발 상황마저 생기면 그 일을 기한 내에 처리하는 것은 물 건너가고 만다.

시간 관리에 '파킨슨의 법칙Parkinson's Law'이라는 개념이 있다. 이 법칙에 따르면 일은 할당된 시간만큼 늘어난다고 한다. 예를 들어 당신에게 8분이면 처리할 수 있는 업무가 주어졌을 때, 당신이 충분한 여유 시간을 보태 일처리 시간을 8시간으로 할당했다고 가정해 보자. 그러면 자연스레 그 일은 8시간 만에 완성하게 된다. 사실상 8분이면 끝날 일을 말이다. 다시 말해서, 당신이 얼마만큼의 시간을 할당하느냐에 따라 업무에 필요한 시간이 결정된다는 뜻이다.

당신이 어떤 일에 1년의 시간을 할당하면 그 일은 1년 만에 끝내게 되고, 또 2년의 시간을 할당하면 2년 만에 끝내게 된다. 왜냐하면 주어진 시간이 많아질수록 우리는 심리적으로 느슨해져서 그 일을 일찌감치 끝내기보다는 불필요한 일로 그 기한을 채우게 된다. 이는 곧 일의 지연과 시간 낭비를 초래한다. 여기서 한 가지 상기해야 할 점은 때때로 지연은 겉으로 드러나지 않을 때가 있다는 것이다.

대학 시절, 기숙사에 어느 여학생을 짝사랑하는 친구가 있었다. 어느 날 그 친구는 우리의 적극적인 격려에 힘입어 용기를 내서 짝사랑하던 여학생에게 전화를 걸기로 결심했다. 당시에는 아직 휴대폰이 생활화되지 않아서 모두들 기숙사의 공용 전화를 사용했다. 헌데 친구는 쉽사리 전화를 걸지 못하고 망설이며 이런저런 걱정을 하기 시작했다. 예컨대 그녀가 기숙사에 없어서 룸메이트가 대신 전화를 받으면 어떻게 할까 혹은 잠을 자고 있거나 아니면 친구들과 모여 이야기를 나누고 있으면 어떻게 할까, 어쩌면 기분이 안 좋은 상태일지도 모르는데 괜히 전화해서 데이트 신청을 하면 바람맞지 않을까, 그녀의 방에 룸메이트가 모두 모여 있으면 내 전화를 받고 난처하지 않을까…….

그렇게 친구는 이런저런 상황을 예상하며 그에 대응할 전략을 세우느라 반나절을 허비했다. 그리고 마침내 친구가 수화기를 들고 비장한 표정으로 전화번호를 눌렀을 때 뜻밖에도 수화기 건너편에서는 통화 중 신호음이 들려왔다. 그러자 친구는 마치 무거운 짐을 벗어던진 것처럼 홀가분한 표정으로 수화기를 내려놓았는데, 그의 입가에는 미소마저 어려 있었다.

그때의 장면은 매우 인상적이어서 기억에 오래 남았다. 그 후 나는 이른바 심사숙고한다는 이유로 무언가를 미루고 지연시킬 때마다 스스로에게 이렇게 말한다. "그만해, 너는 지금 이 일을 미루고 싶은 생각뿐이고, 그에 걸맞은 핑곗거리를 찾고 있는 거잖아!"

우리는 어린 시절부터 무언가를 미루는 행위는 잘못된 것이라고 배웠다. 그래서 무의식중에 여러 가지 방법이나 행위로 이를 감추고, 내면의 갈등과 약간의 죄책감을 덜고 싶어 한다. 가령 면접시험 전에 화장실을 들락거리는 것은 본능적인 자기방어 심리이다. 긴장

된 면접 시간에서 도망치고 싶고 또 그 시간을 지연하고 싶은 심리이다. 이제는 '늑장쟁이'에서 벗어나야 할 때이다. 간단히 말해서, 당신에게는 '계획을 세우고, 엄격하게 실행하는 것'이 필요하다.

우리가 상사로부터 업무를 지시받을 때는 대개 그 업무의 처리 시한까지 정해지기 마련이다. 그 시한이 때로는 매우 촉박하기도 하고, 때로는 매우 여유롭기도 하다. 이때, 우리는 할당된 시한의 제한을 그대로 따라서는 안 된다. 스스로 적절한 시간제한을 설정하고 그에 따라 업무를 완성해야 한다. 특히 시한이 여유로울수록 더더욱 그렇게 해야 한다.

그밖에 만일 당신이 핑계를 잘 대는 사람이라면, 핑곗거리를 찾는 것부터 멈춰야 한다. 우리가 게을러서 그 일을 하고 싶지 않을 때는 자연스레 핑곗거리를 찾게 된다. 그럴듯한 핑계를 내세우며 자기합리화를 해서 마음 편하게 그 일을 한쪽으로 내팽개칠 수 있으니까. 하지만 결국에는 내가 해야 할 일이다. 핑곗거리가 있다고 해서 언제까지 그 일을 미룰 수는 없다. 계속해서 미루고 미루다 보면 나중에는 어디서부터 손을 대야 할지 모르는 상태까지 이르게 된다. 그러므로 당신이 반드시 해야 할 일이라면 핑곗거리를 찾아 자신의 게으름을 합리화하지 말아야 한다.

인생은 수학 문제이다
'덧셈'과 '뺄셈'을
잘해야 한다

    시간은 참으로 소중하지만 우리는 항상 시간에 쫓겨 산다. 특히 하루가 다르게 변하는 요즘 같은 시대에 항상 바쁘게 쫓겨 다니듯 사는 생활은 일상적인 모습이 되었다. 하지만 정확히 표현하면, 그건 일종의 질병 증세라고 할 수 있다.

    어린 시절에는 공부하느라 바쁘고, 성인이 되어서는 직장 생활과 일상생활로 눈코 뜰 새 없이 바쁘다. 사실 하루 종일 뭔가에 쫓기듯 동분서주하며 사는 삶을 좋아하는 이는 없다. 하지만 바쁘게 살지 않으면 사화의 낙오자가 되어 도태될까 두렵다. 도태의 위기와 발전의 기회는 대다수 사람에게 병존한다. 그래서 너 나 할 것 없이 워커홀릭이 되어 미친 듯이 일만 하며 앞을 향해 나아간다. 과로로 건강

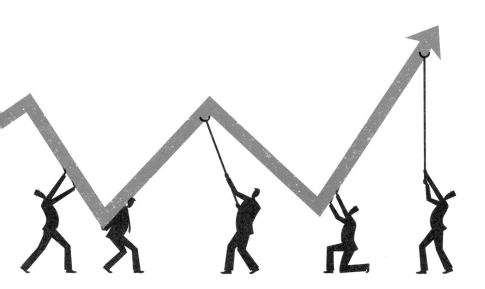

이 나빠지는 것도 아랑곳하지 않은 채 말이다.

　이미 균형을 잃어버린 이러한 생활은 결코 건강한 상태가 아니다. 무릇 원만한 인생은 건강, 가정, 사업, 재물, 친구, 개인의 성장 그 모든 것이 하나라도 결핍돼서는 안 된다. 동시에 이것들은 우리가 시간을 들여 가꿔야 하는 것들이다. 만일 당신이 한 가지 방면에만 시간과 노력을 집중해서 투자한다면 그에 상응하는 결과를 초래하거나 대가를 치러야 한다.

　어느 주부가 정신과 의사에게 상담하는 내용을 TV 프로그램에서 본 적이 있다. 그녀의 질문은 이랬다. "저는 올해 두 살짜리 딸이 있습니다. 남편은 회사 일로 출장을 밥 먹듯이 하는데, 어느 날 남편이 출장에서 돌아와 딸을 껴안으려고 하자 아이가 아빠가 싫다며 피하는 거예요. 이럴 때는 어떻게 딸아이를 교육해야 할까요?"그러자 정신과 의사는 이렇게 대답했다. "왜 딸아이를 교육하려고 하십니까? 그것은 아이 아빠가 당연히 치러야 하는 대가입니다."

그렇다. 매우 잔혹한 말이지만, 그것은 아빠가 마땅히 치러야 할 대가이다. 그는 99%의 시간을 업무에만 쏟아붓고, 정작 딸아이에게는 1%의 시간만 나눠 주었다. 아빠를 싫어하는 딸아이의 반응은 균형을 잃은 시간 분배에 따른 결과이므로 아빠가 감수해야 할 대가인 것이다.

아마 누군가는 이렇게 말할 것이다. "아이 아빠가 고생고생해서 돈을 버는 이유는 오롯이 가정을 지키기 위해서가 아닙니까?"물론 틀린 말은 아니다. 하지만 그것은 어디까지나 허울 좋은 변명이자 다른 사람을 속이는 거짓말에 불과하다. 가정의 행복을 지키기 위해 필요한 것이 과연 돈뿐일까? 게다가 그가 가정보다는 사업 성취를 더 중시하는 사람이라면 바람직한 아빠라고 볼 수 없다. 그런데 왜 오랜 시간 동안 사랑과 관심을 쏟아야만 얻을 수 있는 친밀감을 아이에게 기대한단 말인가?

또 이렇게 말하는 이도 있을 것이다. "할 수 없지 않은가? 나도 생활의 균형을 이루고 싶지만 시간이 너무 부족해서 분신술을 쓰지 않고서는 모든 역할을 완벽히 해낼 수 없다."만일 당신이 직장과 가정, 건강 등의 방면에서 균형을 이루기 힘들다면, 그건 곧 당신의 시간 관리에 문제가 있다는 뜻이다. 다시 말해서, 결코 다른 사람에 비해 당신의 시간이 부족한 것이 아니다.

노벨문학상을 수상하기 전까지만 해도 앨리스 먼로 Alice Munro 를 아는 사람은 별로 없었다. 지금은 모두들 은발의 여인 앨리스 먼로 에 대해 잘 알고 있지만, 그녀가 했던 말도 기억할까?

"나는 서른 예닐곱이 되어서야 나의 첫 번째 책을 출간했다. 이십 대부터 글을 쓰기 시작했는데, 그때는 아이를 키우는 가정주부였다. 집에는 세탁기와 같은 가전제품 하나 없었지만, 내가 글을 쓰는 데 는 아무런 문제가 없었다. 자신의 생활을 통제하면 우리는 언제든지 시간을 만들어 낼 수 있다."

만일 당신에게 시간이 부족하다면 그것은 곧 당신이 자신의 생활 을 통제하지 못한다는 뜻이다. '자신의 생활을 통제하다'라는 말은 충실하고 유쾌하게 살아가는 것을 의미한다. 다시 말해서, 최대한도 로 인생을 즐기고 행복을 만끽하라는 뜻이다. 이를 위해 당신이 어 떠한 목표를 세우고, 또 어떤 인생 계획표를 짰든 간에, 당신의 방식 대로 시간을 관리하면 하루하루를 알찬 삶으로 채울 수 있다.

어떻게 자신의 시간을 관리해야 하는지에 대해서는 한마디로 단 언할 수 없다. 사람은 저마다 시간을 관리하는 스타일이 다르기 때 문이다. 가령 장기적인 관점에서 시간을 관리하는 사람에게는 하루 일과표를 만들어 시간을 관리하는 방식이 맞지 않다. 동시에 여러 가지 일을 병행해서 처리하기 때문에 시한을 설정하는 것보다는 자 율적이고 융통성 있게 시간을 안배하는 것이 훨씬 효율성이 높다. 비록 다른 사람에게는 하릴없이 빈둥거리는 것처럼 보일지라도 그들의 머릿속에는 나름의 계획이 세워져 있다. 그러니 시간 관리는 고지식하게 정석을 따라 하기보다는 각자에게 적합한 방식으로 하는 것이 좋다.

다만 당신의 시간 관리 스타일이 어떠하든 반드시 중용의 도를 지켜야 한다. 미국의 행동심리학자 짐 로스Jim Roth는 이렇게 말했다. "돈과 사업을 위해 치르는 대가에는 한도가 있어야 한다. 물질적인 성공을 위해 다른 중요한 가치가 희생된다면 그 한도를 설정해야 한다."

시간을 과학적으로 관리하려면 시간을 충분히 활용할 뿐만 아니라 충분한 휴식 시간을 보장받아야 한다. 노동과 휴식이 적정선을 이루면 업무 효율성도 그만큼 높아진다. 하루 종일 일만 하는 것은 바람직하지 않다. 왜냐하면 인간의 대뇌는 지속적인 과부하 상태를 견디지 못하므로 충분한 휴식이 필요하기 때문이다. 충분히 수면을 취하지 못하면 업무 효율성을 보장할 수 없기 때문에 일정한 업무 시간이 끝나면 반드시 휴식하거나 잠을 자야 한다. 그러지 않으면 건강에 이상이 생길 수 있다. 휴식은 대뇌의 피로를 풀어주는 데 도움이 되어 맑은 정신으로 다시 업무에 집중할 수 있다.

원예가는 이렇게 말할 것이다. "인생은 덧셈이다. 나무를 예로 들면, 조그마한 씨앗에 물과 비료를 뿌려주면 뿌리가 자라기 시작하고 가지와 잎이 무성하게 자라나며 꽃이 피고 열매가 맺혀 푸른 녹음과 풍성한 수확을 얻게 된다." 조각가는 또 이렇게 말할 것이다. "인생은 뺄셈이다. 들판에서 거대한 바위를 캐와 정으로 쪼개고 다듬는 과정을 통해 불필요한 부분을 쳐내면 마침내 근사한 조각상이 만들어진다."

　사실 인생에는 덧셈도 필요하고 뺄셈도 필요하다. 이제 막 태어났을 때 우리에게는 끊임없는 덧셈이 필요하다. 수많은 것들을 주입시켜야만 인생이 알차고 풍성해진다. 그리고 일정한 연령에 이르면 이젠 뺄셈이 필요하다. 합리적으로 인생에서 나아갈 데와 물러날 데를 판단하고, 취할 것과 버릴 것을 가늠해야 인생이 더욱 건강해지고 충실해진다.

　자신의 인생을 잘 계획하고 싶다면 당신이 왜 살아야 하는지, 어떤 사람이 되고 싶은지, 어떠한 성취를 이루고 싶은지 등등 당신의 가치관과 인생 목표에 대해 생각해보라. 그리고 수시로 상기하며 그에 상응하는 노력을 쏟아야 한다. 그러면서 인생의 덧셈과 뺄셈을 잘 운용한다면 당신이 원하는 삶을 살게 될 것이다.

DESIRED LIFE TIP

의외의 포상

· 효율성을 갑절로 높여주는 비결 ·

응용 시기 ....

1 업무 효율성을 높이고 싶을 때

2 시간이 부족하다고 느껴질 때

3 학습과 업무의 품질을 지속적으로 향상하고 싶을 때

연습 시간 ....

업무의 성질과 자신의 목표를 바탕으로 시간을 융통성 있게 조정한다.

특별 힌트 ....

이 연습은 시간에 대한 통제력과 효율성, 집중력을 향상시키기 위한 것

이다. 이 연습에는 일정한 강도의 인내심과 세심함이 필요하며, 이를 끝

까지 지켜나가지 못한다면 처음부터 시작하지 않는 것만도 못하다.

연습 내용 ···

제1단계: 당신에게 필요한 구체적인 일정표를 만들어라. 일정표를 만드는 목적은 현재 당신이 시간을 지배하는 방식을 명확하게 하기 위해서이다. 하루의 시간을 내서 자신이 시간을 지배하는 방식을 의식적으로 살펴보며 점검하라.

제2단계: 둘째 날부터는 당신이 시작하거나 혹은 완성한 업무에 소요되는 시간을 기록하라. 보다 완벽한 기록을 위해 이 단계는 일주일 이상 지속되어야 한다. 일주일이 지난 뒤에는 지난 한 주간의 활동을 유형별로 분류하고, 학습이나 잡담, 식사, 컴퓨터 사용 등에 소요된 시간을 계산하라. 그러면 자신이 정작 중요하거나 혹은 실질적인 업무에 쏟아부은 시간은 적고 오히려 중요하지 않은 불필요한 일에 많은 시간을 낭비했음을 발견하게 될 것이다.

나는 평소 나 자신의 업무 효율성이 상당히 높다고 자부하고 있었다. 그런데 막상 일정표를 작성하고서야 그렇지 않다는 사실을 발견했다. 나의 일주일간의 업무 시간은 대략 50시간이었는데, 그중에서 실질적으로 업무를 수행하는 시간은 15시간에 불과했다. 나머지 시간은 신문을 읽거나, 방문자를 응대하거나, 한가로이 식사를 즐기거나, 아니면 이메일이나 SNS를 뒤지는 데 과도하게 낭비하고 있다는 것을 발견하고 스스로도 꽤나 놀랐다.

제3단계: 상술한 데이터를 근거로 시간 대비 효율성을 계산하라. 가령 책 한 권을 읽을 때 실질적으로 소요되는 시간은 5시간에 불과하지만 당신은 10시간이 필요하다고 여긴다면, 이는 곧 당신의 독서 효율이 50%라는 뜻이다.

제4단계: 이제는 효율성을 향상하는 데 주안점을 둬야 한다. 전반적인 효율성을 높이거나 아니면 특정 부분의 효율성만을 집중적으로 높일 수 있다. 제2단계에서 했던 것처럼 다시금 당신의 모든 활동 시간을 기록하라. 그러면 당신의 효율성이 조금씩 향상되었음을 발견하게 될 것이다. 예컨대 독서를 예로 들어보자. 자신의 효율성이 낮다는 것을 인식하면 자연스레 집중력을 강화하게 된다. 그리하여 간식을 먹거나 물건을 찾거나 휴대폰에 한눈을 파는 등 시간을 낭비하는 행동을 자제하게 된다.

제5단계: 새롭게 산출한 자신의 시간 이용률이 어느 정도 향상되었다면 당신 자신에게 선물을 하라. 가령 좋아하는 영화를 본다든가, 맛있는 음식을 만들어 먹는다든가, 교외로 피크닉을 나가는 것도 좋다. 시간 이용의 효율성이 크게 향상되면 자신에게 더 큰 포상을 하라.

《논어》에 다음과 같은 이야기가 있다.
공자의 제자 염구冉求는 이렇게 말했다.
"저는 스승님의 가르침을 이해하지 못하는 것이 아니라
실력이 모자라서 쫓아갈 수가 없습니다."
그러자 공자가 이렇게 대답했다.
"실력이 부족하다면 중간에서 포기하고 말 것이다.
하지만 지금 너는 '이만큼만 해야지' 하고
스스로 선을 긋고 한계를 만들고 있구나."
염구처럼 자신의 능력에 제한을 두고
그럴듯한 구실을 찾는 사람들이 많다.
사실 당신은 스스로가 생각하는 것보다 훨씬 강한 사람이다.

만일 당신이 생각하는 것 이상으로
그 일에 열정을 쏟아붓는다면
당신의 내면에 숨은 강력한 자아가
기적을 만들도록 도와줄 것이다.

PART 4

당신이 강해지면
자연스레 수준도 향상된다

의지력은
내면의 강력한
원동력이다

아일랜드에는 인간의 뼈에 관한 독특한 화법이 있다. 첫 번째는 흉골로 갈망의 뼈라고도 부르며, 두 번째는 턱뼈, 세 번째는 등뼈이다. 갈망의 뼈는 사람들에게 끊임없이 무언가를 추구하게 하고, 턱뼈는 끊임없이 의문을 품고 무언가를 찾게 하며, 등뼈는 성공할 때까지 지탱하게 만든다고 한다.

명연설가이자《내 인생의 다이아몬드》의 저자인 러셀 H.콘웰Russell H.Conwell은 이렇게 말한 적이 있다. "성공을 갈망하는 사람들의 외침소리는 거리 곳곳과 들판에 끊임없이 메아리치지만, 우리를 성공으로 이끄는 막중한 임무를 띤 단어는 딱 하나, 바로 '의지력'이다."

만일 의지력을 일종의 막연하고 허황된 것으로 믿는다면, 정말로 의지력은 그렇게밖에 정의할 수 없다. 그러나 당신이 의지력의 힘을 믿는다면, 마음속의 강력한 원동력인 의지력은 당신에게 무궁무진한 힘을 가져다줄 것이다. 의지력이 뒷받침해주는 한 모든 시련과 고난은 한때 스쳐 지나가는 일시적인 현상에 불과하다. 의지력은 한 사람의 삶의 방향을 바꿔줄 뿐만 아니라 기적적인 인생을 만들어낸다.

미국 작가 노먼 커즌스Norman Cousins는 《질병의 해부》에 스페인의 첼리스트인 파블로 카잘스Pablo Casals에 관한 이야기를 담았다.

90세 생일을 앞두고 카잘스는 두 사람을 만났는데, 그중의 한 명이 바로 노먼이었다. 노먼이 말하기를, 당시 90세를 눈앞에 둔 카잘스의 노년의 모습은 차마 지켜보기가 힘들 정도였다고 한다. 몸은 쇠약해질 대로 쇠약해져서 심각한 관절염으로 남의 도움 없이는 옷조차 입기도 힘들었다. 숨을 내쉬는 것도 매우 힘들어하여 얼핏 봐도 폐기종에 걸렸음을 알 수 있었다. 게다가 걸을 때는 온몸을 비틀거렸고, 머리도 앞뒤로 흔들어댔다. 또한 두 손은 퉁퉁 부었고, 손가락은 독수리 발톱처럼 굽어있었다.

그런데 아침 식사 전에 카잘스가 천천히 피아노 앞으로 다가갔다. 그는 가까스로 피아노 의자에 자리를 잡고서는 퉁퉁 부어서 굽은 손가락을 부들부들 떨며 건반 위에 올려놓았다. 그런데 건반을 치기 시작하는 카잘스의 모습이 전혀 딴 사람으로 변했다. 기력이 왕성한

모습으로 피아노를 연주하기 시작하는데, 마치 왕성한 활동을 하는 중년의 피아니스트처럼 보였다. 그때 당시를 노먼은 이렇게 묘사했다. "그의 손가락이 천천히 건반을 누르는 순간, 이제 막 움을 튼 새싹이 눈부신 햇빛 아래 기지개를 켜는 것처럼 그의 등이 꼿꼿하게 펴지고 호흡도 편안해졌다."

피아노를 치는 순간, 그의 의지력이 늙고 쇠약한 카잘스를 기력이 왕성한 피아니스트의 심리와 체력 상태로 바꾸어 놓은 것이다. 이 얼마나 신기한 일인가?

노먼은 당시 카잘스가 바흐의 곡을 연주할 때는 매우 능수능란하고 섬세했으며, 브람스의 협주곡을 연주할 때는 건반 위의 손가락이 마치 물속을 헤엄치는 물고기처럼 경쾌하고 빨랐다고 말했다. "구부정하고 딱딱하게 굳어있던 몸이 마치 음악과 하나가 된 것처럼 부드럽고 유연해졌으며, 관절염으로 고통 받지도 않았다." 연주를 끝내고 자리에서 일어난 카잘스의 모습은 연주하기 전과는 확연히 달랐다. 그는 허리를 곧추세우고 성큼성큼 걸어서 식탁 앞으로 가더니 배불리 밥을 먹고 해변으로 산책을 나갔다.

음악과 예술에 대한 열정은 카잘스의 인생을 아름답고 고귀하게 만들어주었을 뿐만 아니라 날마다 그에게 기적을 안겨주었다. 이는 의지력의 힘이었다. 늙고 쇠약한 노인을 활발한 요정으로 만들어준 것이다.

생로병사를 비롯해 우리는 살아가면서 겪는 수많은 좌절과 실패를 피할 수 없다. 하지만 실상 인생에는 좌절이 필요하다. 좌절은 당신이 좌절에서 벗어나기 위해 고군분투하며 인생 역정의 아름다움을 체험하게 해준다. "인생은 반드시 마셔야 하는 두 병의 맥주와 같다. 한 병은 달콤하고, 한 병은 쓰디쓰다. 당신이 먼저 달콤한 맥주를 마셨으면, 그다음에는 반드시 쓴 맥주를 마셔야 한다." 버나드 쇼 George Bernard Shaw 가 했던 말이다. 좌절은 그저 당신이 쓰디쓴 맥주를 먼저 마신 것에 불과한데, 군이 거기에 연연할 필요가 있겠는가? 다만 쓰디쓴 맥주를 달콤한 맥주로 바꾸는 관건은, 당신에게 충분한 의지력이 있느냐에 달려있다.

좌절 앞에서 두려움에 빠진다면 당신은 실패자로 남을 것이다. 반면에 두렵지 않다면 당신은 강인한 의지력과 필승의 각오로 좌절에서 벗어나 성공을 맞이할 수 있다. 장거리 달리기 선수나 수영선수가 결승선을 코앞에 두고 기권한다면 그것은 아예 시합에 참여하지 않는 것과 똑같다. 공군 폭격기의 비행사는 전쟁 중에 공격 목표를 격파하지 못하면, 목표를 명중할 때까지 계속해서 폭격을 가한다. 이는 그들이 반드시 완수해야 할 임무이다. 겨우 몇 킬로미터 오차로 명중해도 마찬가지이다. 그들은 최종 목표를 명중할 때까지 무수히 많은 공격을 퍼붓는다.

성공도 강압으로써 이루어진다. 다만 그 강압은 자신의 의지력에 의한 것이다. 시합에서 기권하는 사람은 영원히 성공을 얻지 못한다. 반면에 승자는 결코 포기하지 않는다. 성공한 사람들이 성공할 수 있었던 이유는 끈질긴 인내로 성공을 향해 나아갔기 때문이다. 사실상 강력한 의지력은 성공의 보증 수표이며, 좌절에서 벗어나는 비결이자 기적을 탄생시키는 요람이다. 의지력은 우리가 용기를 갖고 좌절을 이겨나갈 수 있도록 도와주며, 동시에 갖가지 유혹을 이겨낼 수 있는 강인한 자제력을 갖게 해준다.

고대 그리스 신화에 이런 이야기가 있다. 광활한 바다 위에 작은 섬이 하나 있었다. 섬의 절벽 근처에는 아름다운 노랫소리로 뱃사람을 유혹하는 세이렌이라는 여자가 살고 있었다. 몸의 반이 새이고 반이 사람인 반인반수의 세이렌은 달콤한 노랫소리로 지나가는 배의 선원들을 섬으로 유인하여 암초에 난파해서 죽게 만들었다. 그래서 이곳을 지나가는 배들은 하나같이 유혹을 이기지 못해 모조리 난파했다. 트로이 전쟁의 영웅 오디세우스가 그 섬을 지나가게 되었을 때 여신 키르케가 그에게 조언을 해주었다. 그 조언대로 오디세우스는 세이렌의 유혹에 넘어가지 않도록 밀랍으로 귀를 막았다. 또한 만일의 상황에 대비하기 위해 몸을 기둥에 단단히 묶도록 한 뒤 절대로 풀어주지 말라고 선원들에게 신신당부를 했다. 덕분에 오디세우스 일행은 무사히 세이렌이 사는 섬을 지나갈 수 있었다.

비록 신화 이야기이지만 우리가 사는 현실 생활에는 이와 비슷한 일들이 비일비재하다. 우리가 실수를 하고 심지어 범죄를 저지르게 하는 모든 유혹은 마녀 세이렌과 같다. 그리고 의지력은 유혹에 넘어가지 않도록 우리 귀를 막아주는 밀랍이고, 또 우리 몸을 단단히 묶어주는 밧줄이다.

어떤 유혹은 바로 눈앞의 욕구는 충족시켜 주지만 결과적으로 더 큰 성공이나 행복에 걸림돌이 된다는 것을 대다수 사람은 잘 알고 있다. 하지만 자제력이 부족한 사람이 많아서 욕망을 억제하거나 유혹에 저항하는 것이 쉽지 않다. 실상 사람들은 아주 조금 차이가 있을 뿐 대부분 비슷하다. 그 조금의 차이가 바로 자기 억제 능력이다. 자기 억제 능력은 의지력의 표현이며, 인생의 성공에 매우 중요한 역할을 한다!

끝까지
견지할 수 없다면
일찌감치
포기하는 것이 낫다

의지력이 중요하다는 것은 나도 인정한다. 의지력은 우리가 좌절에 빠졌을 때 포기하지 않도록 도와주니까. 그래서 동서고금 이래 의지력을 예찬하는 명언들이 많다. 예컨대 "뜻 있는 자는 한 번 뜻을 세우면 평생을 일관하여 결국 성취한다.", "하늘은 마음을 수고롭게 하는 사람을 저버리지 않는다." 혹은 "정성이 지극하면 하늘도 감동받아 금석이 쪼개진다." 등의 말은 우리에게 뜻을 세우면 끝까지 견지하라고 가르치고 있다. 그렇다, 한번 뜻을 세우면 절대로 쉽게 포기해서는 안 된다. 하지만 나는 어떤 상황에서라도 무조건 끝까지 견지하는 것만이 절대적인 방법이라고는 생각하지 않는다.

견지할지 포기할지는 그때그때의 시기와 이점에 달려 있다. 마땅히 견지해야 할 때는 포기해서는 안 된다. 하지만 응당 물러나야 할 때는 뒤로 물러나야 한다. 형세가 이로우면 견지하고, 이롭지 못하면 일찌감치 포기하는 것이 낫다. 견지하는 것이 이로운지 아니면 포기하는 것이 이로운지를 정확하게 평가하는 것이 관건이다. 그리고 그보다 더 중요한 것은 사태의 추이를 정확하게 파악해서 그 변화에 맞춰 대응해야 한다는 점이다.

과학자들은 생쥐로 실험하기를 즐긴다. 학창 시절 우리는 실험에 관한 많은 일화를 들었지만 그중에 가장 인상 깊은 이야기가 하나 있다. 그 이야기는 지금까지도 나의 뇌리에 남아 떠오르곤 한다.

마이어라는 교수가 생쥐들을 평면대 위에 풀어놓고 아래쪽에 만들어놓은 두 개 출구로 나가도록 유도했다. 잠겨 있는 왼쪽 문으로 뛰어들면 부딪혀 나가떨어지고, 오른쪽 문으로 뛰어들면 문 뒤에 있는 달콤한 치즈를 먹을 수 있도록 해놓았다. 영리한 생쥐들은 서너 차례의 시행착오 끝에 치즈가 숨겨져 있는 오른쪽 문으로 잽싸게 뛰어 들어갔다.

생쥐들의 선택 방식에 더 이상 변동이 없자 마이어 교수는 이번에는 치즈를 왼쪽 문으로 옮겨 놓고 대신 오른쪽 문을 잠갔다. 객관적인 정세가 이미 바뀌었다는 사실을 알 리 없는 생쥐들은 당연히 오른쪽 문으로 뛰어들었다 여지없이 부딪혀 나가떨어졌다. 그러나 다행히 이번에도 몇 차례 시행착오 끝에 생쥐들은 새로이 변한 상황에 적응하여 왼쪽 문에 치즈가 있다는 것을 간파했다. 그러자 마이어 교수는 또다시 방식을 달리했다. 그는 문의 색깔을 다시 칠하고, 치즈를 왼쪽 문에 두었다 다시 오른쪽 문에 두며 수시로 위치를 바꾸었다. 이미 한 차례 변화에 적응했던 생쥐들은 또다시 혼란에 빠지고 말았다. 생쥐들은 또다시 변한 상황에 적응하기 위해 시행착오를 거듭했다. 그리고 마침내 생쥐들이 새로운 반응을 나타내기 시작했다. 바로 무반응이었다. 생쥐들은 계속해서 바뀌는 환경의 변화를 거부하는 태도를 보였다. 즉, 한쪽 문만을 고집해서 뛰어들었던 것이다. 치즈가 동쪽 문에 있다는 사실을 뻔히 알면서도 생쥐들은 고집스레 왼쪽 문으로만 뛰어들었다. 그리고 매번 문에 부딪혀 나가떨어지기를 반복하면서 점차 긴장 상태에 빠졌다. 이 상황에서 실험자가 계속해서 치즈 위치를 바꿔가며 생쥐에게 왼쪽 문으로 뛰어들지 오른쪽 문으로 뛰어들지 선택하도록 강요한다면, 생쥐들은 점점 스트레스가 극에 달해 이리저리 날뛰며 스스로를 물어뜯다 결국에는 근육이 경련을 일으켜 쓰러지고 말 것이다. 바꿔 말해서, 생쥐들은 이미 '정신적 붕괴' 상태에 이르고 만 것이다.

마이어 교수는 이 실험을 통해 '정신적 붕괴' 상태에 이르는 다섯 단계를 도출했다.

첫째 단계에서는 특정한 난제왼쪽 문 혹은 오른쪽 문를 두고, 생쥐가 점차 일종의 대응 습관을 기른다.오른쪽 문 선택: 오른쪽 문 뒤에 치즈가 있음

둘째 단계에서는 객관적인 환경이 변하여 생쥐가 기존의 방식으로 문제를 해결할 수 없다는 사실을 깨닫고 경악한다.

셋째 단계에서는 지속적인 초조감과 좌절, 실패를 겪은 생쥐가 새로운 변화에도 결과가 어떻든 상관하지 않고 기존의 방식을 고집한다. 오른쪽 문에 치즈가 있다는 사실을 알면서도 계속해서 왼쪽 문으로 뛰어든다

넷째 단계에서는 아예 노력을 포기한다. 치즈도 마다한 채 굶어 죽기를 택한다

다섯 단계에서는 외부에서 문제를 해결하라고 지속적으로 압력을 가할 경우, 기존의 방식으로 회귀한다. 방법을 바꿔야만 문제를 해결할 수 있다는 것을 명백하게 알면서도 기존의 습관을 고집하며 좌절과 실패의 아픔을 감내하다 결국 정신적 붕괴에 이른다.

실상 우리 인간도 위의 실험에서 정신적인 붕괴에 이르고 마는 생쥐와 크게 다르지 않다. 인생의 매 단계에는 도저히 해결할 수 없을 것 같은 난제가 버티고 서서 우리에게 선택을 강요한다. 가령 대학 시험에 떨어지거나, 연인이 변심하거나, 결혼생활이 파탄에 이르거나, 실직하는 등…… 이러한 난제마다 해결 방법이 필요하다. 과연 치즈는 왼쪽 문에 있을까 아니면 오른쪽 문에 있을까? 왼쪽에 있든 오른쪽에 있든, 우리가 '새로운' 방식으로 '새롭게' 변한 상황에 대응하지 않는다면, 그리고 어떤 결과를 초래할지 상관하지 않은 채 자기 변화를 거부한다면 우리는 위의 실험의 고집스런 생쥐 신세가 되고 만다. 위의 생쥐처럼 치즈가 없는 걸 뻔히 알면서도 스스로 뛰어들어 나가떨어지는 어리석은 행동을 피하려면 융통성과 지혜가 필요하다.

《역경》에서 말하기를 "궁하면 변해야 하고, 변하면 통할 것이며,

통하면 오래갈 것이다."라고 했다. 자신의 고집대로만 나아간다면, 결국에는 자신만 고달플 뿐이다. 직장에는 책임감도 강하고 향상심도 뛰어난 사람이 많다. 그러나 막상 난제에 부딪혔을 때, 이들은 한 가지 해결 방법으로만 문제를 해결하려고 한다. 처음 그 방법으로 해결을 시도해서 별다른 효과를 얻지 못했는데도 '인내심'을 갖고 지속적으로 그 방법을 이용한다. 융통성이 없거나 혹은 어떻게 변통해야 하는지 모르기 때문에 초조함 속에서 그저 기적이 생기기를 바라며 그 방법을 고집한다. 난제를 해결해 업무를 완수하고 싶은 마음은 굴뚝같지만 아무런 진전 없이 제자리만 맴도니 그저 안타까울 뿐이다.

사실상 시간은 일종의 자본이다. 소중한 시간의 낭비를 막기 위해 우리는 한 가지 좋은 습관을 기를 필요가 있다. 바로 난제에 부딪혔을 때 한 가지 해결 방법을 생각해 냈다면 딱 세 번까지만 시도하는 습관이다. 만일 세 번 연속 시도해도 문제를 해결하지 못했다면, 이는 곧 그 방법에 문제가 있다는 뜻이다. 어쩌면 당신의 생각이 부족했을 수도 있다. 그럴 때는 뒤로 한 걸음 물러서서 다시 문제를 살펴보고 새로운 방법을 찾아야 한다. 어떤 구체적인 사안도 그렇고, 인생도 그렇다. 우리가 선택할 수 있는 방법은 아주 많다.

'중국 광섬유의 아버지'라고 불리는 중국공정원 원사 자오쯔썬趙梓森은 청년 시절 무려 세 차례에 걸쳐 대학교를 바꿨다. 그가 맨 처음 입학한 학교는 저장浙江대학 농업화학과였는데, 1년을 다니다 결국 흥미를 못 느끼고 자퇴했다. 그는 재수하여 그다음 해에 푸단復旦 대학교 생물학과에 입학했다. 하지만 여전히 학과에 재미를 붙이지 못한 그는 부모님을 설득하여 다시 다퉁大同 대학 전기과1952년 교통대학 전기과로 합병됨에 입학했다. 만일 그가 애초에 과감하게 노선을 변경하지 않았다면, 아마도 오늘과 같은 위대한 성과를 거두기는커녕 '광섬유의 아버지'라는 명예도 얻지 못했을 것이다.

지금 가고 있는 길이 자신에게 맞지 않다고 생각되면 과감하게 포기하고 새로운 길을 찾아라. 그러면 언젠가는 자신에게 꼭 맞는 길을 찾을 수 있다. 또한 근본적으로 불가능하거나 혹은 이룰 수 없는 일, 영원히 실현할 수 없는 목표는 일찌감치 포기해야 한다. 그러지 않고 고집스레 매달린다면 깊은 실패의 고통에 빠지게 될 것이다.

당신의 수준이 낮은 것은
어려운 일에
도전하지 않기 때문이다

이런 불평을 늘어놓는 사람이 꽤 있다. "저 사람은 나보다 조건도 좋지 않은데 어떻게 저렇게 잘 살지요?" 아마 모두들 한 번쯤은 되새겨봤을 문제이다. 나 역시 적잖은 젊은이들이 억울하단 표정으로 반문하는 것을 들었다. 만일 당신이 원하는 삶을 살고 있지 않다면, 우선 당신이 해야 할 일은 반성이다. 출구를 찾으려면 당신 자신을 뒤돌아보고 방법을 찾아야 하지 않겠는가? 실상 남들보다 당신의 수준이 낮다면, 그것은 난이도가 높은 일에 도전하지 않았기 때문이다. 혹은 시도는 해보았지만 성공하지 못했기 때문이다.

이유야 어찌 됐든, 모든 시도에는 그만큼의 가치가 있다. 당신이 그 자리에 주저앉고 싶지 않다면 가슴을 활짝 펴고 일어서야 한다.

내가 원하는 삶이 무엇인지, 또 어디서부터 노력을 기울여야 하는지 스스로를 돌아보고 방법을 찾아야 한다.

1965년 막 와세다 대학을 졸업하고 사회생활을 시작한 젊은이가 있었다. 그는 매월 월급과 상여금의 3분의 1을 꼬박꼬박 저축했다. 넉넉하지 않은 월급에 비해 저축액이 많아 생활이 궁핍했고, 심지어 돈을 빌려야 할 때도 있었지만 이를 악물고 저축했다.

한편 1902년, 대서양 맞은편의 미국에서도 자신의 인생을 위해 노력하는 젊은이가 있었다. 그는 위의 일본인에 비해 훨씬 상황이 나빴다. 하루 종일 좁아터진 지하실에서 수백만 개의 막대그래프를 그리며 캔들 차트를 만들어 벽에 붙였다. 그리고 그 캔들 차트를 몇 시간이고 멍하니 쳐다보기를 반복했다. 급기야 그는 유사 이래의 미국 주식 시장의 기록들을 수집하여 무질서하고 뒤죽박죽 섞여 있는 데이터에서에 일종의 규칙을 찾기 시작했다. 이렇다 할 직업이 없었기에 생계를 도모하기 힘들었던 그는 친구의 도움으로 근근이 하루하루를 버텼다. 그렇게 두 사람은 6년의 시간을 보냈다. 그 6년 동안 일본인은 근검절약한 생활 덕분에 저금이 5만 달러에 이르렀고, 미국인은 미국 주식 시장의 추세와 수학, 고대 수학, 기하학, 점성학의 관계를 연구했다.

6년이 지난 뒤, 고생해서 돈을 모은 일본인은 어느 은행가를 감동시켜 그의 투자를 받게 되었다. 그는 은행가로부터 창업에 필요한 100만 달러를 대출받아 일본 최초의 맥도날드 자회사를 설립하여 일본 맥도날드의 신화를 일구었다. 바로 후지타덴藤田田이다.

마찬가지로 6년 후 미국인은 자신의 회사를 세우고 주식 시장의 발전 추세를 예측하는 분석법을 고객에게 제공했다. 그는 금융투자를 통해 5억 달러의 부를 쌓으며 월가에서 주식분석법으로 자수성가한 신화적인 인물이 되었다. 바로 갠 이론의 창시자 윌리엄 갠William D. Gann이다. 오늘날 그의 이론은 수십여 종의 언어로 번역되어 세계 각지 금융업 종사자의 필수 지식이 되었다.

이 두 사람의 인생을 이렇다 저렇다 평가할 생각은 없다. 근검절약으로 자수성가를 하든, 아니면 주식시장 이론을 분석하여 부를 쌓든 얼핏 봐서 전혀 상관이 없는 두 사람의 이야기에는 한 가지 공통점이 있다. 제로의 상태에서 자수성가하여 자신의 운명을 개척하는 일이 결코 불가능하지 않았다는 사실이다. 다만 여기에는 성공하겠다는 야심과 인생에 대한 치밀한 계획이 필요하다. 그리고 그보다 더 중요한 일은 노력해서 성공에 필요한 조건을 갖추는 것이다.

아마도 성공을 꿈꾸지 않는 젊은이는 이 세상에 없을 것이다. 그러나 실제 능력은 보잘것없으면서 지나치게 원대한 목표만을 세운다면 오히려 성공의 걸림돌이 된다. 그저 성공한 사람들이 누리는 부와 명예만 부러워할 뿐 그들이 그 자리에 오르기까지 겪어야 했던 숱한 시련과 노력은 외면하는 사람들이 저지르기 쉬운 실수다. 이 세상에 단번에 성공을 거두는 사람은 없다. 누구나 끊임없는 노력을 통해 자신의 운명을 바꿀 수 있는 폭발적인 힘을 길러야 한다.

간혹 이런 부류의 젊은이들이 있다. 머릿속에는 수많은 계획과 포부가 있지만 또 다른 한편으로는 끊임없는 의구심에 사로잡히는 이들이다. "만일 실패하면 어떡하지?", "정말 이렇게 해도 될까?" 이러한 의구심은 스스로를 위축시키고 소극적으로 만든다. 또한 주변에서 쉼 없이 쏟아지는 경고와 권유, 조언에 마음이 수시로 냉온탕을 오간다. 그 결과 수많은 사람의 이상과 계획이 실패를 두려워하는 심리 속으로 침몰하고 만다. 마지막에는 결국 '현실'을 선택하고 어제와 똑같은 삶을 이어가게 된다.

우리는 실패에 대한 두려움을 이겨야 한다. 난 그 일을 해낼 수 있을 만큼 충분히 강하다는 믿음을 가져야 한다. 그러지 않으면 아무런 일도 이룰 수가 없다.

19세기 말엽, 미국의 한 목사는 당시의 대학 교육에 문제점이 있다고 여겼다. 상류층 자제들 위주로 이루어지는 교육 제도 때문에 가정형편이 어려운 수많은 학생이 대학에 진학하지 못했던 것이다. 그는 산업시대에 맞게 다양한 인재들을 양성하여 사회 각계각층에서 활동할 수 있도록 대학 교육이 바뀌어야 한다고 여겼다. 그래서 직접 대학을 설립하여 자신의 신념을 실현하기로 결심했다.

하지만 일개 목사가 무슨 돈이 있어서 대학교를 설립하겠는가? 모두가 보기에 불가능한 일이었다. 그런데 이는 결코 불가능한 일이 아니었다. 100만 달러를 모을 수 있다면 충분히 가능한 일이었다. 하지만 어디서 그 많은 돈을 모은단 말인가? 목사의 월급으로는 꿈도 꿀 수 없는 일이었다. 돈벼락 맞을 궁리만 하는 미친 사람이라고 주위 사람들이 수군거렸지만 그는 아랑곳하지 않았다. 기필코 돈을 모을 수 있으리라고 굳게 믿었던 것이다.

그러던 어느 날, 목사는 좋은 방법을 한 가지 떠올렸다. 그는 곧장 신문사에 전화를 걸어 내일 '만일 나에게 100만 달러가 있다면'이라는 제목 아래 설교를 하고 싶다고 신청을 했다. 신문사는 젊은 목사의 패기에 흥미를 느끼고 그의 설교 소식을 신문에 실어 주었다. 다음 날, 신문을 읽고 수많은 사람이 설교 장소로 모여들었다. 목사는 자신의 대학 설립 구상을 간절한 마음으로 전심을 다해 설명했다.

그의 강연이 끝나자, 필립 아머 Philip Armor 라는 사업가가 일어나서 말했다. "당신의 강연에 큰 감명을 받았습니다. 내가 100만 달러를 낼 테니 그 돈으로 학교를 세우십시오." 그렇게 해서 목사는 그 돈으로 아머 공과대학을 세웠다. 바로 지금의 일리노이 공과대학의 전신이다. 그 목사가 바로 훗날 많은 사람의 존경을 받은 프랭크 건졸러스 Frank W. Gunsaulus 이다.

데일 카네기 Dale Carnegie 는 이런 말을 했다. "가장 큰 성취를 이룬 사람은 자신이 원하는 대로 과감하게 행동한 사람이다. 모든 것을 다 갖춘 배는 부두를 벗어나기 힘들다."

하늘에서 돈벼락이 저절로 떨어질 리 만무하다. 하지만 신념이 있고 기회를 잡을 줄 아는 사람은 지극히 평범한 생활 속에서도 한 줄기 희망을 찾고, 과감한 행동으로 자신의 인생을 바꿀 수 있다. 당신도 자신의 신념을 따라 과감히 행동한다면 이 세상에 어려운 일이 없을 것이다.

지는 것을
두려워하지
말라

　과거에는 편지 한 통을 받는 데도 열흘이나 보름이 걸릴 때가 있었다. 하지만 지금은 생활의 리듬이 점점 빨라져서 상대방의 통화 중 신호에도 쉽사리 조바심이 나고 짜증이 난다. 그래서 현대인들은 흔히 성공과 눈앞의 이익에만 급급하거나 지는 것을 두려워하는 심리적 양상을 보인다. 무슨 일을 할 때도 조금이라도 빨리 성공하기를 바라고, 실패할 것을 두려워한다. 시작하자마자 남들에게 자랑할 수 있는 성과를 보여주고 싶어 하면서도 한편으로는 일을 망칠까 봐 두려워하는 것이다.

　물론 실수를 저지르지 않는 방법이 있긴 하다. 아예 그 일을 하지 않는 것이다. 무릇 모든 일에는 성공과 실패가 병존한다. 그리고 '득'

과 '실'은 우리가 성장하는 데 없어서는 안 될 소중한 자양분이다. 인생에는 전성기가 있는가 하면 침체기도 있다. 성공의 달콤한 맛을 보고 싶다면 자연스레 실패와 고통의 쓴맛도 봐야 한다. 한번 생각해보라. 우리가 어떤 일을 시작하기도 전에 실패부터 떠올린다면 자연스레 두려움이 생기고 심리적으로 위축되는데, 어떻게 그 일에 성공할 수 있겠는가?

심리학에서 유명한 '왈렌다 효과'라는 것이 있다. 실제 있었던 일에 기인하여 생긴 이론인데, 정작 그 이야기의 주인공은 '왈렌다 효과'로 목숨을 잃었다.

왈렌다는 미국의 유명한 줄타기 곡예사였다. 고난도의 곡예를 안정적이고 정교하게 연기하여 명성이 자자했다. 그는 곡예사로 활동하면서 단 한 번의 실수도 없었다. 그래서 중요한 고위급 인사가 관람하러 오자 왈렌다가 공연을 펼치게 되었다.

왈렌다는 공연을 관람하러 오는 중요 인사가 누구인지를 알게 되자 자신에게 끊임없이 되뇌었다. "이번에도 무조건 성공해야 해! 이번 공연에서 성공하면 나는 줄타기 공연계에서 탄탄한 기반을 만들 수 있고, 공연단장도 나에게 아낌없는 지원을 해줄 거야. 그러니 절대로 실패해서는 안 돼!" 왈렌다는 공연 전날부터 평소보다 더 각별하게 주의를 기울이며 동작 하나하나를 연습하고 또 연습했다.

마침내 공연 날이 되었다. 왈렌다는 좀 더 실감나고 아찔한 공연을 펼치기 위해 구명용 밧줄 없이 줄타기를 하기로 결정했다. 지금

껏 한 번도 실수를 한 적이 없었기에 구명용 밧줄이 없어도 상관없다고 여겼던 것이다. 그런데 아뿔싸! 그 누구도 예상하지 못했던 일이 생기고 말았다. 왈렌다가 난도가 높지 않은 동작 두 개를 막 끝내고 강철 와이어 한가운데에 이르렀을 때 그만 10미터 높이의 공중에서 떨어져 목숨을 잃고 만 것이다.

　그 일이 있은 뒤에 그의 아내는 이런 말을 했다. "이번 공연에서 사고가 날 줄 알았어요. 공연에 나가기 전부터 계속해서 중얼거렸거든요. '이번 공연은 매우 중요하니 절대로 실패해서는 안 돼, 반드시 성공해야 한다.'라고요. 그 전에는 한 번도 그런 적이 없었어요. 그저 줄타기를 무사히 끝낼 생각만 했지 그 일로 어떤 보상을 받게 될지는 생각조차 하지 않았거든요."

　왈렌다는 성공에 집착한 나머지 그 결과가 가져올 이해득실에만 연연하다 집중력을 잃고 말았다. 만일 그가 와이어 공연에만 집중했다면, 그의 경험과 기술에서는 결코 나올 수 없는 그의 실수를 저지르지 않았을 것이다. 심리학자들은 이처럼 일의 결과에 지나치게 집착한 나머지 몸의 기능과 실력이 정상적으로 발휘되지 않는 심리 상태를 '왈렌다 효과'라고 이름 지었다.

　왈렌다는 이전의 공연에서는 줄타기 공연에 성공해서 유명인사가 되고 싶다는 따위의 생각을 하지 않았다. 그저 평상심을 갖고 오로지 줄타기에만 집중했다. '반드시 이겨야 한다. 절대로 실패해서는 안 된다'라는 강박감이 없었기에 그는 항상 공연을 성공적으로 끝마칠 수 있었다. 그러나 고위급 중요 인사가 공연을 관람하게 되자 그의 동기에 변화가 생겼다. 자신에게 반드시 성공해야 한다고 끊임없이 암시를 주는 바람에 공연에 정신을 집중할 수가 없었던 것이다. 그래서 결국 왈렌다는 목숨을 잃고 말았다. 만일 왈렌다가 공연의 성공 여부에 연연하지 않고 평소처럼 편안한 마음으로 공연 자체에만 집중했다면, 그는 분명 또 한 번의 완벽한 공연을 펼쳤을 것이다.

《장자》에 기왓장을 걸고 내기를 하면 백이면 백 모두 이기는 사람이 막상 황금을 놓고 내기를 하게 되자 내리 지기만 했다는 이야기가 있다. 독일 심리학자도 이런 실험을 한 적이 있다. 작은 바늘귀에 실을 꿰는데, 정신을 집중하면 할수록 더욱 실을 꿰기가 힘들어진다는 것이다. 이처럼 목적을 위해 움직일 때 머리, 몸, 손 등에서 무의식적으로 일어나는 근육의 불규칙한 반응을 '목적 진전Purpose Tremor'이라고 일컫는다. 목적성이 강할수록 더욱 성공을 거두기가 힘들어지는 것이다.

바늘귀에 실을 꿰고 싶은 마음이 강할수록 손이 떨리고, 공을 잘 치려고 할수록 팔이 떨리며, 와이어 줄을 잘 타려고 할수록 다리가 떨리고, 이기고 싶은 욕구가 강할수록 마음이 떨린다. 사람에게는 이러한 약점이 있다. 어떤 일을 지나치게 중시할수록 마음이 긴장 상태에 빠진다. 긴장이 되면 심박 수가 빨라지고 초조감이 밀려오며, 집중력이 분산되는 등의 불량한 반응이 나타난다. 이러한 반응은 우리가 재능을 정상적으로 발휘할 수 없도록 방해하여 결국에는 실패에 이르고 만다.

어차피 모든 일은 100% 성공을 장담할 수 없다. 그러할진대 왜 실패에 대한 마음의 준비를 하지 않는가? 그렇게 하면 오히려 마음이 편해져서 순조롭게 목표를 달성할 수 있는데 말이다. 안타깝게도 현실 생활에서 우리는 무슨 일을 할 때 너무 많은 생각을 한다. 그 일이 가져올 결과에 연연하고, 성공에 집착하며, 실패할까 두려워한다. 정작 그 일 자체는 소홀히 하면서 말이다.

무슨 일을 시작할 때 우리의 대뇌는 성공에 대한 욕망과 실패에 대한 두려움에 짓눌린 나머지 몸과 마음이 감당할 수 없는 중압감을 느낀다. 이러한 중압감 아래서 어떻게 그 일을 잘 해낼 수 있겠는가? '반드시 성공해야 한다, 절대로 실패해서는 안 된다.'라고 스스로에게 끊임없이 되뇌어도, 결과는 예측을 벗어나기 일쑤이고, 우리는 성공으로부터 더욱 멀어지기 마련이다.

그러므로 어떤 일을 할 때 그 일 자체와 상관없는 문제는 신경을 쓰지 마라. 성공과 이득에 집착하면 판단력이 흐려진다. 우리는 다양한 시도와 탐색을 통해 자신의 기반을 닦고, 경험을 쌓으며, 능력을 발전시켜야 한다. 지레 겁을 먹어서도 안 된다. 성공에 대한 집착과 패배에 대한 두려움에서 벗어나야만 인생에서 겪는 온갖 시련과 도전에 맞서 나갈 수 있다.

중도에 포기하는 것보다는
실패하거나 거절당하는 것이
더 낫다

이 세상 대다수 사람의 인생은 평탄하지 않다. 실패하고, 좌절하고, 거절당하기도 하는 것이 우리의 인생이다. 그러나 진정한 실패는 실패의 결과인 패배를 맞는 것이 아니라, 실패를 인정하고 아예 그 자리에 주저앉아 더 이상 도전하지 않는 것이다. 성공하는 사람들은 과거의 실패 속에서 그 원인을 찾고, 교훈을 얻어 똑같은 실수를 하지 않음으로써 성공의 자리에 오른다. 이처럼 서로 다른 마음가짐이 결국 승자와 패자라는 각기 다른 결과물을 만들어낸다.

미국 인디애나 주에 한 소년이 있었다. 다섯 살 때 아버지를 여의고, 열네 살에는 학교를 그만두고 농장의 인부로 일하기 시작했다.

이어서 매표소 판매원으로도 일했지만 그리 오래가지 않았다. 열여섯 살에 군에 입대한 그는 몇 개월 만에 퇴역하고 말았다. 그리고 열여덟의 나이에 결혼했지만 가산이 모조리 차압당하면서 아내도 떠나고 말았다. 그 후 그는 타이어 외판원, 증기선 조타수를 전전하다 주유소를 차렸는데, 그마저도 실패해 문을 닫고 말았다.

그의 인생은 얼핏 보기에는 실패의 연속이었다. 예순 살이 될 때까지 무엇 하나 제대로 이룬 게 없었으니 말이다. 아마 이쯤 되면 대부분의 사람은 모든 것을 포기하고 그저 평안하게 노후를 보낼 생각만 할 것이다. 그러나 이 남성은 결코 포기하지 않았다. 그는 자신의 비법을 담은 치킨집을 차렸다. 그리고 일흔 살이 되었을 때 그는 마침내 성공을 거두었다. 바로 켄터키 프라이드 치킨의 창립자 커넬 할랜드 샌더스Colonel Harland Sanders이다. 오늘날 세계 각국의 곳곳에 세워진 그의 체인점은 국적을 불문하고 남녀노소의 사랑을 받고 있으며, 우리는 그곳에서 KFC의 마스코트가 된 그의 모습을 볼 수 있다.

샌더스는 이런 말을 한 적이 있다. "사람들은 흔히 날씨가 안 좋다고 투덜거리는데, 실상 날씨가 나쁜 것이 아닙니다. 자신감을 갖고 낙관적인 마음만 있으면 항상 좋은 날씨가 되지요." 실패 앞에서 그대로 주저앉는 사람은 실패의 한 방에 그대로 무너지는 약자로, 용기도 지혜도 없는 사람이다. 또한 실패한 뒤 자신의 과오를 반성하기는커녕 무작정 열정 하나만을 믿고 계속해서 돌진하는 사람은 고생만 할 뿐 별다른 성과를 거두지 못한다. 설령 성공한다 해도 그저 한순간에 불과할 뿐이기에, 용기는 있지만 지혜가 없는 사람이다. 한편 실패를 겪은 뒤 자신의 잘못을 고치고 실력을 길러 재도전하여 성공을 쟁취하는 사람은 지혜와 용기를 갖춘 사람이다. 무릇 거저 얻는 성공도 없으며, 아무런 가치 없는 실패도 없다. 실패를 통해 교훈을 얻고 경험을 쌓는 자만이 성공할 수 있다.

거절을 당하는 것에 대해서도 짚고 넘어갈 필요가 있다. 이 세상에 거절당하는 것을 좋아하는 사람은 없다. 나 역시 누군가에게 거절당하는 것을 끔찍하게 싫어한다. 나에게 상담하러 오는 사람들 중에도 거절당한 쓰라린 아픔을 호소하는 이들이 많다. 그중에서도 이제 막 대학을 졸업하고 열정에 가득 차서 뭔가 큰일을 도모하고 싶어 하는 졸업생들이 특히 그렇다. 그들은 일자리를 찾는 과정에서 자신이 생각했던 만큼 현실이 녹록지 않다는 사실을 비로소 깨닫는다. 자신이 제아무리 좋아하고 원하는 회사더라도 마음대로 입사할 수 없으니 말이다. 그래서 그들은 다양한 거절을 당한다. 수십 장의 이력서를 보내지만 면접시험에 참가하라는 회신을 받는 일조차 하늘의 별 따기이다. 열정으로 가득 찼던 뜨거운 심장은 점점 온도가 내려가 빙점 이하로 떨어지고 만다. 심지어 자신에게 문제가 있는 것은 아닌지, 왜 자신을 원하는 회사가 없는지 의구심에 빠지기도 한다.

객관적으로 분석해보면, 사람과 사람의 관계는 사실 일종의 상호 선택의 관계이다. 왜 그럴까? 한 회사가 당신을 채용하는 이유는 당신이 가장 우수하거나 총명해서가 아니다. 그들에게 필요한 사람이기 때문이다. 반대로 당신이 거절당하는 것은 당신에게 문제가 있어서가 아니라, 마침 그들에게 필요한 유형에 맞지 않기 때문이다.

오늘날 알리바바는 전자상거래 업종에서 그야말로 최고의 전성기를 보내고 있다. 알리바바의 창립자인 마윈 역시 수많은 젊은이의 우상이 되었다. 그러나 미국 PBS의 간판 프로그램 진행자인 찰리 로즈Charlie Rose 와의 대담 프로그램에서 마윈은 스스로를 실패와 거절당하는 것에 익숙한 사람이라고 자처했다. "나는 대학 시험에 세 번이나 떨어져 3년 재수 끝에 대학에 진학했습니다. 사실 초등학교도 중점 초등학교에 진학하려다 두 번이나 떨어졌고, 중학교에는 세 번이나 떨어졌지요." 거절당하는 것 역시 그에게는 일상다반사였다. "나는 거절당하는 것에 익숙합니다. 내가 모두에게 환영받을 만큼 뛰어나지 않다는 사실을 잘 알고 있지요. 나는 3년을 재수했고, 또 서른 번도 넘는 면접시험을 치렀지만 결국 실패했습니다. 경찰 시험을 치렀을 때는 5명 중에 4명이 합격했는데, 그중에 유일하게 떨어진 사람이 바로 나였지요. 심지어 켄터키 프라이드 치킨점 아르바이트생으로 면접을 치른 적이 있었는데, 면접시험을 치른 24명 중에 23명이 채용되고 나 혼자 떨어졌어요. 하버드 대학교에도 열 번 넘게 입학 신청서를 냈는데 매번 퇴짜를 맞았지요."

마윈은 천성적으로 거절당하는 데 익숙한 사람이었을까? 그건 분명 아니다. 누군가에게 거절을 당한다는 것은 참으로 견디기 힘든 일이다. 분노하는 사람도 있고, 좌절감에 빠지는 사람도 있고, 자존심에 큰 상처를 입는 사람도 있다. 마윈의 특별한 점은 그가 포기하지 않았으며, 덕분에 성공을 거두었다는 것이다. "그동안 살아오면서 내가 가장 자랑스럽게 여기는 것은 무슨 거창한 성취가 아닙니다. 위기 때마다 찾아오는 좌절감을 하나하나 이겨낸 것입니다."

실패하거나 거절당했을 때, 기분이 어떻든 간에 우리는 사실을 있는 그대로 받아들여야 한다. 그다음에는 냉정한 이성으로 마음속의 불만을 잠재워야 한다. 나 자신을 반성하고, 실패하거나 거절당한 이유를 찾아 개선해야만 다음번에도 그렇게 될 가능성이 그만큼 줄어든다. 그러지 않으면 당신에게 돌아오는 것은 또 다른 실패와 거절일 테니 말이다.

만일 좌절의 고통 속에 그대로 주저앉는다면 다시 기운을 내고 노력하여 성공을 거두기가 힘들다.

실패와 거절 앞에서 자기 자신을 이겨낸다면 그만큼 당신은 성장하게 된다. 매번 스스로를 이겨낼 때마다 더욱 높은 목표를 향해 나아갈 수 있는 원동력이 생긴다. 그리고 한층 높은 목표를 실현할 때마다 자신감은 더욱 강해지고, 자신의 능력에 확신이 생겨서 시련이 닥칠 때마다 이를 극복할 수 있다는 믿음과 자신감이 생긴다. 이는 양성 순환이라고 할 수 있다. 작은 눈덩이가 산비탈을 구를수록 점점 커지는 것처럼 우리가 좀 더 원대한 목표를 향해 나아갈 수 있도록 해준다.

반면에 실패와 거절 앞에서 그대로 주저앉는다면 악성 순환에 빠지게 된다. 시련에 부딪힐 때마다 지난번의 실패를 떠올리며 이번 일에도 성공할 수 없다고 스스로에게 부정적인 암시를 준다. 그러면 또다시 실패의 고통을 맛보게 된다. 포기는 스스로를 패배자로 만드는 첫걸음이다. 스마티잔의 CEO 뤄융하오羅永浩도 이렇게 말했다. "실패는 딱 한 종류뿐이다. 그것은 바로 중도 포기이다."

인생은 물과 같다
불을 지펴야
끓어오른다

실패하거나 거절당하는 것은 결코 창피한 일이 아니다. 그렇다면
정말로 창피한 일은 무엇일까? 자신의 인생을 철저히 포기하는 것,
그것이 바로 창피한 일이다. 아무것도 하지 않는 당신을 제아무리
그럴듯한 변명으로 감추려 해도 현실은 변하지 않는다. 가끔씩 으스
대면서도 항상 이 사람 저 사람에게 빌붙어 밥이나 얻어먹는 죽음과
도 같은 삶을 살고 있는 현실을 아마 당신 자신이 그 누구보다 더 잘
알고 있을 것이다.

베이징이나 상하이와 같은 대도시에는 이런 부류의 사람들이 있
다. 그들은 대부분 이십 대 초반의 젊은이들로, 칸막이벽으로 막아
놓은 4, 5평방미터의 작은 방에서 생활한다. 방 안은 책상과 침대가

들어오면 몸을 움직이기도 불편할 만큼 매우 비좁다. 그들 중의 일부는 자신의 운명을 바꾸고 싶은 바람으로 대도시에서 근근이 버티며 살고 있고, 또 일부는 자신의 인생을 철저히 포기한 채 하루하루를 보내고 있다.

그러한 생활을 하고 있는 청년과 이야기를 나눈 적이 있었다. 그는 지방 출신도 아니고 베이징 토박이였다. 이다음에 이 도시에서 집을 장만할 수 있을 것 같으냐고 물었더니 그는 황급히 고개를 가로저으며 이렇게 대답했다. "집값이 너무 비싸서 꿈도 못 꿀 일입니다. 그나마 월세 내고 이곳에서 살고 있는 것만도 다행이지요."

집 한 채도 없는 무능력한 사람이라며 여자 친구가 결혼을 거부하면 어떻게 할 거냐고 물었더니 그는 이렇게 대답했다. "내 힘으로 집을 장만하는 것은 불가능합니다. 설령 부모님이 좀 도와주신다고 해도 어차피 대출을 받을 수 없는 처지예요. 여자 친구에게 결혼하면 부모님 집에서 함께 살 거냐고 물어보고 싫다고 하면 관둬야지요."

그렇다. 젊은 청년들에게는 매우 각박한 환경이기는 하다. 수입은 변변찮은데 집값과 물가는 하루가 다르게 상승하고 있으니 말이다. 그래서 요즘 직장인들은 월급을 받아봤자 빈털터리나 다름없다고 한다. 나 역시 젊은 시절 맨손으로 시작했기에 미래의 불확실성에 대한 그들의 초조감과 불안감은 이미 경험했던 터다. 하지만 그처럼 미래가 창창한 젊은 나이에 벌써부터 절망감에 빠져서 미래에 대한 꿈도 없이, 심지어 자신의 인생마저 포기하는 모습을 난 도통 이해할 수가 없다. 집값과 물가가 너무 비싸다는 말은 그저 현실을 도피하는 데 필요한 변명에 지나지 않는다.

　마음가짐을 바꿔야만 미래도 바뀌는 법이다. 물론 사람마다 출발선은 다르다. 하지만 다행히도 우리는 기회로 가득 찬 시대에 살고 있다. 자신의 출발선이 남들보다 뒤처졌다고 해서 성공할 기회를 포기해서는 안 된다. 이른바 '루저loser'의 마음가짐을 지니고 있으면 자신의 영혼과 삶을 스스로 억압하게 된다. 그리고 당신을 찾아오는 다양한 기회를 놓쳐서 결국에는 시대의 낙오자가 되고 만다.

　가난은 두려울 이유가 없다. 정작 두려운 것은 가난한 마음이다. 평생 자신은 가난에서 벗어나지 못할 것이라고 여기는 사람은 그저 각박한 세상을 탓하며 현상에 만족하고 주저앉기 마련이다. 태어날 때부터 가난한 것은 본인의 탓이 아니지만, 죽는 순간까지도 가난하다면 그것은 스스로 반성해야 할 문제이다.

　프랑스에 가난한 청년이 있었다. 그는 10년 동안 피눈물 나는 고생을 한 끝에 마침내 미디어 재벌이 되어 프랑스 50대 갑부 중의 한 명으로 꼽히게 되었다. 1998년 그는 죽기 전에 변호사에게 그의 유서를 신문에 실어달라고 했다. 그는 유서에서 이런 말을 남겼다. "나도 한때는 가난뱅이였다. '가난뱅이에게 가장 부족한 것이 무엇인가'를 알고 있는 사람에게 100만 프랑을 상금으로 주겠다." 그의 유서가 실문에 실리자 2만여 명의 사람들이 앞 다투어 답신을 보내왔다. 그들의 대답은 저마다 제각각이었다. 대다수 사람은 가난뱅이에게 가장 부족한 것은 돈이라고 답했다. 그밖에 기회, 기술…… 등의 대답을 내놓는 이도 있었다. 그러나 그 누구도 정답을 알아맞히지 못했다. 그로부터 1년 후 변호사가 답안을 공개했다. "가난한 사람에게 가장 부족한 것은 부자가 되고자 하는 야심이다."

그 부자가 유서에 남긴 수수께끼는 유럽 전체를 들썩였다. 대부분의 부자들도 그 답안에 공감을 표시했다. 자신들도 야심이 있었기에 부자가 될 수 있었다고. 여기서 말하는 '야심'은 좀 더 정확히 표현하면 '웅대한 포부'이다. 의지력도 없고, 원대한 목표도 없고, 또 성공을 꿈꾸지도 않는 사람이 어떻게 기적을 만들어낼 수 있겠는가?

대학 졸업을 앞둔 어느 날, 교수가 학생들을 실험실로 데려갔다.

교수는 유리 용기에 물을 담고서 말했다. "이것은 일반적인 물이다. 이것을 개울에 버리면, 강으로 흘러 들어가 여러 강줄기가 한데 모여 바다로 흘러 들어갈 것이다." 교수는 물이 담긴 용기를 냉장고에 집어넣으며 말했다. "이제부터 물을 얼릴 것이다." 한참 시간이 지난 뒤, 교수가 냉장고에서 용기를 꺼냈다. 용기 안의 물은 투명한 얼음으로 변해 있었다. 교수는 설명을 이어갔다. "물은 0℃ 이하에서는 얼음으로 변한다. 얼음은 물의 또 다른 형태이지만, 일단 얼음이 되면 더 이상 흐를 수가 없다. 극지방의 빙하를 단적인 예로 들 수 있다. 빙하는 수천 년, 수만 년 동안 그 자리에서 꼼짝도 못한다. 몇 킬로미터 움직이지도 못하니 강으로 흘러들어 바다까지 가는 것은 꿈도 꿀 수가 없지. 빙하에게는 자신이 놓인 그 자리가 세상의 전부가 된다."

"자, 그럼 물의 또 다른 형태를 살펴보도록 하자." 교수는 얼음이 언 유리 용기를 알코올램프 위에 올려놓았다. 열이 가해지자 얼음이 점점 녹으면서 증기가 피어오르기 시작했다. 얼마 지나지 않아 용기 안의 물이 모두 증발하자 교수가 알코올램프를 끄며 말했다. "물은 모두 어디로 갔지? 이것들은 증발되어 대기 속으로 흘러 들어가 광활한 하늘을 누비게 된다."

교수는 의아한 표정을 짓고 있는 학생들을 지그시 바라보며 말했다. "물이 세 가지 형태가 있듯이 인생도 세 가지 유형이 있다. 물의 상태는 온도가 결정하는 반면에, 인생의 유형은 그 사람의 영혼의 온도가 결정한다. 만일 자신의 삶에 대한 온도가 0℃ 이하일 경우, 그 사람은 얼음과 같은 상태가 된다. 즉, 그의 삶의 세계는 그가 발을 딛고 있는 그 자리만큼만 되는 것이다. 만일 자신의 삶과 인생을 평상심으로 대하며 살아간다면 그의 인생은 우리가 흔히 보는 보통의

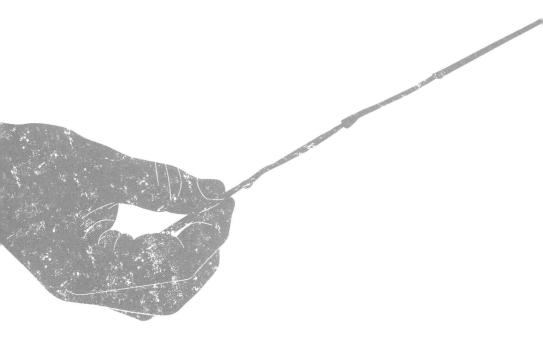

물과 같아진다. 그는 강으로 나가 넓은 바다까지 나아갈 수 있지만 땅에서는 벗어나지 못한다. 반면에 자신의 삶이나 인생에 대한 열정이 100℃일 때 그는 증기처럼 변한다. 구름을 뚫고 하늘 높이 날아올라 대지와 하늘을 품게 되어 그의 세상은 우주처럼 드넓어진다."

당신은 어떤가? 당신의 인생은 어떤 상태에 있는가? 아마 스무 살 초반의 당신은 인생의 최저점에 있을지도 모른다. 실력도 부족하고, 돈도 없고, 지위도 없고, 일궈놓은 사업도 없고, 그밖에 능력도, 인맥도 가진 것이 아무것도 없다. 그저 불확실한 미래만이 있을 것이다. 그러나 당신이 스스로를 포기하지 않는다면 언제든지 변신은 가능하다. 당신은 그저 자신이 생각하는 것만큼 노력을 기울이지 않고 있을 뿐이다. 인생은 다른 누구의 것도 아닌 온전히 당신의 것이다. 그러므로 전심전력을 다해 당신 인생을 일궈야 한다.

힘든 것은
곤경이 아니라
현재를 바꾸는 것이다

인생은 우리를 기다려주지 않는다. 우리 모두에게 삶은 지금 이
순간이 전부가 아니다. 때문에 당신이 어떤 상황에 있건 진취적인
마음을 잃어서는 안 된다. 당신의 직업이 무엇이든, 어떤 직책에 있
든 진취적인 마음만 있다면 꾸준히 자기 발전을 이룰 수 있다. 자기
발전을 이루며 성장하는 사람은 언젠가는 꼭 성공하기 마련이다.
성공을 이루기 전까지는 자신이 성장할 수 있는 기회를 포기해서
도 안 되고, 자신의 성공 가능성을 부정해서도 안 된다. 인간의 성장
가능성은 그 누구도 가늠할 수가 없다. 진취적인 마음을 갖고 포기
하지 않는다면 당신은 성취를 이룰 수 있다. 지금 당신이 어떤 위치
에서 무엇을 하든 전혀 중요하지 않다.

성취를 이루지 못한 사람들은 저마다 제각각의 변명을 늘어놓는다. 가정 형편이 나빠서, 시대를 잘못 만나서, 나이가 너무 어려서, 경기가 불황이어서, 말주변이 없어서, 돈이 없어서, 도와주는 사람이 없어서 등등…… 그들은 수만 가지의 이유를 대며 변명하기에 바쁘다. 만일 당신이 성공할 수 없는 이유를 대며 스스로를 제한한다면, 그 이유가 무엇이든 당신은 정말로 성공할 수 있는 기회를 얻을 수 없게 된다. 가령 '난 ……를 할 수 없어', '나는 ……를 할 방법이 없어', '나는 ……를 해 낼 자신이 없어', '……를 하기에는 너무 힘들어서' 혹은 '내가 너무 어리석어서', '학력이 달려서', '세상이 워낙 불공평해서', '이제 막 결혼을 해서', '부양해야 할 아이들이 너무 어려서…….' 이러한 것들은 결과적으로 당신의 성공을 막는 걸림돌이 된다.

세상이 불공평하다고 해서 자신의 운명을 개척한 사람이 단 한 명도 없었는가? 경제가 불황이어서, 말솜씨가 변변치 못해서, 돈이 없어서 성공한 사람이 단 한 명도 없었는가? 아니다. 이유가 어찌 됐든 성공한 사람들은 항상 존재했다. 그렇다면 똑같은 불리한 환경에서 그들은 성공을 했는데, 왜 당신은 못한단 말인가? 나이가 너무 어려서, 혹은 금수저를 물고 태어나지 못해서, 혹은 나이가 너무 많아서 등등으로 부자가 되지 못했다는 것은 이유가 못 된다. 진짜 문제는 당신 스스로가 한계를 짓는 데 있다.

당신이 스스로에게 이러저러한 이유로 성공하기 힘들다고 말하는 순간, 당신의 머리는 스스로에게 명령을 내려 모든 능력을 마음껏 발휘할 수 없도록 억압한다. 어떻게 해야 성공하는지 누가 특정 방식을 규정한 것도 아니고, 또 당신이 능력을 발휘하지 못하도록 누가 억압하는 것도 아닌데, 당신 스스로가 한계를 짓는 것이다. 만일 당신의 인생을 스스로 제한하고 억압하지 않는다면 그 누구도 당신의 능력을 한계 지을 수 없다.

그런 의미에서 앤서니 라빈스Anthony Robbins 의 말은 곱씹을 만하다. 그는 우리 모두에게 무궁무진한 잠재력이 있다고 말한다. 하지만 그 잠재력을 어느 정도까지 발휘할 수 있느냐는 자기 자신을 어떻게 생각하느냐에 달려 있다. 가령, 당신 스스로가 재능을 가진 능력 있는 사람이라고 여기면, 그에 맞는 천부적인 재능을 발휘하게 된다. 마찬가지로 스스로를 쓸모없는 사람이라고 여기면, 당신이 생각하는 만큼의 능력만을 발휘하게 된다.

앤서니 라빈스는 아울러 다음과 같은 일화를 소개했다. 헤비급 권투선수 짐이 어느 날 우연히 낚시를 하는 어부를 보게 되었다. 낚시를 하는 모습이야 특별할 것이 없었다. 정작 그의 관심을 끈 것은 어부가 큰 물고기를 놓아주고 작은 물고기만을 잡고 있는 모습이었다. 호기심이 발동한 짐이 어부에게 다가가 그 이유를 묻자 어부가 이렇게 대답했다. "나도 어쩔 수가 없소. 집에 작은 냄비밖에 없으니 달리 선택이 없지 않겠소."

아마 어부를 비웃는 이가 많을 것이다. 하지만 그러기에 앞서 자신을 한번 되돌아보라. 사실 우리 대부분은 종종 아주 좋은 아이디어가 떠올랐을 때 스스로에게 이렇게 말한다. "이 일은 내 능력 밖이라서 나에겐 너무 벅차. 시쳇말로 적게 먹고 가는 똥을 싸는 것이 편하지, 괜히 사서 고생할 필요 없어." 앤서니 라빈스는 이렇게 지적했다. "우리는 인생에서 도저히 해낼 수 없을 것 같은 두려움에 사로잡힐 때가 있다. 이는 스스로가 한계를 만들기 때문이다. 그 때문에 무한한 잠재력 중에서 유한한 성취만을 거두게 된다."

그러할진대 왜 스스로를 억압하는 걸까? 참으로 어리석기 짝이 없는 행동인데도 실상 우리 주변에는 그런 사람들이 많다. 그들은 '할 수 없다'라는 생각에 익숙하다. 그 일을 시작하기도 전에 먼저 부정적으로 단정하고 지레 주저앉고 만다. 수많은 사람이 성공하지 못하는 이유가 바로 이 때문이다. 만일 당신에게 진취심과 모험을 두려워하지 않는 용기가 있다면, 성공은 멀지 않은 곳에 있다. 용기와 끈기, 학식과 지혜 그리고 미래에 대한 포부는 성공의 주된 요소이다.

설령 곤경에 처해 있다고 해도, 정말로 힘든 것은 곤경 자체가 아니라 현재의 나를 바꾸지 않는 것이다. 곤경 속에서도 자신을 바꾸고 싶다는 마음만 있으면 그 곤경에서 벗어날 방법을 찾을 수 있다.

베이징 싼리툰三里屯 시장에서 채소를 파는 청년이 있었다. 하루 온종일 시장에서 고생하며 채소를 팔았지만 돈을 벌기는커녕 하루 세 끼 입에 풀칠하는 것에 겨우 만족해야 했다. 그렇게 생활하기를 어느덧 5년이 흘렀다. 돈도 벌지 못할 바에야 고향으로 내려가는 것이 낫다고 여긴 청년은 낙담하고 말았다.

그런데 하루는 외국인이 그의 채소 가판대 앞에 와서 작고 깜찍하게 생긴 채소만을 고르는 것이었다. 이에 궁금해진 그가 이유를 물었다. 알고 보니 동서양의 음식문화가 달라서였다. 외국인은 작은 미니 채소가 보기에도 좋고 영양소도 훨씬 풍부하다고 여기고 있었다. 이에 착안한 청년은 채소 도매상으로부터 일부러 작은 채소만을 주문했다. 대부분의 중국인들은 크고 풍성한 채소를 상급으로 쳤기 때문에 미니 채소는 도매가가 매우 쌌다. 덕분에 청년은 일거양득의 효과를 얻을 수 있었다. 채소를 싼값에 들여올 수 있었고, 또 그가 들여온 미니 채소는 외국인 사이에서 입소문을 타서 날개 돋친 듯이 팔려나갔다. 청년은 그렇게 해서 번 돈으로 베이징 근교에 땅을 사서 미니 채소를 직접 재배하기 시작했다.

훗날 '중국 최고의 채소 판매상'이 된 그는 미국 농업부의 초청을 받아 보름 동안 시찰 활동을 하며 미국의 선진적인 농업 기술과 관리 경험까지 배울 수 있었다.

사실 곤경에서 빠져나오는 일은 당신이 생각하는 만큼 어렵지 않다. 필요한 것은 당신이 조금만 변하면 된다. 양적인 변화가 생기면 질적인 변화가 이뤄지고, 당신은 전혀 다른 결과를 맞이하게 된다. 우리 인생은 순풍에 돛 단 듯 항상 순조로울 수만은 없다. 살다 보면 다양한 시련에 부딪히고 곤경에 빠지기 마련이다. 이때 필요한 것은 당신 자신을 변화시키고, 방법을 바꾸는 것이다. 위의 채소장수처럼 약간의 변화만 생겨도 곤경에서 빠져나올 수 있다.

직장 생활이든 일상생활이든, 곤경에 부딪혔을 때는 과감하게 지금 현재의 마음가짐부터 바꾸어라. 모든 것이 순조로울 때는 유비무환의 생각을 갖고 현재에 안주해서는 안 된다. 그렇지 않으면 언제든지 낙오될 수 있다. 반면에 역경에 처했을 때는 자신의 생각을 과감히 바꾸고 용기를 가져야 한다. 그래야만 곤경에서 벗어나 성공을 거머쥘 수 있다.

자신을
통제할 수 있는 사람이
EQ가 높은 사람이다

　수년 전 어느 저녁이었다. 나보다 입사는 늦었지만 당시 이미 팀장급 직에 있던 동료와 함께 식사를 하면서 이야기를 나누게 되었다. 그때 동료가 물었다. "이제 막 직장 생활을 시작한 풋내기였던 내가 어떻게 해서 불과 수년 만에 팀장급 자리에 오른 줄 알아요?" 나는 잠시 생각하다 이렇게 대답했다. "자네는 감정 조절을 잘하잖아. 의견 대립이 있을 때도 자네의 뜻을 강요하기보다는 항상 상대방이 받아들이기 쉬운 부드러운 방법으로 소통하잖아. 게다가 추진력도 좋고." 그러자 그녀가 웃으며 말했다. "내가 감정 조절을 잘하는 것도 승진에 큰 도움이 되긴 했지요. 하지만 그거 알아요? 예전에는 지금과 완전히 달랐답니다." 그녀는 자신의 이야기를 들려주었다.

"대학을 졸업하고 대학원 준비를 할 때였어요. 그때는 정말 모든 것이 걱정투성이였어요. 내가 원하는 대학원에 합격하지 못할까 봐 마음을 졸였고, 설사 합격해도 점수가 낮아서 마음에 드는 전공을 선택하지 못할까 봐 걱정했어요. 또 내가 존경하는 교수님 밑에서 공부하지 못할까 봐 걱정했고요. 정말 마음이 초조해서 오히려 공부에 집중하지 못할 정도였어요. 남자 친구에게 위로를 받고 싶었는데, 이렇게 말하는 거예요. '걱정 말고 마음 푹 놔. 대학원 못 들어가면 또 어때, 내가 있잖아?'"

"그때는 그런 위로를 해주는 남자 친구가 참 바보처럼 느껴졌어요. 여자 친구 마음 하나 제대로 위로할 줄 모른다고 생각했지요. 그 뒤로 저의 초조감이 점점 극에 달하고 남자 친구의 위로가 절실해질수록 우리 사이의 말다툼도 점점 늘어났어요. 그런 악순환은 내가 대학원 시험에 무사히 합격할 때까지 지속되었어요. 그 뒤 저는 깨달았어요. 남자 친구가 사람을 위로할 줄 몰라서 그랬던 게 아니라는 것을요. 당시 나는 스스로 감정을 억제하지 못했기에 남자 친구에게 그걸 대신 바랐던 것 같아요. 나를 위로해주고, 내 감정을 조절해주기를 말이에요. 그 뒤 감정을 조절하는 법을 배웠더니 모든 것이 순조롭게 풀렸어요. 그 일을 계기로 감정을 조절하는 것이 얼마나 중요한지를 알게 되었어요."

우리들도 그러한 경험이 많다. 스스로의 감정이나 행동을 억제하지 못해서 다른 사람이 대신 자신을 조절해주기를 바란다. 하지만 당신의 내재된 힘보다 더 강한 힘이 어디 있겠는가?

EQ가 높은 사람은 대개 자제력이 강해서 주변 사람들을 편안하게 만들어준다. 그래서 주위 사람들 사이에서 인기가 많고, 성공도 쉽게 한다.

1960년 유명 심리학자 월터 미쉘Walter Mischel이 마시멜로 테스트를 한 적이 있다. 그는 이 테스트를 통해 EQ가 인간의 성장과 성공에 매우 중요한 영향을 미친다는 사실을 밝혀냈다.

월터 미쉘은 스탠퍼드 대학 부속 유치원의 네 살짜리 어린이들을 대상으로 실험을 했다. 그는 아이들에게 마시멜로를 하나씩 주며 이렇게 말했다. "얘들아, 선생님이 잠깐 나갔다 올 테니까 그동안 마시멜로를 먹지 말고 기다려야 돼. 잘 참고 기다리면 상으로 한 개를 더 줄 거야. 만약 그때까지 기다리지 못하면 마시멜로를 먹어도 되지만 대신 상은 받을 수 없단다." 그러고는 밖으로 나가 아이들의 행동을 관찰했다.

이제 겨우 네 살짜리 아이들에게는 무척이나 인내심을 요하는 일이었다. 아이들은 보기만 해도 군침이 도는 마시멜로를 멍하니 쳐다보았다. 그중에는 눈앞의 마시멜로에 손을 뻗을까 말까 망설이다 결국 참지 못하고 먹는 아이도 있었다. 하지만 상당수 아이들은 선생님이 돌아올 때까지 기다리면 마시멜로 하나를 더 먹을 수 있다는 생각에 용케 잘 참고 버텼다. 유혹을 견디는 아이들의 방법은 다양했다. 손발로 게임을 하는 아이도 있고, 머리 위에 손을 얹고 있는 아이도 있었으며, 숫자를 세는 아이도 있었고, 심지어 잠을 청하는 아이도 있었다.

이때 실험에 참여한 아이들이 고등학교를 졸업할 무렵 다시 한번 추적 조사가 실시되었다. 그 결과, 마시멜로의 유혹을 잘 견딘 아이들은 대부분 성적이 뛰어났고, 사회성이나 인내심도 뛰어나서 어려움이 닥쳤을 때 포기하기보다는 도전하며 잘 대처해 나갔다. 반면에 유혹을 이기지 못했던 아이들은 그다지 성과가 좋지 못했다. 우유부단하고 쉽게 분노했으며, 스트레스에 민감하고 남을 잘 원망했다.

이와 비슷한 연구를 기반으로 1990년 미국의 심리학자 피터 샐러비Peter Salovey 와 존 메이어John Mayer 가 '감성지수'라는 개념을 처음 도입했다. 당시 그들은 '정서지능'이라고 불렀다. 감성지수는 영문으로 'EQ'라고 축약해서 부르는데, 감성지수, 정서지능, 정서지혜라고도 부른다. 우리가 흔히 말하는 이지적, 명철함, 이성적, 합리적이라는 말과도 일맥상통한다. 자신과 타인의 정서를 이해하고, 억제하고, 표현하는 일종의 정서적 능력이다.

당신의 EQ는 어느 정도인가? 자신을 충분히 통제할 수 있을 정도인가? 직장 생활에서 EQ는 매우 중요하다.

가령 당신이 회사를 꾸려가는 사장이라고 가정해보자. 회사의 규모가 크든 작든 회사의 관리자로서 수많은 사원을 거느리고 있을 것이다. 그렇다면 당신은 어떤 방식으로 당신의 사원들을 이끌고 있는가? 개인의 능력이나 모범적인 모습으로 이끌고 있는가 아니면 강제적인 권력을 기반으로 군림하고 있는가? 실상 회사의 관리자로서 당신이 유일하게 관리하고 통제해야 할 사람은 바로 당신 자신이다. 자신을 관리하며 장점을 키우고 단점을 없애 솔선수범을 보여서 부하직원들이 자발적으로 따라오도록 만드는 것이 가장 이상적인 관리자의 모습이다.

만일 자기 자신도 통제하지 못한다면 어떻게 다른 사람을 통제할 수 있겠는가? 자신을 효과적으로 통제할 줄 아는 사람이 다른 사람도 쉽게 부릴 수 있다. 자제력도 없고, 행동거지도 통제하지 못하는 사람이 사장이라는 이유로 걸핏하면 부하 직원에게 짜증을 내고 화풀이를 하며 제멋대로 군다면 그 결과는 불을 보듯 뻔하다.

직장 생활이든 가정생활이든 자기 자신을 통제할 줄 알아야만 가족이나 친구, 동료들을 즐겁고 편안하게 해줄 수 있다. 자신의 감정을 잘 조절할 줄 알면 기분 내키는 대로 신경질 부릴 일도 없고, 주변 사람들에게 화풀이를 할 일도 없다.

프랭클린이 말했듯이 자기 자신을 통제하지 못하면 다른 사람도 통제하지 못한다. 직장이나 일상생활에서 억지를 부리는 동료나 이웃을 만났을 때 혹은 어리석고 제멋대로인 사람을 만났을 때, 당신이 가장 먼저 해야 할 일이 무엇이라고 생각하는가? 그것은 당신이 원하는 대로 상대방을 통제하거나 바꾸는 것이 아니라 먼저 당신 자신을 통제하는 것이다. 냉정하고 침착한 태도를 잃지 않도록 스스로를 자제해야만 냉철하게 이성적으로 일을 해결할 수 있다. 그렇지 않으면 당신 자신은 물론 다른 사람도 통제할 수 없어서 매사 골치 아픈 분쟁이 따를 것이다.

DESIRED LIFE TIP

성공 가상 체험

· 우상의 힘을 빌려 자신감을 고취하다 ·

응용 시기 ···

1 자신의 카리스마가 부족하다고 여겨질 때

2 자신의 이미지 점수를 높이고 싶을 때

3 강한 자신감이 필요할 때

연습 시간 ···

매일 아침과 저녁에 30분 정도 시간을 내서 연습하되, 바쁘면 저녁 연

습 한 번만이라도 잊지 말고 하라.

특별 힌트 ···

이 연습으로 근본적인 효과를 얻고 싶다면, 진심을 다해 모방하라. 동작

하나하나마다 모방 대상의 관점에서 생각하고 그와 똑같은 마음가짐으로 임하라. 그렇지 않으면 단순히 상대방의 몸동작만을 흉내 내는 것에 불과하다.

먼저 시범 연습을 한번 해보라. 당신이 무뚝뚝하고 고지식한 사장이라고 상상해보라. 팔짱을 낀 채 짜증 섞인 차가운 목소리로 실적이 나쁜 부하 직원을 질책하는 흉내를 내보라. 그 다음에는 기지개를 한 번 켜고 반짝반짝 빛나는 눈빛으로 기쁨에 찬 표정을 지으며 신나는 목소리로 떠들어보라. 분명 방금 전과는 전혀 다른 느낌이 들 것이다.

위의 두 가지 전혀 다른 감정 상태를 충분히 느꼈다면 다음의 연습 내용에 따라 본격적인 연습을 해보라. 만일 위의 감정들을 제대로 느끼지 못했다면 한 번 더 시범 연습을 하는 것이 좋다.

연습 내용

먼저 당신이 모방하고 싶은 대상을 정하라. 마윈을 숭배하든 혹은 영화배우를 숭배하든 상관없다. 모방하고 싶은 우상을 정했으면, 그들의 어떤 점을 흠모하고 배우고 싶은지를 확인하라. 가령 오바마의 말솜씨, 세계적인 패션 디렉터 닉 우스터Nick Wooster의 패션 감각 등을 목표로 설정할 수 있다.

그 다음에는 당신이 모방할 수 있는 자료를 찾아라. 가령 닉 우스터의 거리 패션 사진 혹은 오바마의 연설 동영상 등을 수집한다.

우선은 단순하게 모방하는 것부터 시작하라. 가령 그들의 말투, 어조, 손짓, 얼굴 표정 등을 흉내내보자. 그 다음에는 그들이 어떻게 해서 유명 패션 디렉터가 됐는지, 명연설가가 될 수 있었는지를 분석한 뒤 자신의 현 상황과 결합시켜 당신에게 가장 적합한 스타일을 찾아낸다.

이 연습에서 가장 중요한 것은 동작을 통해 감정을 끌어내는 것이다. 이론적으로 신체 동작의 움직임은 각종 사물에 대한 느낌을 결정해준다. 가령 얼굴의 아주 희미한 표정 변화나 혹은 남들은 쉽게 알아챌 수 없는 작은 동작도 우리의 심리적 느낌에 영향을 미친다. 세심하게 연습에 임하지 않으면 그저 수박 겉핥기식이라서 별다른 효과를 얻을 수 없다.

하지만 일반적으로 이 연습을 꾸준히 하다보면 몸의 변화를 느끼게 될 것이다. 어떤 기술을 배우는 것처럼 전심전력으로 연습을 한다면 어느 순간 당신이 부러워하던 우상과 많이 닮은 당신을 발견하게 될 것이다.

앞날에 대한 계획이 없는 인생은 미래가 없다.
가장 고귀한 인생은 계획을 통해 얻을 수 있다.
한 해 한 해 늘어나는 나이만큼 자원을 축적해야 한다.

**돈, 인맥, 기술, 관리재능, 특허권 등
그 어떤 것도 상관없다.
이것들은 모두 당신의 자원이 된다.**

당신이 자원과 정보를 발굴하고 이용하고 통합할 수 있다면
그 방면의 재능을 한껏 발휘하여
당신 인생 계획의 발판으로 삼아라.

PART 5

더욱 많은 사람을 만나고,
충분한 휴식을 취하라

자신의 힘으로 하되,
오롯이 혼자만의
힘으로는 하지 마라

성년이 되기 전까지 당신의 주된 신분은 학생이고, 또 주요 임무는 학업이었을 것이다. 공부는 남이 대신해 줄 수 있는 것이 아니기에 온전히 자신의 힘으로 해야 한다. 학업 성적 역시 수업을 하는 선생님을 제외하곤 당신 자신에게 달려있다. 그렇기 때문에 우리는 비교적 경쟁에 익숙하다. 중간고사, 기말고사에서부터 시작해서 대학 입학시험까지 경쟁의 승자만이 대학에 진학할 수 있었다. 우리는 동기들과 경쟁을 벌여 대학에 합격했고, 또 지금은 직장 생활을 하고 있다. 하지만 안타깝게도 이 자리까지 오면서 쌓았던 경험은 협력과는 아무런 관련이 없다.

대학 졸업 후 당신도 깨닫게 될 것이다. 사회에서 기반을 닦고 성공하는 것은 자신의 힘만으로는 안 된다는 사실을 말이다. 물론 가장 중요한 것은 당신의 능력이지만, 그에 못지않게 다른 사람의 도움도 필요하다. 당신이 엔지니어이든 사업가이든, 혹은 일반 사원이든 간에 당신의 업무에는 다른 사람과의 협력이 절대적으로 필요하다. 가령 농구 시합을 예로 들어보자. 단 1점의 점수라도 선수들 간의 협력 없이는 득점할 수 없다. 마이클 조던은 월등한 실력 이외에도 선수들과의 암묵적인 협력을 잘 이루었으며, 혼자만 돋보이기보다는 팀원 전체와 협력을 이뤄 좋은 성적을 거두는 데 주의를 기울였다.

우리는 협력을 통해서만이 성공을 거둘 수 있는 시대에 살고 있다. 개개인의 지혜와 힘은 한계가 있다. 그 누구도 다른 사람의 도움 없이는 성공을 거둘 수 없다. 지금과 같은 고도로 조직화되고 분업화되어 있는 사회에서 제멋대로이고 독단적인 방식은 통하지 않는다. 협력은 사회가 정상적으로 돌아가는 데 필수적인 조건이며, 공평을 기반으로 한 협력이야말로 최고의 협력이다. 이러한 협력 아래서 사람들은 저마다의 적극성과 창조성을 발휘하고, 개인의 이익도 보장받을 수 있다. 동시에 불필요한 내부갈등이나 불협화음이 없기 때문에 사회가 고효율적이고 조화롭게 운행된다.

직장이나 일상생활에서 좌절을 겪는 대다수 사람의 가장 큰 문제는 그들이 다른 사람과 협력하지 못하는 데 있다. 특히 자신에게 남들보다 특출한 능력과 재능이 있다고 자부하는 사람들이 더더욱 그렇다. 이런 사람들은 독불장군과 같은 사자와 비슷하다. 동료를 업신여기고 심지어 상사의 의견마저 한 귀로 듣고 한 귀로 흘린다. 그들은 항상 이런 생각을 한다. '에이, 안 돼! 저 사람은 믿을 수가 없어서 일을 못 맡기겠어. 차라리 나 혼자 처리하는 게 낫겠다.' 이들은 협력이나 일련의 상호관계를 맺는 것이 업무 능력의 매우 중요한 요소 가운데 하나라는 점을 모른다. 이런 부류의 사람들은 회사 내에서도 함께 일을 도모할 수 있는 친구를 찾지 못한다. 결국은 어디를 가든, 또 어떤 직책을 맡든 중요한 일에 기용되기도 힘들고, 주목받기도 힘들다. 협력할 줄 모르기 때문이다.

나는 이들에게 이런 조언을 해주고 싶다. 한 방울 물도 바닷속으로 흘러 들어가야 영원히 마르지 않듯이, 사람 역시 회사 혹은 시장 환경에 완전히 융화될 수 있어야만 자신의 재능을 마음껏 발휘하며 성취를 이룰 수 있다고 말이다.

이런 이야기가 있다.

로버트 크리스토퍼Robert Christopher라는 미국인이 단돈 80달러만을 가지고 세계 일주 여행에 나설 계획을 세웠다. 그는 그 돈으로 충분히 여행을 할 수 있으리라 굳게 믿었다. 그래서 종이를 꺼내 80달러 세계 일주를 하는 데 필요한 것들을 적어 내려갔다.

1 배의 선원이 될 수 있는 자격증서를 취득할 것

2 경찰서에 가서 범죄 기록이 없다는 사실 증명서를 뗄 것

3 미국 청년협회의 회원 자격증을 딸 것

4 국제 면허증을 따고, 세계 지도를 구할 것

5 세계 각국의 토양 샘플을 제공하고 돈을 받을 수 있는 회사를 찾

아서 계약서를 체결할 것

6 여행 사진을 찍어서 회사 홍보를 해주는 조건으로 무료 항공권
을 제공해줄 항공 회사를 찾을 것

......

로버트는 이상의 준비 사항을 모조리 갖춘 뒤 스물여섯의 젊은 나
이에 단돈 80달러를 갖고 세계 여행에 나섰다. 그리고 다음과 같은
여행 경험을 했다.

1 캐나다 배핀 섬의 작은 식당에서 주방장에게 공짜 사진을 찍어
주고 무료로 아침 식사를 얻어먹었음

2 아일랜드에서 4.8달러로 담배 4보루를 샀고, 선장에게 담배 한 보
루 주고 대신 파리에서 비엔나까지 공짜로 배를 타고 이동했음

3 비엔나에서 스위스까지 기차를 타고 갔는데, 담배 4갑으로 차비
를 대신했음

4 이라크 운송회사의 사장과 직원들 단체 사진을 찍어주고 이란
의 테헤란까지 공짜로 차를 타고 갔음

5 태국에서는 호텔 사장에게 그가 원하는 지방의 자료를 제공해
주고 호텔 최고 귀빈 대우를 받음

......

마침내 로버트는 80달러로 세계 일주를 하겠다는 그의 꿈을 실현
했다. 그의 여행 과정을 살펴보면 우리가 한 가지 주목해야 할 점이

있다. 그의 여행 계획과 여행 중에 겪은 경험들을 보면 모두 타인과의 협력을 교묘히 이용하여 자신의 목표를 실현하는 데 필요한 도움을 얻어냈다는 것이다.

위의 이야기는 전기적인 색채가 짙지만 현실 사회에서 그 어디서도 통하는 준칙이 있다. 즉, 특별한 일을 하고 싶으면 다른 사람과 협력할 줄 알아야 한다는 것이다. 사람과 사람의 협력은 단순히 인력이 늘어나는 것 이상의 복잡하고 미묘한 작용을 한다. 만일 각자의 능력을 1로 설정했을 때, 열 사람의 협력은 10보다 더 많은 효력을 가져온다. 상호 작용으로 갑절의 효력을 만들어내기 때문이다.

반대로 당신이 남과 협력할 줄 모르고 오로지 자기 자신만 아는 사람이라면 당신이 무시하는 사람들에게 언제든지 공격을 당할 수 있다. 경쟁 상대로부터 받는 공격은 태연히 맞받아칠 수 있지만 당신 주변의 동료나 상사로부터 받는 공격에는 속수무책으로 당하기 쉽다. 사실상 이러한 공격은 대부분 당신의 비협력적인 태도로 야기된다.

매사를 내가 직접 처리한다는 생각으로 다른 이의 도움을 받지 않는 사람은 크게 성공하기 힘들다. 모든 일을 단독으로 처리한다면 성취감은 클지 몰라도 상대적으로 위험 부담이 매우 크다. 성공한 사람이 되고 싶으면 다른 사람의 도움을 받을 줄 알아야 한다. 당신의 동료나 상사뿐만 아니라 당신 사업에 이익이 되는 사람들로부터 협력을 이끌어내야 한다. 이들의 도움을 거부하면 오히려 여러 가지 장애물이 되어 당신의 발목을 잡을 수 있다. 하지만 그들과 상호 협력적인 관계를 구축하면 모든 일을 순조롭게 처리할 수 있다.

우리는 날마다 다른 사람들과 크든 작든 교류하며 지낸다. 이러한 교류는 일말의 흔적 없이 사라지기 일쑤다. 그러나 성공한 사람 혹은 총명한 사람은 '사람'을 자신의 목적을 실현하는 수단으로 사용하는 것이 아니라 인간관계를 이용해 성공의 기반을 쌓는다. 그들은 모든 일의 결과가 사람과 사람 간의 관계의 결과라는 사실을 잘 알고 있기 때문이다. 탄탄한 인간관계는 파트너 혹은 단체와 협력할 수 있는 기반이 된다. 똑똑한 사람들은 다양한 인적네트워크를 만든다. 그리고 고객과의 1대 1의 관계이든 혹은 단체와 동료들 간의 협력이든 그들은 최대한 상대방의 뜻을 맞춰주며 우호적으로 지낸다.

필요할 때만
사람을
찾지 말라

모두가 다 알고 있는지는 모르겠지만, TV 인터뷰를 보다 보면 '조직', '단체', '커뮤니티' 등의 말을 자주 듣는다. 이러한 것들은 자연스레 '인맥'을 떠올리게 한다.

인맥은 말 그대로 관계망이다. 누군가는 인맥을 우리가 호흡하는 공기와 같다고 했다. 단 한 사람과 교류를 해도 자연스레 인맥이 형성되기 때문에 말이다. 인맥은 선과도 같다. 당신과 친한 사람, 잘 알고 있는 사람들을 한데 연결시켜 커다란 그물망을 만들어준다. 스탠퍼드 연구센터는 다음과 같은 조사 결과를 발표한 적이 있다. 한 사람이 돈을 버는 데 12.5%는 지식, 87.5%는 인간관계가 필요하다는 것이다. 이것만 봐도 인맥이 얼마나 중요한지 알 수 있다.

인맥은 비록 눈에 보이지는 않지만 잠재적인 무형 자산이자 당신에게 끊임없이 재물을 가져다주는 '화수분'이다. 대개 사람들은 보험판매직, 영업직, 기자 등의 업종에서나 인맥이 중요하다고 여긴다. 하지만 우리가 살고 있는 이 시대에는 과학기술, 증권, 금융 등 모든 분야를 막론하고 인맥 경쟁력이 중요한 화제로 떠오르고 있다.

빌 게이츠 하면 '세계 최고의 갑부', '마이크로소프트', '자선사업'을 떠올리기 쉽다. 그도 그럴 것이 그는 지난 수년 동안 연속해서 세계 최고의 갑부 자리를 차지했으며, 그의 마이크로소프트사는 전 세계적으로 독보적인 위치를 차지하고 있다. 또한 그가 부인인 멜린다와 함께 운영 중인 자선사업은 하루가 다르게 왕성한 활동을 벌이고 있다. 여기서 내가 한 가지 단언하고 싶은 것은 빌 게이츠의 성공이 결코 우연히 얻어지지 않았다는 사실이다.

그의 부친은 저명한 변호사였고, 그의 증조부는 은행을 설립하여 빌 게이츠의 조부에게 가업을 물려주었다. 빌 게이츠가 어린 시절 조부는 그를 위해 100만 달러의 신탁기금을 마련했다고 한다. 빌 게이츠가 마이크로소프트사를 창립할 당시만 해도 그는 아무런 인맥도 없는 일개 대학생이었다. 설령 천재적인 재능이 있을지 몰라도 남들이 보기에는 보잘것없는 사람에 불과했다. 그가 성사시킨 첫 번째 계약은 당시 전 세계 최고의 컴퓨터 회사였던 IBM이었다. 그 계약을 체결하는 데 가장 큰 역할을 한 사람이 바로 그의 엄마였다. 당시 그의 엄마가 IBM의 이사였던 것이다. 그의 엄마가 아들을 IBM의 이사장에게 소개해준 덕분에 빌 게이츠는 3,000만 달러의 계약을 성사시킬 수 있었다. 만일 당초 빌 게이츠가 IBM과의 계약을 성사시키지 못했다면 아마도 지금 수백억 달러에 달하는 자산을 모으지 못했을 것이다. 이 세상에 '만약'이라는 것은 없다. 빌 게이츠에게는 남들은 쉽게 가질 수 없는 인맥이 있었고, 그 인맥을 활용할 수 있었기에 성공했다.

물론 빌 게이츠 개인의 능력과 노력을 무시할 수는 없다. 비록 좋은 인맥이 있어도 그가 평범한 사람이었다면 아마도 지금과 같은 성공은 거두지 못했을 것이다. 우수한 인재만이 유용한 인맥을 얻을 수 있는 법이다. 바꿔 말해서, 당신은 좋은 능력이 있어야만 인맥의 도움을 받을 수 있다.

인맥을 잘 경영하는 것도 중요한 능력이다. 인맥은 당신이 필요로 할 때 저절로 나타나서 도와주지 않는다. 강력한 인맥관계는 결코 단숨에 얻어지지 않는다. 오랜 기간 인맥을 쌓고 운영하는 과정이 필요하다. 평소에는 외면하다 발등에 불이 떨어져서야 부랴부랴 인맥을 찾는다면 아무런 도움도 받을 수 없다.

중국 속담에 평소에는 불공을 드리지도 않다가 급할 때가 돼서야 부랴부랴 부처의 다리를 잡고 늘어진다는 말이 있다. 참으로 정곡을 찌르는 말이다. 제아무리 신통한 부처님이라도 평소 불공도 올리지 않다가 필요할 때만 찾는 사람을 어떻게 흔쾌히 도와주겠는가? 평소에 불공을 드린다는 것은 특별한 목적 없이 온전히 부처에 대한 경이로운 마음으로 정성을 바친다는 의미일 것이다. 그렇기 때문에 그런 사람이 소원을 빈다면 아마도 그간의 정성을 감안해서 부처님도 거절하지 못할 것이다.

다시 말해서 평소 인맥을 잘 관리하는 사람은 장기적인 계획과 전략이 있는 사람이다. 일찌감치 준비하고 정성을 쏟아부어 자신이 필요할 때 원하는 도움을 받을 수 있는 것이다.

아마 이런 이야기를 많이 들었을 것이다. "일주일에 5일은 회사에서 일하느라 고생했으니 주말만큼은 온전히 가족과 오붓한 시간을 즐기고 싶다." 혹은 "주말에는 친구를 불러내기 힘들다. 휴일이라서 모두들 가족과 외식을 나가거나 여행을 떠났을 것이다." 혹은 "평일에는 퇴근 후 친구와의 약속을 잘 잡지 않는다. 하루 종일 동분서주하며 일하느라 힘도 빠지고 또 퇴근 시간에는 교통 체증도 심해서 곧장 집에 돌아가 쉬고 싶은 마음뿐이다."

그렇다면 이런 경험은 없었는가? 갑작스런 위기에 직면했을 때 당신을 도와줄 친구를 떠올리고 그에게 연락을 하려고 한다. 그런데 막상 연락을 하자니 그동안 소원했던 관계가 떠오른다. 마땅히 친구를 찾아가 봐야 할 때도 외면했는데, 이제 와서 그를 찾아가 도와달라고 하면 너무 뻔뻔하지 않을까? 어쩌면 거절을 당할지도 모른다. 여기까지 생각이 미치면 당신은 그제야 그동안 친구와의 왕래에 소원했던 자신을 자책하고 후회하게 된다.

사실 인맥을 쌓는 것은 은행에 돈을 저축하는 것과 같은 이치이다. 평소에도 꾸준히 돈을 저축해야만 필요할 때 목돈을 찾아서 쓸

수가 있다. 가령 당신이 창업을 구상하고 있다면, 먼저 다음의 상황을 예측할 수 있어야 한다. 즉, 당신이 창업했을 때 흔쾌히 당신의 창업에 참여하여 모험에 나설 수 있는 능력 있는 사람이 얼마나 되는지, 또 자신의 미래를 걸고 당신과 공동운명체가 될 수 있는 사람이 얼마나 되는지를 정확하게 파악하는 것이 매우 중요하다. 그러므로 필요할 때만 인맥을 쌓을 생각은 하지 마라. 평소에도 꾸준히 인맥을 쌓고 관리해야 당신이 필요로 할 때에 충분히 활용할 수 있다는 것을 잊어서는 안 된다.

이런 질문을 하는 사람이 있다. "저는 보잘것없는 평범한 사원에 불과한데, 어떻게 해야 유용한 인맥을 쌓을 수 있을까요?" 사실 인맥을 경영하는 것은 의식적으로 '관계를 형성하는 것'도 '더 많은 사람을 알고 지내는 것'도 아니다. 당신의 사업과 관련된 범위 내에서 당신의 영향력을 점점 키워내서 보다 많은 사람들이 당신의 능력을 인정하게 만드는 것이다. 그래야만 효과적으로 인맥을 쌓을 수 있다.

인맥을 당신이 성공을 이루는 데 절대적인 조건으로 여겨서는 안된다. 다만 당신이 성공으로 가는 길을 보다 수월하게 만들어주는 도구로 이용해야 한다. 지금 당신에게 인맥이 있다면 지금부터라도 그 인맥을 관리하는 데 정성을 쏟아라. 상대방에게 아첨하고 비위를 맞추기보다는 서로 끌고 도와주는 방식으로 인맥을 관리하라. 이는 싼값에 성장 잠재주를 매입하는 것과 같다. 그 주식이야말로 당신에게 큰돈을 벌어다 줄 자산이다.

당신의
인맥 카드를
충전하라

누군가 이런 말을 한 적이 있다. "성공은 두툼한 명함집과도 같다. 더 중요한 것은 성공한 사람들과 좋은 인맥을 쌓는 능력이다. 어쩌면 그것은 당신이 성공하는 데 주된 요인이 될 것이다." 당신에게도 두툼한 명함집이 있는가? 만일 없다면 지금 당신에게 당장 필요한 것은 인맥 자원을 쌓는 일이다.

인맥은 하루아침에 이뤄지는 것이 아니다. 그것은 오랜 시간의 노력이 쌓인 성과물이다. 만일 마흔 살이 되었는데도 폭넓은 인간관계를 맺지 못했다면 그야말로 이만저만 골치 아픈 일이 아니다. 비록 하늘이 '공평'하지 않은 탓에 원하는 것을 얻지 못하고, 태어날 때부터 많은 것을 갖지 못했다 해도 당신은 자신만의 두툼한 명함집을 만들 수 있다.

케네디 가문이나 부시 가문과는 달리 오바마에게는 탄탄한 정치적 배경이 없었다. 그는 오로지 자신이 오랜 세월 쌓은 '인적 네트워크'에 의지하여 대통령의 자리에 올랐다. 그가 대통령직에 출마했을 때 경선 캠프의 수석고문이었던 데이비드 엑설로드David Axelrod는 그의 20년 지기 친구였다. 1992년 오바마가 전임 대통령 빌 클린턴과 대선 경선에 나섰을 때 선거운동 자원봉사자로 활동한 베티루 솔츠먼이 그의 일을 도우고 있었다. 당시 솔츠먼은 오바마에게 깊은 인상을 받고 데이비드 엑설로드를 소개해주었다. 두 사람은 이내 의기투합하게 되었고, 데이비드 엑설로드는 오바마 '인적 네트워크'에서 가장 중요한 인물이 되었다.

오바마의 또 다른 정치적 동지는 대통령 비서실장을 담당했고, 한때 일리노이주 하원의원이었던 람 이매뉴얼Rahm Emanuel이다. 오바마보다 두 살 많은 이매뉴얼은 한때 클린턴의 핵심 참모였으며, 2007년 하원의 민주당 전당대회 의장에 선출되어 하원에서 민주당 내 서열 4위로 뛰어오른 인물이다.

오바마 가족은 시카고 대학 부근에 살면서 급진적인 정치 성향의 지식인들과 어울렸다. 이때 그는 민주당 내 영향력이 있는 사람들과 정치 후원자들과 폭넓은 인맥을 쌓았다. 그들의 눈에 오바마는 정치적 재능이 뛰어나고, 다양한 계층의 사람들과 활발히 교류하며 그들의 이야기를 잘 들어주고, 또 동맹관계를 맺는 데 매우 탁월한 인재로 보였다.

　오바마는 시카고 법학 대학원에서 12년간 강의를 하면서 다섯 차례에 걸쳐 선거에 참여했다. 세 차례에 걸친 일리노이 주 상원의원 선거와 두 차례의 연방하원의원 선거였다. 〈뉴욕타임스〉의 보도에 따르면 오바마는 시카고 대학 교수들의 학술토론회에는 거의 참가하지 않았다고 한다. 시카고 법학대학원의 허친슨 교수는 "내가 보기에 그는 그 누구와도 친하지 않았습니다. 같은 헌법학 교수였던 카스 선스테인Cass Sunstein하고만 친했지요." 훗날 선스테인은 오바마 경선 캠프의 고문이 되었다.

　오바마의 경력을 살펴보면, 그는 꾸준히 자신의 인적 네트워크를 쌓으며 힘을 키웠다는 것을 알 수 있다. 어쩌면 그는 인간관계의 중요성을 누구보다 잘 알고 있었기에 그처럼 온 힘을 다해 인맥을 쌓았는지도 모른다.

　지금 우리가 살고 있는 시대는 한 사람만의 능력만으로는 성공할 수가 없다. 누군가가 끊임없이 당신에게 다양한 자원을 제공해줘야만 더욱 많은 성공의 기회를 얻을 수 있다. 그러므로 성공하고 싶다면 좋은 인맥을 쌓아야 한다. 인맥을 쌓으려면 오랜 시간 정성과 이익을 결합시켜 기초를 닦아야 한다. 그래야 사람들을 통해 보다 많은 힘과 기회를 얻을 수 있다.

　미국 '잡지계의 귀재'로 불리는 에드워드 윌리엄 보크Edward William

Bok 는 그야말로 찢어지게 가난한 집안의 아이였다. 어릴 때 빈민굴에서 자란 그는 교육이라고는 초등학교 6년간 학교를 다닌 것이 전부였다. 보크는 열세 살이 되자마자 어느 출판사에서 일을 하기 시작했다. 하지만 고달픈 생활 속에서도 보크는 학업을 포기하지 않고 일하는 틈틈이 공부를 했다. 더욱 놀라운 점은 그 어린 나이에도 인맥의 중요성을 잘 알고 있었다는 사실이다.

보크는 적은 보수에도 밥값을 아껴 유명 인물 전기집 한 질을 샀다. 그리고 더욱 놀랍게도 책에 실린 유명인사에게 직접 편지를 보내 책에 언급되지 않은 그의 어린 시절과 경험담을 물었다. 가령 당시 대통령 후보자에게 편지를 써서 예인선 잡부로 일한 적이 있는지를 물었고, 또 그랜트 장군에게는 남북전쟁에 관한 이야기를 묻기도 했다.

당시 열네 살이었던 보크는 수 달러의 주급이 전부였지만 그 돈으로 책을 사서 당시 미국에서 가장 명망 높은 시인, 철학자, 작가, 기업가, 군인, 정치인들에게 편지를 보내 인맥을 쌓았다. 당시 유명 인사들은 어린 소년의 당돌함을 귀엽게 여기며 그의 질문에 흔쾌히 답해주었다.

이를 계기로 보크는 유명 인사들을 직접 만나는 행운도 얻었다. 보크는 그들과의 인맥을 이용하여 상류사회에 진입하는 데 성공했고, 상류층 인사들을 위한 전기집을 쓰게 되었다. 그리고 불과 스무 살의 나이에 조수 6명을 둔 인기 있는 전기 작가가 되었다.

그 뒤 사교술이 뛰어난 보크는 〈레이디스 홈 저널Ladies'Home Journal 〉의 편집장이 되었다. 그 후 30년 동안 편집장으로 일하면서 인간 관계에서의 소통의 특기를 발휘하여 〈레이디스 홈 저널〉을 미국에서 가장 인기 있는 잡지로 만들었다.

보크가 성공할 수 있었던 데는 그의 인맥 관리와 자기발전이 가장 큰 역할을 했다. 그는 방대한 인적 네트워크를 성공의 발판으로 삼았다.

인맥을 경영하는 것은 자신의 업무 능력을 향상하는 것과 관련이 깊다. 보다 많은 사람에게 당신의 가치를 알리고, 이를 통해 재능과 기회를 최대한 발휘하는 것이다. 성공은 방대한 인맥과 탁월한 능력이 결합되어야 한다. 둘 중에 하나만 없어도 성공을 거두기 힘들다.

당신의 인맥카드를 충전하고 싶다면, 기본적인 상식으로 '느끼고', 실질적인 행동으로 '실행'해야 한다. 쉽게 말해서, 관심을 갖고 주변 사람을 관찰하고 기회를 포착하여 한 사람 한 사람을 진심을 다해 대하라. 당신에게 주어지는 모든 기회를 감사한 마음으로 완벽하게 수행하면서 주변 사람들과 항상 친밀한 관계를 유지한다면, 당신은 광대한 인맥 네트워크를 가질 수 있다.

DESIRED LIFE 38

이 세상은 퇴근 후
자기계발에
노력하는 사람에게
언제나 열려 있다

　직장 생활과 일상생활에서의 고민을 하소연하는 친구가 있었다. 그 래서 나는 시간을 내서 어느 주말에 그와 커피숍에서 만나기로 했다.

　친구는 나를 보자마자 하소연을 늘어놓기 시작했다. 처음 그는 근 무 시간이 끝난 뒤 시간을 쪼개 자기 계발을 해야겠다고 결심을 했 다. 하지만 얼마 지나지 않아 혼란에 빠지고 말았다. 퇴근하자마자 술집이나 노래방을 전전하는 동료들과 아등바등 자기계발에 시간 과 돈을 쏟아붓는 자신과의 별다른 차이점을 느끼지 못했던 것이다. 물론 해가 거듭되면서 그들과의 차이점이 드러나기는 시작했지만, 그다지 큰 차이점이 아니었다. 때로는 퇴근 후 삼삼오오 무리를 지어 유흥을 즐기는 동료들과는 달리, 이른바 '미래와 꿈'을 위해 홀로 자기 충전의 시간을 보내는 자신이 오히려 외톨이가 된 느낌이었다. 이 생활을 이대로 지속할 수 없을 것 같은 느낌이 들었고, 또 자신이 시간을 쪼개 고생고생하며 '충전'을 하는 이유조차 의구심이 들었다. 친구의 이야기를 듣고 난 뒤 나는 평소처럼 그를 위로하고 격려하는 대신 한 가지 이야기를 들려줬다.

대략 15년 전, 이제 막 직장 생활을 시작한 청년이 있었다. 대졸인 그와는 달리 주변의 동료와 상사는 하나같이 석사, 박사 출신이었다. 결국 부서 내의 잡다한 업무는 모두 그의 차지가 되었다. 청년은 최선을 다해 노력했지만 성과는 보잘것없었다. 이러다 자신의 꿈을 실현하지 못할 것 같은 생각에 청년은 낙담하고 말았다. 좌절감에 빠진 청년의 의기소침한 모습을 간파한 상사가 어느 날 퇴근 시간에 그를 불러 사무실에서 면담 시간을 가졌다.

상사가 물었다.

"자네 요즘 무슨 고민거리 있나?"

청년이 대답했다.

"네, 왠지 제가 남들보다 못났다는 생각이 들어서요. 아무리 노력해도 소용없는 것 같습니다."

그러자 상사가 갑자기 화제를 바꿔 물었다.

"자네 여자 친구 있나?" 청년이 쓴웃음을 지으며 말했다.

"아니오. 허허, 제가 무슨 연애할 자격이 있겠습니까? 돈도 없고,

집도 없고, 그저 있는 거라곤 시간뿐이지요."

그러자 상사가 말했다.

"음, 자네 생각이 맞는다고도 또 틀렸다고도 할 수가 없군. 사실 나도 옛날에는 자네와 비슷한 처지였네. 그때 나도 내가 가진 것이 아무것도 없다는 자괴감에 빠져 있었지. 지방에서 홀로 베이징으로 상경해서 생활했는데, 항상 돈에 쪼들렸어. 돈이 바닥이 났을 때는 하루에 한 끼 먹는 것도 힘들었는데, 그나마도 라면으로 때웠지. 어떤가, 자네보다 더 비참한 생활을 보낸 것 같지 않나?"

청년은 고개를 끄덕였다. 적잖이 놀라는 눈치였다. 이에 상사가 이어서 말했다.

"그때 나도 자네처럼 있는 거라곤 시간뿐이었네. 퇴근 후에는 할일이 없어서 서점에서 시간을 때웠네. 책을 살 돈이 없어서 서점 귀퉁이에 처박혀서 한 권 한 권 책을 읽었다네."

상사의 말에 청년은 감회가 남달랐다. 그도 그럴 것이 그도 가끔 친구들 모임에 나가는 것을 제외하면 퇴근 이후에는 집에서 TV를 보거나 잠을 자며 시간을 때웠기 때문이다.

"한번은 이런 일도 있었네."

상사는 차를 한 모금 마시고는 말을 이었다.

"한번은, 하하, 서점에서 책을 읽다가 나도 모르게 잠이 들어버린 거야. 그때 서점 직원이 얼마나 화를 내던지, 마구 발로 차면서 나를 깨우더군. 그동안 내가 책 한 권도 안 사고 서점에서 죽치고 앉아 책을 보는 것이 영 못마땅했던 거지. 그래서 나중에 월급 받은 돈으로 선물

하나를 사서 그 직원에게 갖다 줬지. 일종의 뇌물이라고 할까? 근데 정말 효과 만점이었어. 그 뒤로는 그 누구의 눈치도 안 보고 서점에서 마음껏 책을 읽을 수 있었거든. 그때 1년 동안 책을 100권을 읽었네."

"그렇게 많이요?"

"그래, 경영학, 심리학 등등 내게 필요하다고 생각되는 책은 닥치는 대로 읽었어."

상사가 잠시 숨을 돌리고는 이렇게 말을 했다.

"그 뒤에 내가 나도 모르는 사이 많은 발전을 이룬 사실을 깨달았네. 견식이나 지식이 많이 풍부해졌어. 그 뒤로 회사에서 보고서를 작성하게 되었는데, 그동안의 지식을 동원해서 작성한 보고서를 보고 사장이 나를 괄목상대하게 되었네. 원래가 그래. 알고 있는 지식이 많으니까 사람들도 함부로 무시하지 못하고, 또 기회도 저절로 찾아오더군."

"그랬었군요."

청년이 고개를 끄덕였다. 평소 퇴근 후에 시간을 낭비하던 자신이 부끄럽기만 했다.

"그 뒤로 모든 것이 술술 풀리더군, 승진도 하고, 연봉도 인상되고, 애인까지 생기고 말이야. 그러니까 모든 것이 잘 안 풀릴 때는 낙담만 하지 말고 뭔가를 배우면서 지식을 쌓게. 그렇게 시간을 투자하면 자네가 서 있는 공간이 바뀔 것이네."

시간을 투자해 공간을 바꾸라는 상사의 말은 청년의 가슴을 크게 흔들었다. 면담이 끝날 즈음, 상사는 그에게 업무와 관련된 책을 선물했다.

그날 이후 청년은 매일 밤마다 책을 읽으며 자신을 충전하는 시간을 가졌다. 그렇게 시간이 지나면서 시간을 투자해 공간을 바꾸라는 상사의 말은 과연 효험을 드러냈다. 청년은 부서 내에서 점차 존재감을 갖게 되었다. 비록 연봉이나 직책에는 별다른 변화가 없었지만 그는 더 이상 막막한 인생에 마음을 졸일 필요가 없게 되었다. 인생의 희망을 보게 된 것이다.

이야기를 다 끝내고 물끄러미 쳐다보자 친구가 물었다. "그 이야기 속의 청년이 바로 자네인가?" 나는 고개를 끄덕이며 말했다. "그래, 난 지금 자네의 심정을 십분 이해하네. 왜냐면 나도 자네와 똑같은 과정을 거쳐 왔거든."

누군가가 이런 말을 했다. "8시간은 생존을 위해 살고, 나머지 8시간은 발전을 위해 살라." 맞는 말이다. 일주일의 5일, 하루 8시간을 대부분의 사람은 직장에서 보낸다. 그 시간 동안 업무에 열중하며 성과를 올리는 데 노력하는 점은 대부분의 사람이 비슷하다. 그러나 성공한 사람들에게는 한 가지 다른 점이 있다. 8시간의 근무 시간이 끝나고 다른 이들이 휴식을 취할 때 그들은 다시 8시간을 자기계발에 투자한다는 점이다. 하루에 두 시간만 투자해도 해가 거듭되면 엄청난 차이를 가져온다.

예전에 내가 근무하던 회사의 사장은 불과 서른세 살의 나이에 백만장자가 되었다. 그때 우리는 그를 이렇게 평가했다. "우리 사장은 정말 원기왕성한 사람이야, 날마다 새벽 3, 4시까지 일을 하고도 다음 날에는 활력이 넘치는 모습으로 출근하잖아." 그때 나는 이런 생각을 했다. 사장이 남들보다 더 원기가 왕성한 것이 아니라 자신의 목표를 위해 필사적으로 버티며 노력하고 있다고 말이다.

우리가 TV를 보고 SNS에 빠지거나 쇼핑하며 시간을 보내는 동안, 성공한 사람들은 여전히 일을 하거나 무언가에 노력을 기울이고 있다. 그들 앞에서 자신의 게으름에 대한 우리의 변명은 그 어떤 것도 통하지 않는다.

어떤 생각을 하느냐에 따라 인생도 달라진다. 열심히 배워야만 치열한 경쟁사회에서 주동적인 선택권을 가질 수 있다. 경험은 삶의 깊이를 결정해주고, 지식은 삶의 너비를 결정해주며, 이 둘은 당신이 누릴 인생을 결정해준다.

홍콩 여류작가 이수亦舒가 이런 말을 했다. "여성이라면 우선 경제적 자립을 해야만 무엇을 쟁취할 것인지를 논할 수 있다. 15세부터 25세까지는 독서와 여행의 기회를 누리고, 25세부터 35세까지는 일에 전념하며 가정을 꾸리고 저축을 시작해야 한다. 그리고 35세 이후에는 자신이 하는 업무를 사업으로 발전시키고, 자기계발을 통해 자신을 보호할 수 있는 자산을 보유해야 한다." 우리가 퇴근 후 8시간의 시간을 쪼개 책을 읽고 자기 충전을 하며, 외로운 '충전'의 시간을 견디는 것은 아름다운 미래를 위한 기반을 만들기 위해서이다. 자신의 꿈과 가치를 위해 지금 남들보다 힘든 생활을 보내는 데는 그만한 가치가 있다. 지금 새로운 지식을 배우지 않는다면 언젠가는 후회할 날이 올 것이다. 우리의 모든 학습과 노력은 당신이 꿈꾸는 삶을 살기 위한 것이다.

당신이 자기계발을 하는 의미에 대해 의구심을 품을 필요가 없다. 당신이 퇴근 후 열심히 공부할 때 다른 사람들은 아마도 연속극에 정신을 팔고 있을 것이다. 또한 당신이 업무 외 시간을 투자해 새로운 지식을 배우고 있을 때, 다른 사람들은 수다를 떠는 데 시간을 낭비하고 있을 것이다. 당신이 새로운 기술을 익히며 자기 충전을 하고 있을 때, 다른 사람들은 노래방에서 흥청망청 시간을 보내고 있을 것이다. 물론 지금 보기에는 당신이 외톨이와 비슷한 생활을 하는 것 같지만, 훗날 5년, 10년이 지난 뒤에는 발견하게 될 것이다. 당신의 동료들은 그때나 지금이나 별반 다름없는 삶을 살고 있는데 비해, 당신은 자신 스스로도 상상하지 못했던 전혀 다른 삶을 살고 있는 것을 말이다.

남들이 갖지 못하는 것을 갖고 싶다면 남들보다 갑절의 대가를 지불해야 한다. 당신이 어디에 시간을 투자하느냐에 따라 그곳에서 성취를 얻을 수 있다. 평범한 직장 생활에서 당신의 능력을 드러내어 두각을 나타내는 데는, 개인의 재능도 중요하지만 노력과 진취심도 필수 요소이다. 이 세상은 자기계발을 위해 노력하는 사람에게 언제나 열려있다. 업무 외 시간을 어떻게 이용하느냐에 따라 평범한 사람과 비범한 사람이 갈린다.

얼핏 보기에
대수롭지 않지만
당신의 미래에
꼭 필요한 것들이다

　대다수 사람은 업무 중에 직무와 책임을 다해 일하지만, 딱 거기까지이다. '자신에게 속하지 않은', '쓸모없는' 일을 하려 들지 않는다. 바꿔 말해서, 직무 이외의 것은 책임을 지려고 하지 않는다.

　하지만 그 일이 중요하든 중요하지 않든 당신이 하는 모든 일은 당신의 명함이 된다. 우리 인간의 모든 투자와 수확은 서로 연관되어 있다. 당신이 투자하는 것은 반드시 수확을 얻기 마련이다. 문제는 그 수확의 시간이 늦고 빠르고의 차이가 있다는 것이다. 수확은 당신이 예상하지 못한 순간에 찾아오기도 한다. 가장 흔히 보는 것이 승진이나 봉급 인상이다. 물론 수확은 다른 형태로도 찾아온다.

대다수 기업가들의 성공담은 여분의 투자가 가져온 수확의 원칙을 어김없이 증명하고 있다.

어느 밤, 길을 걷던 남자가 우연히 신선을 만났다. 신선은 그에게 큰일이 생길 것이라고 알려주었다. 그로 말미암아 큰돈을 벌 기회가 생기고, 사회적으로 높은 지위에 오르며, 아름다운 여인을 아내로 맞이할 수 있을 거라고 말해주었다. 평생 동안 바라 마지않던 꿈이 이루어지는 순간이었다. 그런데 이상하게도 그 남자에게는 아무런 일도 일어나지 않았다. 그는 가난에 쪼들리며 살다 결국에는 외로이 늙어 죽었다.

죽은 뒤 다시 신선을 만난 남자가 이렇게 따져 물었다.

"내가 큰돈을 벌고 사회적으로 높은 지위에 올라 아름다운 여인을 아내로 맞이하게 해주겠다고 하지 않았습니까? 저는 평생을 기다렸지만 아무런 일도 생기지 않았습니다."

그러자 신선이 이렇게 말했다.

"내가 언제 그런 말을 했느냐? 나는 그저 네가 돈을 벌고, 뭇사람의 존중을 받는 위치에 오르고 아름다운 여인과 혼인할 기회를 주겠다고 약속했을 뿐이다. 헌데 너는 그 기회를 놓치지 않았느냐?" 그 남자는 어리둥절해지고 말았다.

"도대체 무슨 말인지 이해를 못 하겠습니다."

그러자 신선이 설명했다.

"언젠가 업무 중에 너에게 좋은 아이디어 제안이 들어온 적이 있을 것이다. 그런데 너는 너의 업무 소관 밖이라서 상관없는 일이라고 응하지 않았는데, 기억나느냐?"

남자가 고개를 끄덕였다. 이에 신선이 이어서 말했다.

"그 아이디어는 훗날 너와 동종업종의 사람이 가져갔다. 그는 자신의 실제 업무와 관련이 없었지만 그 아이디어로 기술을 개선시켜 결과적으로 큰돈을 벌었다. 또 언젠가 대지진이 일어난 적이 있을 것이다. 도시의 건물 절반이 무너져서 수천 명의 사람이 건물 더미 밑에 깔렸었지. 그때 너는 사람들을 구조할 수 있었는데도 집이 비어있는 틈을 타서 도둑이 들까 봐 사람들을 구조하러 나가지 않았다. 네가 아니더라도 다른 사람이 구조할 것이라고 여기면서 말이다. 온갖 변명으로 너의 도움을 필요로 하는 사람을 외면한 채 집을 지켰지."

남자는 부끄러운 듯 머리를 숙인 채 고개를 끄덕였다.

"그것은 네가 수백 명의 인명을 구할 수 있는 기회였다. 그리고 그 일로 너는 수많은 사람의 존경을 한 몸에 받는 명예를 얻었을 것이다!"

신선은 이어서 말했다.

"또 이런 일도 있었지. 머리가 흑단같이 검은 아리따운 여인을 기억하느냐? 한때 네가 그녀에게 깊이 매료된 적이 있었지. 한 번도 여인을 좋아해 본 적이 없던 너는, 그 이후로도 두 번 다시 그처럼 아름다운 여인을 만나지 못했다. 하지만 그때 그 여인이 도움을 필요로한 적이 있었다. 근데 너는 그 여인을 도와주지 않았지. 그녀와는 생판 모르는 남이라서 자칫 나섰다가 흑심을 품고 있다고 의심받을까 봐 겁이 났지. 그녀의 친구나 친척이 도와줄 것으로 생각하고 그대로 여인을 외면했다."

남자는 눈물을 흘리며 고개를 끄덕였다.

"이 사람아, 그 여인이 바로 자네 아내가 될 사람이었다. 그녀와 함께 귀여운 아이들을 낳고 행복하게 살 수 있었을 텐데."

당신도 그렇지 않은가? 얼핏 보기에 쓸모없거나 혹은 당신의 직책과 아무런 관련이 없는 일이라서 외면한 적이 많지 않은가?

고품격의 인생을 살려면, 지금 눈앞의 유용한 일만 해서는 부족하다. 물론 그 일은 당신이 우선적으로 처리해야 할 일이다. 가령 오늘 하루의 업무량을 따져보자. 당신은 오늘 처리해야 할 업무를 모두 완수했다고 여길 것이다. 하지만 그것으로는 부족하다. 마땅히 당신이 처리해야 할 일보다 더 많은 업무량을 처리하고, 남들이 생각했던 것보다 더 높은 기대치를 보여줘야만 주위 사람들의 시선을 끌고, 또 자기 발전을 위한 더 많은 기회를 얻을 수 있다.

이를테면 직장에서 당신은 자신의 직책 범위 밖의 일을 처리할 의무가 없지만 자발적으로 지원하여 그 일을 할 수 있다. 솔선수범은 고귀하고 또 남들에게 높은 평가를 받을 수 있는 좋은 품성이다. 또한 당신을 좀 더 민첩하고 적극적으로 만들어주며, 앞으로 전진할 수 있는 구동력이 된다. 이는 관리자이든 일반 사원이든, 경쟁에서 두각을 나타낼 수 있게 해준다. 한편으로는 상사와 고객의 신뢰를 얻고, 또 다른 한편으로는 당신 자신에게 많은 발전 기회를 가져다준다. 또한 당신의 존재감을 높여줘서 없어서는 안 될 사람으로 만들어 준다.

당신의 사업을 보다 발전시키고, 자신이 맡은 일무를 성실하게 최선을 다해 수행하는 것만으로는 부족하다. 특히 이제 막 사회에 발을 디딘 사회 초년생들은 더욱 그렇다. 성공하려면 남보다 더 많이, 더 우수하게 일을 수행해야 한다.

처음 직장에 발을 디뎠을 때 대부분은 비서 혹은 회계와 출납 등의 업무를 맡게 된다. 당신은 평생 그 일만 할 작정인가? 성공한 사람들은 자신이 맡은 일 이외에도, 얼핏 보기에는 쓸모없는 일을 자발적으로 하며 자신의 종합적인 능력을 키운다. 얼핏 보기에 쓸모없이 보이던 불필요한 일은 훗날 그의 미래에 자산이 된다.

쓸모없는 일을 하는 것 이외에도 불필요한 지식을 쌓는 것도 중요하다. 전문 지식을 쌓는 한편 다양한 지식으로 견식을 넓혀야 한다. 당신의 일과 아무런 관련이 없는 지식이 종종 당신의 미래에 아주 중요한 역할을 할 때가 있다. 배움의 기회를 소중히 여기고, 조금이라도 더 배우고, 다양한 일을 경험하라. 자신에게 학습과 성장의 기회를 주며 한층 강력한 생존력을 키워라. 그러면 당신은 다른 사람에 비해 잠재력을 발휘할 기회가 더 많아질 것이다.

기술은
대체 불가능한
소프트파워 자산이다

　매년 졸업 시즌이 되면 모두들 취업 문제에 관심을 기울인다. 수많은 대학생은 학교를 졸업하고 취업하기까지 숱한 시련을 겪는다. 취업난이 이미 사회적인 핫이슈가 될 정도이니 말이다. 그럼에도 전문대를 졸업한 학생들이 매우 수월하게 취업하는 것을 볼 수 있다.

　대체 이유가 뭘까? 전문대생들은 학교에서 실용적인 기술을 익히는 데 집중한다. 지식을 쌓는 데 집중하는 일반 대학과는 학습의 주안점을 두는 방향이 확연히 다르다. 전문대학을 졸업한 학생들은 대부분 전문적인 기술을 갖는다. 그리고 그들의 기술에 맞는 전문 분야에 취업하기 때문에 취업률이 상대적으로 높다.

　물론 대학생이나 대학원생에게 경쟁력이 없다고 말하려는 것이 아니다. 내가 여기서 강조하고 싶은 것은 기술의 중요성이다. 그 기술은 단순히 전문 분야의 기술뿐만 아니라 각종 '소프트파워'를 포함하고 있다. 단기간에 측정할 수 없는 능력, 가령 사유 능력, 소통능력, 표현력, 교양, 학습 능력, 단체 협동심 등이다. 이러한 소프트파워는 당신의 재산처럼 평생 당신을 따라다니며 이익을 가져다줄 것이며, 다른 사람은 흉내 내지 못하는 온전히 당신만의 자산이다.

시대가 어떻게 변했든 간에 당신만의 기술이 있다면 언제 어디서나 경쟁력을 발휘할 수 있다. 이 세상에는 천편일률적인 사람들이 많다. 대신 인재나 전문가, 대체 불가한 사람은 아주 드물다. 만일 인생의 경쟁에서 도태되고 싶지 않다면, 대체 불가한 사람이 되도록 노력해야 한다.

마트에서 과일을 산다고 가정해보자. 본래는 사과를 사려고 나왔는데, 사과 값은 그대로인데 귤이 특가에 싼값으로 나온 것을 보았다. 사실 사과를 꼭 먹고 싶었던 것도 아니었던 당신은 사과 대신 귤을 산다. 이때 귤은 사과의 대체품이 된다. 만일 당신이 하는 업무를 새로 들어온 신입사원이 거뜬히 해낼 경우 사장은 망설임 없이 당신을 해고할 것이다. 왜냐하면 당신은 위의 '사과'이고, 신입사원은 '귤'이기 때문이다. 연봉도 낮은 신입사원이 당신과 똑같은 업무를 해낼 수 있는데, 사장이 굳이 비싼 연봉을 주고 당신을 고용할 필요가 있겠는가?

일반적으로 대체할 수 없는 물품일수록, 기술성이 높은 제품일수록 가격이 높다. 가령 TV는 공장에서만 생산이 가능하지만 만두는 집집마다 빚을 수 있다. 〈모나리자의 미소〉의 가치가 도시 하나와 맞바꿀 정도인 이유는 그 그림의 대체품을 찾을 수 없기 때문이다.

일반 노동자의 봉급과 고위층 임원 혹은 고급기술 인재의 봉급이 왜 하늘과 땅 차이인지 당신을 이해하지 못할지도 모른다. 일반 노동자는 허구한 날 시간 외 근무까지 하며 그들보다 더 많은 시간을 일하는데 왜 봉급은 턱없이 작은 걸까? 또한 지저분한 환경에서 고된 노동을 하는데도 왜 쾌적한 사무실에서 수월하게 일하는 그들보다 봉급이 낮은 걸까?

현대의 기업에 높은 소양과 뛰어난 능력, 기술이 있는 직원들은 그야말로 돈을 벌어다 주는 기계와 다름없다. 동시에 그 회사의 시장 경쟁력을 강화하는 주된 요소가 된다. 그런데 이러한 인재는 매우 드물어서 똑같은 능력이 있는 사람으로 대체하기가 매우 어렵다. 그럼 어떻게 해야 할까? 당연히 높은 직책으로 승진시키고, 연봉을 높여주는 방식으로 그들을 잘 대해야 한다. 그렇지 않으면 언제든지 다른 회사에서 스카우트할 수 있으니까. 반면에 일반 직원은 다르다. 그들은 '대체품'이 많다. 그들이 일하기 싫으면 대신 일하고 싶은 사람으로 언제든지 대체할 수 있다. 이처럼 기술 인력과 일반 노동력의 본질적인 차이로 봉급의 차이가 생긴다는 것을 이해할 수 있을 것이다. 하지만 불평할 필요는 없다. 고급 인재로 대우받고 싶으면 먼저 그들처럼 대체 불가성을 갖추면 된다.

파리의 호화로운 5성급 호텔에 젊은 요리사가 있었다. 볼품없는 외모에 무던하고 어리숙한 그는 누가 시키면 시키는 대로 일을 다 했다. 특별한 특기가 없었던 그는 중요한 자리에 오를 요리를 만들지 못했기에 주방에서 그저 보조 역할만 했다. 하지만 그에게는 매우 특별한 디저트 비법 하나가 있었다. 사과 두 개의 과육을 하나의 사과 속에 모두 담아서 내놓는데, 겉으로 보기에는 그저 살이 도통하게 오른 사과로만 보일 뿐 두 사과를 하나로 합쳤다는 것을 전혀 알아챌 수가 없다. 사과 씨도 교묘하게 제거해서 식감도 좋고 맛도 일품이었다.

그의 비법이 담긴 디저트의 묘미를 간파한 사람은 호텔에 장기간 투숙하던 어느 귀부인이었다. 그녀는 사과 디저트를 먹고 그 맛에 매료되어 디저트를 만든 젊은 요리사를 일부러 불러 칭찬도 해주었다. 귀부인은 호텔의 최상급 방을 장기간 임대했지만 실제로 이곳에 투숙하는 기간은 1년에 채 한 달도 되지 않았다. 그러나 그녀는 이곳에 올 때마다 어김없이 젊은 요리사가 만드는 디저트를 주문했다.

호텔은 해마다 일정 비율의 직원을 해고했다. 경제가 불경기일 때는 해고되는 직원의 숫자도 더 많았다. 하지만 보잘것없는 젊은 요리사는 해마다 평온하게 해고의 풍파를 넘겼다. 마치 그의 뒤에 든든한 뒷배가 있어서 그의 배경이 되어주기라도 하듯이 말이다. 실상은 그 귀부인이 호텔의 매우 중요한 고객이었기에 젊은 요리사 또한 호텔에 없어서는 안 될 사람이 된 것인데 말이다.

일반적인 경영주들은 특별한 가치가 없는 하위급 직원들에게는 별다른 관심을 쏟지 않는다. 대체 불가한 직원들의 일거수일투족에 관심을 기울일 뿐이다. 직장에서 있어도 그만, 없어도 그만인 사람, 남들이 다 하는 일을 하는 사람은 언제든지 다른 사람에게 대체될 수 있다.

생각해보라. 회사 내에서 당신이 일하는 부서는 여느 생활용품과 같지 않은지, 당신의 직책은 이미 그 효용가치를 다해서 용도 폐기에 직면한 것은 아닌지 혹은 회사에서 당신보다 더 나은 사람을 그 직책에 앉히려고 하지는 않는지, 당신이 봉급이 높은 그들처럼 대체 불가한 사람인지. 당신이 한 가지 알아야 할 점이 있다. 만일 회사에서 연구개발원을 중시하지 않는다면 그들 기업의 핵심기술은 언제든지 다른 기업에 빼앗길 수 있다. 반면에 일반 직원의 경우 그들을 대신할 '대체품'이 너무 많다. 바로 이러한 이유로 일반 직원과 기술 엔지니어 혹은 관리급 임원의 봉급에 큰 차이가 생기는 것이다.

어쩌면 이른바 전문가라고 불리는 사람들은 다른 사람에 비해 더욱 많은 것을 경험하거나 혹은 반복적으로 많은 연습을 했기에 전문가가 됐는지도 모른다. 그들은 매번 연습을 할 때마다 한 단계씩 높이며 그들의 기술을 향상시켰을 것이다. 그리고 수도 없이 반복되는 연습을 통해 전문성을 얻고 업계 최고의 자리에 올랐을 것이다.

하지만 현실 생활에서 대다수 사람들은 노력해야만 얻을 수 있는 것들을 연습하는 데 게으르다. 그래서 언제나 중등급 수준에 머무르며 잉여의 역할을 한다. 만일 우리가 무미건조한 반복적인 연습에 보다 많은 시간을 투자한다면, 우리는 지금보다 훨씬 우수한 존재로 거듭날 수 있다. 그러기 위해서는 정교함을 추구하는 열정이 필요하다. 전문가들은 대부분 세밀하고 정교한 부분까지 개선하려고 끊임없이 노력한다.

속담에 "업종마다 그 업종의 대가가 있다"라는 말이 있다. 우리가 종사하는 업종은 천차만별이며, 그 사회적 의미나 공헌도는 근본적으로 비교하기가 힘들다. 그러나 한 가지 업종만을 봤을 때 당신의 가치에 순위를 매겨보면 적나라하게 드러날 것이다. 자기 발전을 이루는 데 꾸준히 노력하여 아무도 흉내 낼 수 없는 기술 자산을 보유해야 한다. 그래서 그 누구도 대체할 수 없는 대가가 되어야 한다.

돈도 인맥도 없고,
오직 아이디어만 있다면
창업은 포기하라

2015년 어느 날, 한 동료가 나에게 함께 식사를 하자고 청해왔다.
마침 그는 사직서를 내고 창업할 계획을 세우고 있었다. 그래서 나
에게 창업하는 데 주의해야 할 점이 무엇인지를 물어왔다.

나는 이렇게 말했다. "창업 좋지. 나라 정책도 그렇고 지금이야말
로 창업하기에 아주 좋을 때이지." 솔직히 말하면, 내 개인적인 관점
에서는 창업하기에 좋은 시기가 아니라는 말을 하고 싶었지만 단 한
마디도 내비치지 않았다.

물론 누구나 창업에 성공하는 것은 아니다. 나는 사실상 창업에
실패하고 다시 원래 자리로 돌아오는 사람을 수도 없이 봐왔다. 설
립된 지 얼마 되지 않아 파산한 중소기업이 부지기수였으니 말이다.

내가 이런 말을 하는 것은 창업에 반대하기 때문이 아니다. 다만 창업이 당신이 생각하는 것만큼 간단한 일이 아니라는 사실을 말해 주고 싶어서이다. 창업은 회사에 다니는 것에 비해 너무나도 어려운 일이기 때문이다. 만일 창업이 얼마나 힘든 일인지를 정확하게 알지 못하고, 또 창업에 대한 준비가 불충분하다면 창업의 꿈은 접는 것이 현명하다. 십중팔구 창업에 실패할 테니 말이다.

그래서 나는 그에게 물었다. "자네는 어떤 업종의 회사를 창업할 생각인가?"

"VR 즉, 가상현실 분야이네. 내 생각에 VR 기술 응용 분야의 전망이 뛰어난 것 같아. 이미 외국에서는 이 분야의 업종이 선풍적인 인기를 끌고 있지 않나? 아마 나 말고도 다른 사람들도 생각하고 있을 거야. 이럴 때는 선수를 치는 것이 이익이지. 마윈도 인터넷 열풍에 편승해서 성공의 기회를 얻지 않았나?"

나에게 설명을 하는 그의 눈빛이 반짝거렸다. 물론 VR 분야에 대해서는 나도 잘 알고 있다. 다만 그가 어떻게 창업을 할 것인지 방법이 궁금했다. 그는 타고난 부자도 아니고, 또 재산을 많이 모아놓은 것도 아니다. 더구나 대학교에서는 경영학을 전공했고, 지금은 영업 운영 일을 하고 있었다. 심지어 아직 팀장 직책에도 오르지 못했다. 대학 학과와 4년의 직장 경력은 VR과는 아무런 관련이 없었다. 하지만 무턱대고 단정적인 결론을 내릴 수 없었던 나는 그저 그의 이야기에 귀를 기울였다.

"그 개념은 나도 잘 알고 있지만, 기술에 대해서는 잘 모르네,"

"나도 잘 몰라. 하지만 상관없네. 그 기술을 잘 아는 기술자가 있을 것 아닌가. 그에게 맡기면 되겠지. 그래서 엔지니어 서너 명을 고용해서 창업할 생각이네. 기술은 그들에게 맡기고, 회사 경영은 내가 맡으면 별문제가 없을 거야. 그러니 좋은 조언이 있으면 좀 해주게."

"그 업종의 엔지니어는 연봉이 높을 거야. 경력이 있는 사람은 최소 월급이 1만 위안이 넘을 텐데."

"나도 그 정도는 예상하고 있어. 그래서 기술지분을 나눠줄까 해. 회사 규모가 커지면 그들도 창업 공신으로 이익을 얻을 수 있을 테니 월급을 많이 받는 것보다는 훨씬 낫겠지?"

그렇다. 만일 성공한다면 아무런 문제가 되지 않을 것이다. 하지만 만일 실패한다면, 그들은 그와 함께 창업 실패의 시련을 맛보게 될 것이다.

"그럼 창업자금은 문제없나? 내 친구 한 명도 VR 업종의 사업체를 창업했는데, 미래 투자성을 보는 일이라서 향후 몇 년간은 돈을 못 벌 각오를 하고 있다고 하더군. 헌데 그는 자금이 빵빵한 편이야. PC방을 여러 개 운영하고 있기 때문에 PC방에서 버는 돈으로 몇 년은 충분히 버틸 수 있는 형편이라네."

사실 그 말인즉슨, 자네는 돈도 없고 사람도 없는데 어떻게 창업할 것이냐는 뜻이었다. 하지만 차마 그대로 말을 할 수가 없어서 에둘러 표현했다.

"그래서 나도 벤처 회사를 세울 생각이야."

동료는 의지에 가득 찬 모습으로 말했다.

벤처 회사를 세우는 것쯤이야 문제가 없을 것이다. 문제는 가능성 있는 방안을 세워서 투자를 받을 수 있느냐였다. 일반적으로 창업을 하려면, 그 업종에 진입할 수 있는 기본적인 자원이 있어야 하고, 그 다음에는 그 회사만의 독창성을 내세울 차별적인 자원이 있어야 한다. 그래야만 창업에 성공할 확률이 훨씬 높아진다. 맨손으로 창업에 뛰어드는 것도 좋고, 전문적인 기술을 몰라도 괜찮다. 대신 일정한 자원은 확보하고 있어야 한다. 그것은 바로 재무자원과 고객자원이다.

재무자원이 풍족하면, 자금이 넉넉해서 일을 추진하기가 쉽고, 다른 자원이 결핍되어도 이를 보완하기가 쉽다. 한편 고객자원이 풍부하면 제품의 판로가 확보되기 때문에 다른 자원이 결핍되어도 문제될 것이 없다.

자금이 있으면 누구나 창업할 수 있다. 관건은 돈이 없는 상태에서 어떻게 창업을 하느냐이다. 창업 초기에는 생산 설비와 사무용품을 구매하고, 고객을 발굴하고, 직원들에게 월급을 나눠줘야 하기 때문에 쉴 새 없이 자금이 투입된다. 투자자를 모으는 데 제아무리 출중한 능력이 있어도 초기 창업 자금은 반드시 필요하다.

고객자원은 업무나 일상생활에서 가장 큰 수확이다. 월급, 이윤 배분, 승진에 큰 도움이 될 뿐만 아니라 '인맥의 힘'을 키워준다. 물론 이들은 당신이 미래에 창업할 때 고객자원이 되기도 한다.

창업 초기에는 당신이나 동업자 둘 중의 하나는 조달 자금이나 고객 인맥을 확보하고 있어야 한다. 이는 창업 초기에 매우 중요한 역할을 한다. 이제 막 설립된 회사가 무슨 방법으로 고객의 신뢰를 얻을 것인가? 결국은 개인적으로 그동안 쌓아온 인맥의 힘을 빌려야 한다. 물론 회사가 일정한 단계에 오르면, 초기의 고객 자원은 그 중요도가 크게 떨어지기는 하지만 말이다. 여하튼 지금 종사하는 일과 창업하려는 업종이 아무런 관련이 없다면, 인맥도 고객자원도 전혀 쓸모가 없어진다.

만일 당신이 돈도 없고, 고객자원도 없으며, 또 자체 보유기술도 없다면, 당신은 그저 열정 하나만으로 다른 사람에게 함께 창업하자고 설득할 셈인가? 거리에 나가면 창업해서 돈을 벌겠다는 꿈을 꾸고 있는 청년들이 수두룩하다. 열정 하나로 따지면 그들은 당신보다 더 큰 열정과 갈망을 지니고 있다. 그렇기에 결과적으로는 아무것도 없는 백지상태나 다름없는데, 어떤 투자자가 긍정적으로 평가하고 흔쾌히 돈을 내놓는단 말인가?

충고를 좋아하는 사람은 없지만 나는 그에게 이런 말을 할 수밖에 없었다.

"만일 자네가 창업할 계획이라면, 지금은 일단 회사를 다니면서 고객자원을 축적하게, 동시에 재무 방면으로도 충분한 자금을 확보하는 것이 좋을 걸세."

동료가 나의 충고를 귀담아 들었는지는 나도 알 수 없다. 다만 적어도 내가 알고 있는 전문 엔지니어들 중에 기술 지분만을 믿고 섣불리 창업의 길에 동참할 사람은 아무도 없었다.

그 뒤로 동료는 더 이상 내게 창업 문제를 들먹이지 않았다. 들리는 소식에 따르면, 창업을 준비하는 과정에서 여러 가지 난관에 막혀 결국 창업의 꿈을 접고, 다른 회사로 옮겨갔다고 한다.

내 생각에 그에게는 오히려 나은 결과인 것 같다. 현실을 깨닫고 창업 실패의 위기에 빠질 위험을 피했으니 말이다. 그가 창업에 대한 꿈을 버리지 않고 집중적으로 관련 자원을 축적하여 미래에 언젠가 창업하게 되면 그때는 성공 확률이 훨씬 높아질 것이다.

DESIRED LIFE TIP

인맥 카드 충전하기

· **강력한 인맥 네트워크를 구축하다** ·

응용 시기 ··

1 이전의 친구들과 점점 소원해진다고 느껴질 때

2 당신의 사업을 한 단계 향상하는 데 새로운 인맥이 필요할 경우

3 전혀 다른 부류의 사람들과 교류하는 능력을 연습하고 싶을 때

연습 시간 ··

매일 아침 8시부터 밤 10시 사이 언제든지 가능하다. 매일 한 사람을 선

택하라.

특별 힌트 ··

이 연습을 시작하기 전에, '나는 퇴짜 맞기 싫다'라는 생각부터 버리는

것이 좋다. 인맥의 핵심은 서로 주고받을 것이 있느냐 없느냐이며, 일종의 윈윈 관계이다. 당신이 상대방에게 원하는 것이 없다면 퇴짜를 맞든 안 맞든 두려워할 필요가 없다.

또한 먼저 다가가 말을 거는 것이 창피한 일이라고 걱정할 필요도 없고, 상대방이 이용당한다고 오해할지도 모른다고 걱정할 필요도 없다. 사람들 속으로 들어가 당신의 인간관계를 넓히는 것이다. 상대방에게 압박감을 주지 않는다면, 그런 문제는 걱정할 필요가 없다. 서로 도움이 되고, 또 흔쾌히 당신에게 도움을 주기를 원하는 사람이 많다는 것을 기억하라.

위의 걱정들을 모두 떨치고 마음에 준비가 됐다면 다음 연습을 시작해도 된다.

연습 내용

우리가 해야 할 일은 날마다 친구, 학우, 친척, 고객 혹은 낯선 사람에게 연락을 하는 것이다. 자신의 휴대폰 주소록이나 SNS 친구로 등록된 사람들을 유형별로 분류한 뒤 돌아가면서 연락을 한다.

먼저 제일 친한 사람부터 한 명씩 선택한다. 자신의 단짝 친구, 학우, 동료에서부터 안면이 있는 사람까지, 차례로 연락해도 되고, 또 교차식으로 연락해도 된다.

전화로 안부 인사를 하고 근황에 대해 간략하게 물은 뒤 한 번 만나 이야기를 나눌 수 있도록 약속을 잡는다. 오랫동안 연락이 끊긴 사람에게 갑작스레 연락하면 딱히 주고받을 화제가 없어서 난처해질 수가 있다.

이때는 문자 메시지를 이용하는 것이 좋다. 문자를 통해 점차 관계를 돈독하게 다지는 것도 좋은 방법이다.

주소록에 있는 지인들과 인맥을 다지는 연습을 하는 것 이외에, 낯선 사람과 연락을 하며 인맥을 넓히는 연습도 해야 한다. 이 훈련에서 가장 중요한 것은 낯선 이에게 말을 건네는 일이다. 만일 당신이 인맥을 강화하고 싶은 의지가 강하다면 언제 어디서나 인맥을 넓힐 기회를 얻을 수 있다.

예컨대 나는 연수 훈련에 참여할 때 옆이나 멀리 떨어진 곳에 앉은 사람에게도 서슴지 않고 노트를 빌린다. 강의 내용을 제대로 적지 못했다며 빌려달라고 말을 건넨다. 그러면서 은근슬쩍 글씨체가 예쁘다는 둥, 회의 내용을 빠짐없이 기록했다는 둥 찬사를 늘어놓으며 이야기를 이어가다 보면 차츰 관계가 친숙해지는 것을 느낄 수 있다.

가치가 높은 인맥은 언제 어디서나 나타날 수 있다. 비즈니스 회의나 업무 거래처뿐만 아니라 개인적인 모임, 술집, 커피숍, 비행기 안, 심지어 마트에서 계산을 기다리는 중에도 형성될 수 있다. 평소에 당신이 좋아하거나 혹은 많은 사람들이 모이는 행사에 적극적으로 참여하라. 혹은 동호인 모임이나 업종 단체에 가입하면 잠재적 인맥 가치가 있는 사람들을 훨씬 많이 만날 수 있다.

이른바 순풍에 돛 단 듯
만사가 순조롭게 풀리는 것은
그저 아름다운 축원에 불과하다.

인생이 그처럼 순탄하게 흘러갈 리 만무하며,
이는 불변의 법칙이기도 하다.
하지만 인생의 득실은 결국 균형을 이루기 마련이다.
근사하고 명예로운 삶을 살든 또 실의와 낙담에 빠져 살든,
일정한 시간이 지나고 되돌아보면
그저 작고 경미한 차이에 불과함을 알게 될 것이다.
지나간 슬픈 일에 연연하며 벗어나지 못한다면
삶의 기쁨은 당신의 인생에 끼어들 여지가 없다.
이러한 부정적인 정서를 떨치려면
정신적인 수양과 아울러 지혜가 필요하다.

PART 6

당신을 바꿔야만
인생 역전이 가능하다

상처 입지
않는 사람은
영원히 승자가 될 수 없다

　"난 괜찮아"라는 말을 무의식적으로 내뱉는 사람이 많다. 만일 당신이 정말로 그 어떤 일에도 상처를 입지 않는 사람이라면, 이는 바꿔 말해서 패배를 인정하지 않는 사람이라고 할 수 있다. 패배를 인정하지 않는 사람은 성공하기가 어렵다. 왜냐하면 성공은 단숨에 이뤄지지 않으며, 끊임없는 도전과 노력의 과정이 필요하기 때문이다. 만일 시련 앞에서 올바른 심리 상태를 지니지 못한다면 그동안의 노력이 수포로 돌아가기 쉽다.

　상처를 입지 않는 사람은 삶의 부정적인 면을 이겨내지 못한다. 그들은 비관적이고, 또 의지력이 약할 가능성이 많다. 그래서 한 번 실패하면 영원히 일어서지 못한다. 하지만 삶의 어두운 면을 담담하게 받아들일 수 있는 사람은 질책과 치욕, 고통을 정확하게 직시하고 자신이 전진할 수 있는 원동력으로 삼는다. 이런 사람들이야말로 진정한 승자이다.

한번은 극작가 차오위曹禺가 그의 친구 아서 밀러Arthur I. Miller를 집에 초대했다. 두 사람이 잡담을 나누던 중에 아서 밀러가 이렇게 말했다. "당신 같은 노작가는 분명 영예와 아첨 속에 둘러싸여 지내겠지요?" 이에 차오위가 웃으며 일어서더니 책장에서 정성들여 표구를 한 서신 하나를 꺼냈다. 화가 황용위黃永玉가 그에게 남긴 서신이었는데, 이렇게 쓰여 있었다. "나는 해방 후의 당신의 연극을 좋아하지 않습니다. 그 어떤 것 하나도 마음에 들지 않습니다. 내가 보기에 당신의 마음이 이미 희극을 떠난 것 같습니다. 당신은 위대한 창작의 감성을 잃어버린 것 같습니다. 어쩌면 당신이 지위에 집착했기 때문일 겁니다! 명제도 흐릿하고, 구성도 세밀하지 못하며, 극 전개에 대한 분석도 철저하지 않습니다. 과거 절묘했던 쉼표와 박자, 극 전개의 속도와 절정의 높낮이를 치밀하게 배치하던 것들이 모조리 사라졌습니다……." 서신의 내용은 차오위를 신랄하게 비판하고 있었으며, 심지어 수치심마저 안겨주고 있었다. 아서 밀러는 도무지 이해가 되지 않았다. 이처럼 기분을 상하게 하는 편지를 왜 정성들여 표구까지 해서 보관하고 있는 걸까? 이에 차오위는 바로 이 서신 덕분에 끊임없이 자신에게 채찍질을 하고 있다고 설명했다. 마음이 나태해질 때마다 그 서신을 꺼내 읽으면서 앞으로 전진할 수 있는 힘을 얻는다고 말이다.

살아가다 보면 크고 작은 난관과 굴욕에 부딪힌다. 우리가 결코 피해갈 수 없는 이러한 것들을 어떤 태도로 대하느냐가 관건이다. 만일 당신이 사장의 모욕적인 말에 분노를 느끼고 사표를 던진다면, 당신은 영원히 그에게 당신의 강한 모습을 보여줄 기회를 잃게 된다. 만일 당신이 예비 장모가 던진 말에 자존심이 크게 상해 여자 친구와 헤어진다면, 당신은 인생의 소중한 사랑을 잃게 된다. 어떤 이는 '상처' 때문에 자포자기하고, 또 어떤 이는 '상처' 때문에 한층 노력하여 분발한다. 이것이야말로 진정한 약자와 강자의 차이점이다.

사라라는 여성이 있었다. 그녀는 의과대학에 진학해서 졸업 후 의사가 되는 것이 꿈이었다. 가난한 고학생이었던 사라는 집 근방의 러트거스대학 뉴어크 캠퍼스에 입학했다. 집에서 학교를 다니면 기숙사 비용을 아낄 수 있기 때문이었다. 그렇게 해서 예과 과정에 진학한 그녀는 우수한 성적을 거두었다. 그러던 어느 날 과주임이 그녀에게 의과대학에 진학할 수 있는 장학금을 받게 되었다며 희소식을 전해주었다. 그러나 이어서 들려주는 소식에 그녀는 크게 실망하고 말았다. 비록 장학금을 받더라도 1만 달러의 추가 비용이 필요했던 것이다. 그녀로서는 도저히 마련할 수 없는 거액의 돈이었다. 결국 사라는 학교를 자퇴할 수밖에 없었다. 집으로 돌아오는 길에 사라는 어머니에게 전화를 걸어 이제 의사의 꿈을 접어야 한다는 소식을 알려주었다.

"너무 낙담하지 마라."

그녀의 어머니가 위로하며 말했다.

"어쩌면 좋은 일이 생길지도 모르잖니!" 사라는 레스토랑에서 일하며 돈을 모아 뉴저지 주의 의과대학에 진학했다. 그리고 졸업 후 제약회사 영업사원으로 일하게 되었는데, 처음으로 접한 판매업에 그녀는 남다른 흥미를 느끼게 되었다. 그 뒤 사라는 서부의 소형 인테리어 소품 회사에 취직했다.

이 회사에서 사라는 많은 손님이 셀프 인테리어를 위해 재료를 사러 오는 모습을 보았다. 하지만 회사의 규모가 작아서 고객들은 번번이 원하는 물품을 구하지 못하고 빈손으로 되돌아갔다. 그 모습에 사라는 새로운 아이디어가 떠올랐다. 만일 주방 설비용품 상점, 페인트 상점, 목재 상점이 한곳에 입주한 대형마트가 있다면 고객들이 한꺼번에 필요한 물품을 구매할 수 있어서 매우 편리할 것이라는 생각이 들었던 것이다.

1978년 어느 날 사라는 자신의 아이디어를 사장에게 건의했다. 자신의 건의를 받아들여 회사 규모를 키웠으면 하는 바람이었다. 그러나 사장은 사라의 아이디어에 부정적인 반응을 보였다. 오히려 사라가 자신 앞에서 능력을 과시하며 사장의 권위를 무시한다고 여겨 그녀를 해고하고 말았다.

뜻밖의 해고에 사라는 큰 충격을 받았다. 당시 사라는 두 아이가 대학에 입학한 데다 남편의 월급도 그리 풍족하지 않은 편이었다. 게다가 은행에 대출금을 갚고 있는 상태였기에 급작스런 실직에 당장에 경제적 어려움을 겪을 수밖에 없었다. 실의에 빠진 사라는 문득 어머니가 항상 해주던 말이 떠올랐다. 비록 어머니는 이미 돌아가시고 안 계셨지만, 마치 옆에서 위로를 해주는 듯했다. "너무 낙담하지 마라."라고.

이에 용기를 얻은 사라는 자신이 직접 회사를 세우기로 결심했다. 대형 인테리어 자재 마트를 설립하는 구상을 세우기 시작한 것이다. 사라는 비교적 많은 인구수를 차지하는 직장인을 목표 고객층으로 잡았다. 이들이 셀프 인테리어 열풍을 이끄는 주력 집단이었기 때문이다.

사라는 자신과 의기투합할 수 있는 친구를 찾아 동업자로 삼았다. 그리고 대형 인테리어 자재회사를 세웠으며, 회사는 날로 번창하여 미국 전역은 물론 해외까지 체인점을 열게 되었다.

사라가 평생 잊을 수 없었던 것은 어머니가 항상 입버릇처럼 해주던 말이었다. 어머니의 삶의 철학과 인생 경험이 녹아 있는 '너무 낙담하지 마라'라는 말 덕분에 사라는 사업에 성공할 수 있었다.

'상처'를 타격으로 받아들이느냐, 아니면 당신을 격려해주는 자극제로 받아들이느냐는 전혀 다른 삶의 태도로서 완전히 상반된 인생의 결말을 가져다준다. 자신의 마음을 할퀴는 '상처'를 웃으며 받아들이는 연습을 해보라. 그 상처를 강력한 원동력으로 삼아 분발하여 앞으로 나아가야 한다. 인생길이 항상 예쁜 꽃들과 박수 소리로만 덮여 있다면 오히려 우리의 영혼과 눈을 가릴 수 있다. 바로 이러한 '상처'가 있기 때문에 오히려 자신의 단점을 일찌감치 깨달을 수 있다.

'상처'가 개인 성장의 요소라고 말하려는 것이 아니다. 내가 하고 싶은 말은 인생에는 피할 수 없는 천재지변이나 사람으로 말미암은 재앙이 많다는 것이다. 우리는 그 재앙들을 막거나 바꿀 수도, 거기에 대항할 수도 없다. 하지만 그러한 재앙에 대처하는 방식을 선택할 능력이 있다. 설사 큰 손실을 입더라도 그 일을 통해 유익한 것들을 배울 수 있다. 만일 당신이 불행하게도 '상처'를 입게 된다면, 자신에게 말해주어라. 그 '상처'를 통해 인내심을 단련하여 강자가 될 수 있다고.

경박한 사람은
기다릴 줄
모른다

사람들의 마음 한구석에는 우리를 불안에 떨며 침착하지 못하게 하는 힘이 있다. 바로 경박함이다. 경박함은 성공, 행복, 즐거움의 가장 큰 적이다.

특히나 사방에 유혹이 도사리고 있는 이 시대는 사람들을 자꾸 경박하게 만든다. 예컨대 시내버스 정거장에서는 질서 있게 줄을 서서 차를 타기보다는 수많은 사람이 우르르 모여서 서로 먼저 타려고 몸싸움을 벌이는 모습을 볼 수 있다. 매표소에서도 조금이라도 앞에 선 사람이 능장을 부리면 이내 뒤쪽에서 짜증스러운 불평 불만이 쏟아진다. 누군가 주식으로 돈을 벌면 자신도 벼락부자를 꿈꾸며 앞다퉈 주식을 매입한다. 이처럼 조급하고, 불안하고, 변덕스러운 모습을 우리는 셀 수 없이 많이 본다.

우리가 살고 있는 이 시대의 가치관은 비싼 자동차와 근사한 집, 사치품으로 자신의 존재를 증명하도록 종용한다. 그렇지 않으면 '루저loser' 취급을 받으니까 말이다. 그와 동시에 고귀하고 소중한 것들에 우리는 소홀하게 된다. 사람들의 마음은 더욱더 경박해지고 인내심이 결핍되어, 무슨 일이든 수박 겉핥기식으로 대충 하다 말기 일쑤이다. 날이 갈수록 탐욕에 빠져 항상 모든 것을 독차지하려고 한다. 사실상 이러한 경박한 마음은 당신의 성공에 아무런 도움이 되지 않으며 오히려 걸림돌이 된다. 당신이 냉정하게 문제를 생각해야 할 때에 경박함은 스스로 걱정거리를 만들고 이해득실에 연연하게 한다. 그래 가지고서야 어떻게 목표를 이룰 수 있겠는가?

샤오량小梁이라는 대학 친구가 있었다. 우리가 졸업한 학교는 비교적 명성 있는 대학이라서 취업에 그다지 어려움이 없었다. 그래서 샤오량은 대학을 졸업하자마자 순조롭게 어느 대형 국유기업에 채용되었다. 이제 막 회사에 입사한 샤오량은 열정과 패기가 넘쳤다. 각고의 노력으로 업무에 매진한 덕분에 사장으로부터 칭찬을 받았고, 연말에는 우수사원으로도 뽑혔다. 그다음 해에도 샤오량은 변함없이 전심전력을 다해 일에 열중했다. 입사 첫해에는 충분히 기반을 다졌으니, 이제는 승진하는 일만 남았다고 여겼다. 그러나 현실은 그의 바람과는 달랐다. 샤오량의 입사 동기는 연달아 승진했는데, 샤오량만이 그 자리에 남은 것이다. 샤오량은 점점 평정심을 잃어가기 시작했고, 급기야 이직을 하고 싶은 마음이 싹트기 시작했다.

그러던 어느 날, 별다른 생각 없이 동창회 모임에 나간 샤오량은 적잖은 충격을 받았다. 동기들은 저마다 지난 2년간의 직장 생활을 통해 나름대로 두각을 나타내면서 인정을 받고 기반을 닦고 있었다. 게다가 대학 시절에 함께 기숙사 생활을 했던 친구 펑펑馮峰이 IT 기업의 부팀장이 되어 월수입이 자신의 세 배에 달한다는 사실을 알고 경악했다. 학업 성적이나 말솜씨, 능력 등 모든 면에서 자신보다 뒤떨어지는 펑펑이었다. 샤오량은 씁쓸한 마음을 가눌 길이 없었다. 입으로 음식을 집어넣고 있었지만 무슨 맛인지도 모를 정도였다. 그와 더불어 '이직'의 열망은 한층 불타올랐다. 샤오량은 살그머니 펑펑 옆자리로 옮겨 앉아 '이직'에 대한 생각을 털어놓으며 도움을 요청했다. 펑펑은 친구 간의 의리를 내세우며 호기롭게 말했다. "그럼 우리 회사로 와. 너는 본래 나보다 더 뛰어난 친구였잖아. 분명 크게 기용될 거야. 내가 우리 사장님께 너를 추천할게……."

그렇게 해서 샤오량은 첫 번째 '이직'을 감행했다. 그가 회사를 떠나려고 하자 사장이 극구 만류하고 나섰다. 그리고 본래 2년여 정도 하부조직에서 경험을 쌓게 한 뒤 중요 부서로 승진시킬 계획이었다고 설명해주었다. 그러나 혈기왕성한 샤오량은 사장의 말이 단 한마디도 귀에 들어오지 않았다.

새 회사로 이직한 샤오량은 전심전력을 다해 일에 몰두했다. 그 결과 그는 얼마 지나지 않아 사장의 두터운 신임을 받게 되었다. 1년 후 샤오량은 마침내 업무 팀장으로 승진했을 뿐만 아니라 대학 동기를 부하직원으로 부리게 되었다. 그제야 샤오량은 속이 후련해지면서 기고만장해지는 느낌이었다. 그러나 호시절은 그리 오래가지 못했다. 국외 기업들이 물밀듯이 쏟아져 들어오면서 IT 업계의 경쟁이 나날이 치열해졌고, 결국 회사는 파산 위기에 처하고 말았다. 그제야 샤오량은 후회하기 시작했다. 전에 있던 회사에서 1, 2년만 더 참고 일했다면 아마 지금쯤 주요부서의 중견 간부로 승진했을 텐데…….

급기야 샤오량은 사장에게 사직서를 내밀었다. 사장은 우수한 인재를 놓치고 싶지 않아 사표를 반려했다. 펑펑 역시 그를 만류하며 설득했다. "지금 회사가 위기에 처해 있는데, 이럴수록 일심동체가 되어 난관을 헤쳐 나가야 하잖아. 이대로 사표 던지고 훌쩍 떠나면 안돼!" 하지만 샤오량의 마음은 이미 회사를 떠난 상태였다. 수차례의 만류에도 샤오량이 꿈쩍도 하지 않자 결국 사장은 그의 사표를 수리했다. 일말의 죄책감을 느끼며 사장실을 나오던 샤오량은 매우 실망스러운 표정으로 그를 바라보는 사장의 얼굴을 미처 보지 못했다.

두 번째 사표를 던진 뒤, 샤오량은 오랜 기간 여러 직장을 전전하며 자리를 잡지 못했다. 상사의 불공정한 대우를 참지 못해 사표를 던지거나 너무 낮은 봉급에 자존심이 상해 사표를 던지는 등 이유는 다양했다. 결국 샤오량은 시골 고향으로 내려가 친척의 연줄로 현縣 정부의 말단 공무원으로 일하게 되었다. 경쟁이 치열한 직장 생활에서 벗어나 날마다 차나 마시고 신문이나 뒤적이는 한가한 생활을 하게 되자 샤오량은 온몸이 근질근질하는 듯했다. 게다가 정부 부서의 인사이동은 인맥과 매우 밀접하다는 사실을 발견했다. 결국 인간관계가 매끄럽지 못한 샤오량은 승진은 꿈도 꾸지 못한 채 말단 하급 공무원으로만 남게 되었다.

그로부터 수년 뒤 또다시 동창회가 열렸다. 자신만만하고 의기양양한 동창생들 사이에 낀 샤오량은 열등감과 무기력함에 휩싸이고 말았다. 동창회 모임에는 펑펑도 참석했다. 뜻밖에도 펑펑은 부사장 직책에 올라 있었다. 알고 보니 샤오량이 회사를 떠난 뒤 얼마 지나지 않아 회사가 외국 대기업에 합병되었던 것이다. 펑펑은 수입은 물론, 직책, 견식 모든 면에서 샤오량과는 비교도 안 될 만큼 월등하게 앞서 있었다.

사실 우리 주변에는 샤오량처럼 '조급증'이 있는 젊은이들이 많다. '조급증'으로 말미암아 그들은 무슨 일을 하든 마음의 평정을 찾지 못한다. 냉대, 푸대접에는 더더구나 견디지 못한다. 바로 경박함의 전형적인 표출이다.

성공하려면 경박함을 극복해야 한다. 우선은 남과 비교를 하는 데 일정한 정도를 지켜야 한다. 우리는 걸핏하면 남과 자신을 비교하며, 남보다 뒤떨어지는 것을 견디지 못한다. 물론 비교도 좋은 점이 있다. 비교를 통해 스스로를 객관적으로 평가할 수 있어서 자아 인식의 중요한 방법이기도 하다. 그러나 비교를 할 때도 정도가 있어야 한다. 가령 비교 대상의 능력, 지식, 기술, 투자 등이 자신과 비슷한지를 살펴봐야 한다. 그렇지 않으면 비교 자체가 불가하고 그 결과 역시 신뢰할 수가 없다. 예컨대 음악에 아무런 재능이 없는 사람이 피아노 신동과 자신을 비교한다면, 결국 자신감을 잃게 되어 초조감만 커져서 오히려 조급증만 부채질하게 된다. 비교 대상이 있는 것은 좋은 일이지만, 과도해서는 안 된다. 과도한 비교는 경박한 심리만을 키우게 된다는 것을 잊지 말아야 한다.

그다음으로 실무 정신을 키워야 한다. 실무는 바로 '실사구시實事求是'의 정신을 뜻하며 경박함의 상대적 개념이다. 조급하고 경박한 사람은 대개 눈만 높고 현실에 맞는 실질적인 업무를 수행하는 능력이 부족하다. 그렇기 때문에 실무 정신을 기르면 조급하고 경박한 단점을 고치는 데 도움이 된다.

만일 우리가 차분하고 안정된 마음으로 열심히 공부를 하거나 업무를 수행한다면 이전보다 훨씬 좋은 성과를 거둘 수 있다. 마음 한편의 조급한 마음을 버려야만 인생의 행복과 즐거움을 찾을 수 있다. 우리는 살아가면서 종종 마음을 식혀줄 물을 뿌릴 필요가 있다. 지나치게 뜨겁게 타오르는 욕망에 물을 뿌려 잠재우며 마음을 안정시켜야 한다. 그래야만 인생의 진정한 즐거움을 느낄 수 있다. 구태여 경박한 세상에서 비현실적인 것들을 좇으며 마음을 애태울 필요가 없다.

침착하고
차분한 사람일수록
삶이 즐겁다

예전에는 세상이 느리게 돌아갔다. 그때는 먼 지방에 사는 친척이 보낸 편지를 수개월 만에 받아도 그저 반갑고 좋을 뿐이었다. 하지만 지금은 단 몇 분이라도 SNS를 못 보거나 문자 회신을 받지 못하면 금세 마음이 조급해지고 심란해진다. 예전에는 버스를 타려면 버스 정거장에서 수십 분을 기다리는 것이 아주 당연했다. 하지만 지금은 운전 중에 앞차가 조금이라도 늑장을 부려도 미친 듯이 경적을 울리거나 추월하기 일쑤이다. 지금의 우리는 무슨 일을 하든 시간에 쫓기며 산다. 지각할까 봐 헐레벌떡 뛰어가고, 허둥지둥 모임에 나가고, 허겁지겁 밥을 먹는다.

조급함과 외로움을 견디지 못하는 것은 이미 일종의 사회적 양상이 되었다. 선조들의 "동쪽 울타리 밑에서 국화를 꺾어 들고 멀리 남산을 바라본다."는 침착함과 차분함, "영예와 굴욕에 놀라지 않고 한가롭게 뜰 앞의 피고 지는 꽃을 바라본다."는 여유로움은 우리들에게서는 흔적조차 찾아볼 수 없다. 이러한 정취를 잃어버리는 동시에 삶의 여유를 느끼는 즐거움조차 잃고 말았다.

그렇기에 차분하고 침착한 마음가짐을 지니고 외로움을 견디는 것은 단순한 심리 상태가 아니라, 우리가 살아가면서 반드시 가져야 할 인생 태도이다. 오늘날의 사회에서 침착한 마음으로 외로움을 이겨내는 일은 생각만큼 쉽지 않다. 이것 역시 단숨에 길러지는 것이 아니라서 오랜 시간 단련의 과정을 거쳐야 한다.

얼마 전에 출장을 나갔다가 기차에서 젊은 청년을 만난 적이 있다. 그때 청년은 내 앞좌석에 앉아 있었다. 승객들의 말소리와 어린 아이의 울음소리로 소란스럽기 짝이 없는 가운데서도 청년은 조용히 책을 읽고 있었다. 마치 주변의 모든 것들과 차단된 공간에서 홀로 앉아 있는 사람처럼 말이다. 그가 책을 놓고 잠시 휴식을 취하는 틈을 타서 나는 청년에게 말을 붙였다. 청년은 온라인 마켓을 운영하고 있었는데, 처음 입점할 당시에는 숱한 난관에 부딪혔다고 털어놓았다. 동종 업계 종사자의 악의적인 고소와 구매자의 악성 댓글이나 반품, 택배 분쟁 등의 문제가 끊임없이 일어나서 밤에 잠을 못 이루는 적이 한두 번이 아니었다. 심지어 스트레스가 극에 달해 원형탈모증까지 걸리기도 했다.

하지만 그보다 더 괴로운 일은 오랜 시간 홀로 컴퓨터 앞에 앉아

일해야 하는 것이었다. 지출을 줄이고 단가를 절약하기 위해 온라인 마켓의 모든 일을 혼자서 다 처리했던 것이다. 상점의 물품 품목 관리, 고객 질문에 답글 달기, 주문서를 뽑아서 창고에서 상품을 꺼내 고객에게 배송하는 일까지 혼자서 다 했다. 하루 종일 말이라고는 택배사원이 물건을 가지러 왔을 때 나누는 서너 마디가 전부였다. 가족들도 저마다 일이 바빠서 그를 도와주지 못했다. 날마다 일을 하는 시간을 빼면 창밖을 멍하니 바라보는 것이 전부였다. 바쁠 때 는 그나마 조금 나았다. 그러나 일단 시간이 한가해지면 물밀듯이 밀려오는 무료함과 외로움을 견디기가 힘들었다. 한때는 외로움을 견디지 못해 한밤중에 나이트클럽이나 술집을 찾아다니기도 했다. 하지만 미친 듯이 술을 마시고 놀수록 오히려 공허감만 더했다. 심 지어 모든 것을 다 포기하고 싶은 생각마저 들었다.

그 후 청년은 마음을 바꿔서 시간이 날 때마다 책을 읽기 시작했 다. 그리고 작은 화분 하나를 사서 정성껏 키우기 시작했다. 그러면 서 그는 차츰 "혹독한 추위를 참고 견딜 수 있어야만 따뜻하고 화창 한 봄날을 맞이할 수 있다."라는 진리를 깨닫게 되었다. 만일 당신이 고난과 외로움을 이겨내고 매사 차분하게 대응할 수 있다면, 그 어 떤 외로움과 시련 속에서도 즐거움과 평안을 얻을 수 있다.

성공을 거두기 전까지의 외로움과 공포감을 이겨내는 것은 매우 어려운 도전이기도 하다. 하지만 그 외로움을 견딜 수 있어야만 우 리는 보다 성숙해질 수 있다.

모든 것이 빠르게 움직이며 하루가 다르게 변하는 오늘날의 생활에서 '빠르다'는 것은 일종의 시대적 풍조가 되었다. 특히 젊은이들은 일정한 기간 동안 그에 걸맞은 성과를 거두지 못하면 평생 낙오자로 살아야 된다는 불안감에 시달린다. 그래서 무엇이든 빨리 처리하고 당장의 성과를 거두는 데 급급한 나머지 결과적으로는 아무것도 이루지 못한 채 주저앉기 십상이다. 다음의 이야기는 우리에게 많은 깨달음을 준다.

어느 농부가 씨앗 두 톨을 땅에 심었다. 씨앗은 이내 싹이 터서 금세 작은 묘목으로 자랐다. 첫 번째 나무는 하늘 높이 우뚝 솟은 큰 나무로 자라기로 결심했다. 그래서 필사적으로 땅속의 양분을 빨아들여 몸에 축적하며 가지를 키워냈다. 오로지 몸을 키울 궁리만 하는 탓에 처음 몇 년 동안에는 아무런 과일도 맺지 못했다. 이 때문에 농부의 화를 돋우고 말았다.

두 번째 나무도 필사적으로 양분을 빨아들였다. 이 나무는 크게 자라기보다는 하루라도 빨리 열매를 맺으려고 노력했다. 덕분에 얼마 지나지 않아 탐스러운 과일이 열렸다. 이에 농부는 크게 기뻐하며 날마다 두 번째 나무에게 물을 주는 것을 잊지 않았다. 그렇게 많은 시간이 흘렀다. 오랫동안 몸을 키우느라 꽃을 맺지 못했던 첫 번째 나무는 크고 우람한 거목으로 변했다. 그리고 몸 안의 양분으로 커다랗고 달콤한 열매를 주렁주렁 맺기 시작했다. 반면에 일찌감치 열매를 맺었던 두 번째 나무는 제대로 자라지도 못한 상태에서 무리하게 열매를 맺느라 몸 안의 양분이 고갈되고 말았다. 열매는 쓰고 맛이 없었으며, 줄기도 점차 시들더니 이내 메마르기 시작했다. 결국 농부는 나무를 패서 땔감으로 사용하고 말았다.

이제 막 직장 생활을 시작한 대부분의 젊은이는 위의 두 번째 나무와 같다. 냉대와 푸대접 속에서 마음속의 포부를 마음껏 펼칠 수 없다는 불만으로 가득 차 있다. 그들은 십여 년을 죽자 사자 일하면 언젠가는 자신의 꿈을 이룰 기회가 올 것이라고 여긴다. 그러다 어느 날 그들은 문득 깨닫는다. 초등학교도 졸업하지 않은 사람들도 할 수 있는 일을 자신이 하고 있다는 사실을 말이다. 이내 이들은 번민에 빠지고 만다. 삶이 너무 불공평하다고 세상을 탓하고, 심지어 자신이 애초에 어렵사리 얻은 직장마저 포기하기에 이른다.

하지만 사실상 대부분의 신입사원은 모두 말단 부서에서부터 근무를 시작한다. 이는 회사가 신입사원을 일부러 괴롭히기 위해 그러는 것이 아니다. 아주 기본적인 업무부터 시작해서 기업의 생산경영과 고객층을 완전히 이해하고 파악할 수 있어야 한다. 그래야 나중에 바쁘고 중요한 업무를 처리할 때도 실수 없이 순조롭게 처리할 수 있다. 인내심을 갖고 '단순한 업무'를 실수 없이 잘 해내는 사람에게 사장도 안심하고 '중요한 업무'를 맡길 수 있지 않겠는가?

가장 큰 성공은 냉대와 푸대접 속에서도 인내하고 견디는 사람에게 찾아온다. 아무도 인정해주지 않고 도와주지 않더라도 끊임없이 경험과 지식을 쌓아야만 당신의 앞길을 꽃길로 만들 수 있다.

"급하면 체한다."라는 말이 있다. 성공에 급급한 사람은 어쩌면 처음에는 좋은 성과를 보일지도 모른다. 그러나 그에게는 앞으로의 결실을 맺는 데 필요한 영양분이 이미 고갈되기 쉽다. 반면에 푸대접과 외로움을 견디는 사람은, 묵묵하게 자신의 능력을 키우는 데 집중한다. 그리고 일단 기회가 주어지면 단번에 성공을 거머쥐기 마련이다. 성공으로 이르는 길은 끝도 없는 고난의 길이다. 그 과정에서 우리는 평화롭고 즐거운 마음을 항상 잃지 말아야 한다.

당신이
남을 부러워할 때,
그 누군가도
당신을 부러워하고 있다

사람들은 남과 자신을 비교하는 것을 좋아한다. 특히 우리가 살고 있는 사회는 경쟁사회라서 우리는 원하든 원하지 않든 경쟁에 끼어들기 마련이다. 사회가 하루가 다르게 발전할수록 생활 리듬은 더욱 빨라지고, 경쟁도 더욱 치열해진다. 이처럼 눈앞이 빙빙 돌 정도로 빨리 돌아가는 생활 속에서 자신의 기반을 세우기 위해서는 반드시 경쟁에 참여해야 한다. 그러한 끝도 없는 경쟁과 비교 속에서 부러움과 질투가 생겨나는 것은 너무도 당연하다.

이런 우화가 있다. 돼지가 만일 다시 태어날 기회가 생긴다면 소가 되고 싶다고 말했다. 일하는 것은 조금 굼뜨지만 그래도 사람들이 칭찬하고 소중하게 여겨주니 말이다. 이에 소는 만일 다시 태어나면 돼지가 되고 싶다고 말했다. 실컷 자고 먹으면서 일도 하지 않고 빈둥거리며 신선처럼 살 수 있으니 말이다. 그랬더니 독수리가 다시 태어난다면 닭이 되고 싶다고 말했다. 마실 물과 모이도 항상 준비되어 있고, 편히 잘 수 있는 방도 있는 데다 사람들이 날짐승으로부터 보호해주니까. 그러자 닭은 다시 태어나면 독수리가 되고 싶다고 말했다. 두 날개를 활짝 펴고 푸르른 창공을 마음껏 날아오르며 토끼와 닭을 사냥할 수 있다고……

위의 우화에서처럼 우리도 항상 누군가를 부러워한다. 다른 사람의 직업과 새로 장만한 아파트, 그리고 근사한 자가용을 부러워한다. 그러면서도 정작 까먹는 것이 있다. 나 역시 누군가의 부러움의 대상이라는 사실을 말이다.

심신이 건강한 사람도 알게 모르게 누군가를 부러워하는 심리가 있다. 다만 누군가는 부러워하는 모습이 쉽게 겉으로 드러나고, 또 누군가는 용케 잘 감추는 정도의 차이가 있을 뿐이다. 이러한 심리는 결코 나쁜 것이 아니다. 아니 누군가를 부러워하는 마음을 잘 활용하면 능동적으로 자기 발전을 꾀할 수 있는 원동력이 된다. 즉, 당신이 부러워하는 사람의 장점을 본떠서 배우며 단점을 없앨 수 있다. 그러나 자칫 잘못하면 질투와 시기심으로 번져 시시비비를 불러일으킬 수 있다.

도대체 성공이란 무엇일까? 나는 오랜 시간이 지난 뒤에야 비로소 깨달았다. 성공은 크나큰 부를 축적하는 것도 아니고, 또 높은 지위에 올라 권력을 가지는 것도 아니다. 간단히 한마디로 정의하자면, 성공은 자신의 방식대로 즐겁게 살아가는 것이다. 그렇기에 성공은 사적인 영역으로 개개인마다 다르므로 굳이 남을 부러워할 필요가 없다. 특히 부러운 마음이 너무 오래되면 질투와 시기심으로 변할 수 있다.

그리스 신화 속의 메두사는 본래 대단히 아름다운 용모의 여인이었다. 특히나 그녀의 풍성하고 윤기 나는 머리카락은 뭇사람의 시선을 사로잡았다. 사람들은 메두사를 아테네보다 더 아름답다며 찬사를 아끼지 않았는데, 이는 아테네의 분노를 불러일으켰다. 설상가상 메두사가 바다의 신 포세이돈과 사랑에 빠졌다는 소식은 오랫동안 포세이돈을 짝사랑하던 아테네의 가슴에 불을 지르고 말았다. 그래서 아리따운 여인 메두사는 지혜의 여신 아테네의 질투의 대상이 되었다. 급기야 아테네는 메두사의 아름다운 금발을 독사로 바꾸었고, 메두사의 아름다운 눈과 마주치는 사람은 돌이 된다는 저주를 내리기에 이르렀다. 하루아침에 메두사를 무시무시한 괴물로 만들어놓고서도 아테네는 분이 풀리지 않았다. 그녀는 페르세우스를 보내 메두사의 머리를 잘라 오게 해서 자신의 왕관의 장식품으로 사용했다. 이 얼마나 무서운 여인인가? 그것은 순전히 질투 때문이었다. 질투심이 지혜의 여신 아테네마저 물불 안 가리는 악독한 여인으로 만들어 놓은 것이다.

하느님이 어느 여인에게 이렇게 말했다. "소원 하나를 말해보아라.

무엇이든 다 들어주마. 대신 너의 이웃은 갑절의 보답을 받게 될 것이다." 하느님이 소원을 들어준다는 말에 여인은 하늘로 뛰어오를 듯 기뻤지만, 이내 깊은 고민에 빠지고 말았다. '만일 내가 보석 상자를 얻게 되면 이웃의 여편네는 두 상자를 얻게 된다는 말이잖아. 또 아름다운 얼굴과 몸매를 빌면, 그 여편네는 나보다 갑절은 아리따운 미녀가 될 텐데.' 이리저리 생각을 해봐도 왠지 자신이 손해라는 생각이 들었다. 이웃집 여인이 자신보다 더 많은 것을 갖게 된다는 사실이 죽기보다 싫었던 것이다. 결국 골똘히 생각에 잠겨 있던 여인은 마침내 마음의 결정을 한 듯 벌떡 일어나 이렇게 말했다. "하느님, 저의 한쪽 눈을 뽑아 주십시오!" 이처럼 자신에게 아무런 이득이 없는데도 남에게 손해를 끼치는 것이 바로 질투이다.

이야기가 다소 과장된 면이 없잖아 있지만, 이치가 그렇다. 남을 부러워하는 것은 매우 정상적인 심리이다. 자신보다 더 뛰어나고 강한 사람을 부러워하고 그와 비슷해지기를 바라는 마음은 자기 발전에도 매우 긍정적인 역할을 한다. 하지만 그 부러움이 지나쳐서 급기야 자신감을 잃고 자포자기에 이른다면 그야말로 어리석기 짝이 없는 행동이다.

우리는 누구나 자신에게만 맞는 신발이 있다. 그런데도 자신의 발에 맞지도 않는 남의 신발을 억지로 신는다면 발이 불편해지는 것은 둘째 치고 발목을 다칠 수가 있다. 그렇기 때문에 우리는 자신의 발에 맞는 신발을 신어야 한다. 남의 신발을 탐내는 허황된 욕심은 이

득은커녕 오히려 손해만 가져온다는 것을 알아야 한다.

생활 방식에는 빈부의 차이도, 신분의 차이도 없다. 자신에게 맞는 편안하고 즐거운 삶을 사는 것이 가장 좋다. 생활은 우리가 존재하는 형식이며, 생활 방식은 우리의 생활 습관이다. 개인의 취향에 따라 생활 방식의 좋고 나쁘고를 따질 수는 없다.

사람은 저마다 다르기 때문에 각자가 선택하는 생활 방식도 제각각인 것은 너무도 당연하다. 때문에 우리는 타인의 생활 방식을 존중해줘야 한다. 그래야만 자신도 남의 눈치를 보거나 그 어떤 심리적 부담 없이 자기가 원하는 생활 방식을 자유로이 선택할 수 있다.

만일 부러움을 긍정적인 경쟁력으로 바꾼다면 당신이 부러워하는 그 사람의 재능을 본받기 위해 노력하고, 또 그를 앞설 수 있다. 마찬가지로 누군가가 당신보다 월등한 성과를 올린 것이 부럽다면 더욱 분발하여 그 사람보다 더 뛰어난 성취를 거둘 수도 있다. 이처럼 긍정적인 경쟁 심리는 당신에게 커다란 성취를 안겨주고, 더 나아가서는 당신이 부러워 마지않던 그 사람과 어깨를 겨눌 수 있는 위치에 오르게 해준다. 하지만 아무런 노력도 하지 않은 채 그 사람의 성과를 시기하고 무너뜨릴 궁리만 한다면 당신의 인생은 위기에 빠지고 말 것이다.

"재능과 덕을 겸비한 사람을 보면 본받으려고 열심히 노력하라." 그의 성취를 당신의 목표로 삼고 그 목표를 달성하기 위해 고군분투하며 전진하는 것이 현명한 삶의 태도이다. 그의 성공에 대한 울분을 누그러뜨리는 법도 배워야 한다. 만약 상대방을 실패자로 만들고 싶다면 당신이 노력해서 그 사람보다 더 뛰어난 성과를 거두는 것이 최고의 방법이다.

인생은 연령대별로 특성이 있다. 10대에는 단순하고, 20대에는 활력이 넘치며, 30대에는 고군분투하고, 40대에는 안정적으로 변하며, 50대에는 운명을 받아들일 줄 알게 되고, 60대에는 인생의 이치를 깨닫게 된다. 우리는 군이 이제 막 사회생활에 뛰어든 혈기왕성한 20대에 40대가 이루어놓은 명예나 이익을 부러워할 필요가 없다. 반면에 40대의 나이에 이르러서 20대의 젊음을 아쉬워하고 부러워할 필요도 없다. 부러움은 우리가 피할 수 없는 정서이지만, 그것을 오늘을 소중하게 보내는 역량으로 바꿀 수 있다. 지금 당신이 서 있는 자리에서 최선을 다한다면 당신의 인생에 후회는 없을 것이다.

소극적인 시대에는
적극적인 마음을
유지해야 한다

　얼마 전에 친구들과의 모임에서 우리가 살고 있는 이 시대의 발전 상에 대해 열띤 토론을 벌인 적이 있다. 친구들은 우리가 과거에는 상상조차 할 수 없었던 시대에 살고 있다고 입을 모아 말했다. 과학 기술이 눈부신 속도로 발전하고, 정보 산업이 발달하여 세계 곳곳이 하나가 되는 글로벌 시대가 되었다고 말이다. 하지만 정작 나는 우리가 소극적인 시대에 살고 있다고 주장했다. 나의 말에 친구들은 눈을 동그랗게 뜬 채 의아한 표정으로 바라봤다.

　내 설명은 이랬다. "너희들이 놀라는 것도 충분히 이해하고, 또 과학 기술의 관점에서 보면 너희들이 말이 옳다는 것도 인정한다. 하지만 우리는 한 가지 중요한 것을 잊고 있다. 그것은 바로 인간의 정신 상태이다."

"현대 사회가 눈부신 속도로 발전하고 있지만, 전통적인 관념과 현대의 가치관 사이의 충돌은 점점 심각해지고 있다. 현대의 생활 방식은 이전과는 크게 변화하면서 전통적인 가치관의 존재 기반까지 흔들고 있다. 현대 사회는 전면적으로 개방된 사회로서 다양한 사상적 충돌이 일어나고 있고, 외래 사상의 도입으로 전통적인 사상이 크게 약화되었다. 설상가상 지금 중국은 대전환의 시기에 접어들어 다양한 사회적 문제가 나타났기에 우리는 사회와 자신의 삶에 대해 소극적인 견해를 갖게 되었다."

나의 말을 듣고 난 친구들은 묵묵히 깊은 생각에 빠졌다. 사실 우리는 매우 특수한 시대에 살고 있다. 전통적인 가치관은 이미 산산조각이 났고, 새로운 가치관은 아직 확립되지 않은 상태이다. 이러한 시대에서 우리가 자신에 대한 믿음이 부족한 것은 어떤 의미에서는 당연하다. 또한 그것은 우리가 앞으로 나아가기 위해 거쳐야 하는 필수적인 과정이기도 하다.

하지만 우리가 소극적인 시대에 살고 있다고 해도, 우리는 적극적인 방식과 태도로 우리 인생을 꾸려갈 선택권이 있다. 적극적인 마음가짐으로 자신이 꿈꾸는 인생을 그려나갈 수 있다.

그러기 위해서는 자신이 무엇을 원하는지 정확히 파악해야 한다. 그리고 자신의 실제 상황과 결합하여 현대의 환경에 가장 적합한 자신의 행복 계획을 세워야 한다.

찰스 디킨스Charles Dickens는《두 도시 이야기》의 머리말에서 이런 말을 했다. "세계는 지금 가장 좋은 시대이자, 가장 나쁜 시대를 마주하고 있다." 그 어떤 시대도 절대적으로 소극적이거나 혹은 적극적이지 않다. 소극적인 시대라고 해서 우리가 소극적인 인생을 살아야 한다는 것을 의미하지는 않는다. 그것은 우리 스스로의 선택에 달려 있다.

현실 생활에서 우리는 저마다 다른 가치관과 인생관을 갖고 있다. 그래서 행복에 대한 정의나 이해도 제각각이다. 사실 우리의 인생은 행복한 삶에 대한 끊임없는 추구라고 할 수 있다. 행복을 거부하는 사람도 없고, 또 행복을 포기하는 사람도 없다. 우리는 자신이 어떠한 행복을 추구하고 있는지를 명확하게 알아야 한다. 다른 사람의 기준에서 그 사람의 행복을 자신에게 강요해서도 안 된다. 어린 시절에는 달콤한 사탕 하나를 먹는 것만으로도 우리는 큰 행복을 느꼈다. 하지만 지금은 어떠한가? 당신은 하루 종일 사탕과 초콜릿을 먹는 것에 행복감을 느끼는가? 사람의 욕망은 끊임없이 변화할 뿐만 아니라 마침표가 없다. 어쩌면 당신은 지금 이런 생각을 할지도 모른다. 만일 내 월급이 조금만 더 많으면 생활이 훨씬 좋아질 텐데. 과연 그럴까? 생활수준이 나아질수록 당신은 더 큰 욕망을 품기 마련이다.

아마 이런 생각도 할 것이다. 언젠가 고급 주택과 부와 권력, 사회적 명성을 얻게 되면 크나큰 행복감을 느끼게 될 것이라고. 그러한 것들을 얻기 전까지는 행복을 느낄 수 없을 것이라고. 하지만 정작 그처럼 부와 권력, 명성 등 모든 것을 다 가진다고 해서 모두가 인생의 행복을 느끼는 것은 아니다.

우리는 나날이 향상되는 경제의 발전에 쉽게 적응하면서도 생각은 여전히 뒤떨어져 있다. 그래서 생활이 풍족해지고 편해질수록 만족감이나 행복감을 느끼지 못한다. 중국인은 특히나 남과 비교하기를 즐긴다. 심지어 그 비교를 통해 행복감을 느끼기도 한다. 당신의 어린 시절을 한번 되돌아보라. 어린 시절 아버지가 잔뜩 화가 난 목소리로 당신을 야단치던 말을 한번 떠올려 보라. 아마도 '누구누구 집 자식은 항상 반 1등을 독차지하는데, 너는 왜 이리도 못났냐?'라는 말들이었을 것이다. 아버지는 그렇게 야단을 치면서도 정작 당신의 성적이 지난번 시험에서보다 더 높게 나왔다는 사실은 미처 깨닫지 못했을 것이다. '비교'를 통해 우월감, 행복감, 만족감을 느끼는 소극적 시대에서는 적극적이고 긍정적인 마음가짐을 가져야 한다. 그렇지 않으면 물질적인 생활에 만족할수록 당신의 마음은 더욱 공허해질 것이다.

우리가 살고 있는 사회에서는 각양각색의 비정상적인 사건들이 사회도덕의 마지노선을 공격하고, 생존에 대한 스트레스는 더욱 커지며, 사람과 사람 사이의 신뢰가 점차 사라지고, 도덕의 기준은 혼란에 빠지는 등등 일련의 문제들이 우리의 영혼에 충격을 주고 있다. 우리는 이러한 사회적 대환경을 바꿀 수는 없지만, 자신의 마음은 바꿀 수 있다. 적극적이고 진취적인 마음을 유지하는 것이다. 당신이 적극적인 마음가짐으로 사회와 사람을 대한다면 전혀 새로운 삶을 살게 될 것이다.

적극적인 마음가짐을 가진 사람은 모든 것을 다 가진 사람이 아니다. 자신이 갖고 있는 것에 만족하고 즐거움을 느끼는 사람이다. 그들은 삶의 곳곳에 역경과 시련이 도사리고 있어서 삶이 순조롭지만은 않다는 사실을 잘 알고 있다. 그래서 적극적인 마음가짐으로 자신의 삶을 대한다.

살다 보면 자신의 힘으로는 해결할 수 없는 많은 시련이 있다. 하지만 이것들은 해결할 수 있는 희망이 있다. 가령 당신의 수명을 결정할 수는 없지만 대신 사는 날까지 충분히 행복을 누리며 살 수 있다. 또한 날씨를 바꿀 수는 없지만 그 어떤 날씨도 긍정적으로 받아들일 마음이 있다. 당신의 외모는 바꿀 수 없지만 항상 미소를 띤 기분 좋은 얼굴은 만들 수 있다. 다른 사람을 통제할 수는 없지만 당신 자신을 자제할 수 있다. 내일 무슨 일이 일어날지 예측할 수 없지만 오늘 하루를 충실하게 보낼 수 있다. 당장에 결과를 알 수는 없지만 그 과정을 당신이 원하는 대로 만들어갈 수 있다. 모든 일마다 순조롭게 진행되지는 않지만 대신 그 일 하나하나에 정성과 노력을 기울일 수 있다.

우리의 미래에는 수백 수천의 가능성이 놓여 있다. 지금 당신이 보고 있는 것은 그중 하나에 불과하다. 그러므로 제아무리 최악의 상황이더라도 그 뒤편에는 무수히 많은 희망적인 가능성이 기다리고 있다는 사실을 잊어서는 안 된다. 눈부신 태양이 내리쬐는 곳에는 그늘이 있기 마련이다. 헌데 그늘만 보고 태양의 존재를 잊어버린다면 그 얼마나 어리석은 일인가?

비록 우리는 소극적인 시대에 살고 있지만 적극적이고 낙관적이며 열정적인 마음가짐을 잃어서는 안 된다. 그래야만 대세를 바꾸고 인생을 역전시키는 기적을 만들어낼 수 있다. 우리 한 사람의 힘으로는 시대를 바꿀 수 없지만, 자신의 마음을 바꾸고 통제할 수 있다. 적극적인 마음가짐을 잃지 않는다면, 설령 당신이 좌절의 늪에 빠져 있더라도, 혹은 어둡고 막막한 날들의 연속이더라도 절망에 빠지지 않고 용감하게 앞으로 나아갈 수 있다. 당신의 마음은 언제나 맑고 푸를 테니 말이다.

DESIRED LIFE 47

나쁜 환경에도
포부를
잃지 말라

　금융업에 종사하는 친구가 이런 말을 한 적이 있다. 2015년 주가 폭락을 겪고 지금 이 자리에 남아있는 자신이 대견하다고 말이다. 한동안 그의 가방과 사무실 책상 서랍은 온갖 약들로 가득 차 있었다고 한다. 위장약, 신경안정제, 변비약, 안약…… 그중에 하나라도 빠지면 불안해서 견딜 수가 없었단다. 왜냐하면 불면증, 편두통, 위궤양, 안구 건조 등등으로 시달리고 있었기 때문이다. 실상 딱히 무슨 병이 있는 것도 아니었지만 그는 온몸이 병에 걸린 것처럼 골골하기만 했다. 주가가 폭락하는 것을 보고 그의 동료 상당수는 신경쇠약에 시달리며 정신 건강에 적색등이 켜졌다. 그래서 그는 동료들에게 우리들 힘으로는 증시를 바로잡을 수 없으니 자신들의 정신 건강부터 챙기자고 호소했다고 한다.

친구의 말에 따르면, 주식시장에는 두 부류의 사람이 있다고 한다. 가령 주가가 올랐을 때, 한 부류는 오늘 하루 손해를 보지 않은 것만으로 다행으로 여긴다. 하지만 또 다른 부류는 좀 더 많은 돈을 투자했더라면 더 큰 이익을 얻을 수 있었다는 생각에 아쉬워한다. 전자의 경우는 이상주의자라고 할 수 있다. 돈을 잃더라도 담담하게 받아들이고, 또 돈을 벌면 크게 기뻐한다. 후자의 경우는 현실주의자다. 돈을 잃었을 때는 후회하기에 급급하고, 돈을 벌어도 번 돈이 적다고 불평한다. 당신은 전자인가 아니면 후자인가?

낙담에 빠져 우울하고, 미래에 대한 희망이 보이지 않아 초조감에 휩싸이고, 불면증에 시달리고, 입맛도 없고, 인간관계도 매끄럽지 못하고, 감정 조절이 힘들어지고, 일에 집중력이 떨어지며, 월급은 적은데 나날이 상승하는 물가에 걱정만 늘어나고…… 이러한 온갖 근심 걱정은 진정으로 당신이 원하는 것들인가? 이러한 근심 걱정이 현실을 바꾸는 데 도움을 주는가?

모든 일이 뜻대로 풀리지 않을 때는 마음가짐이 그 무엇보다 중요하다. 긍정적인 마음가짐을 가지면, 시련에 부딪혀도 자신에 대한 믿음이 있기 때문에 온갖 방법을 동원해서 시련을 극복하게 된다. 또한 시련으로 겪는 불편함과 부적응도 자신에 대한 믿음이 있기에 그다지 힘들지 않다. 그러나 시련 앞에서 지레 겁부터 먹게 되면 시련이 닥치기도 전에 스스로 무너지기 마련이다. 그러므로 최악의 상황에서도 반드시 극복할 수 있다는 믿음과 희망을 버려서는 안 된다.

항상 멕시코 만류에서 낚시를 하는 늙은 어부가 있었다. 며칠 동안 물고기 한 마리 잡지 못하던 노인은 바다 한가운데로 나갔다가 거대한 청새치를 잡게 되었다. 그로부터 이틀 뒤, 어부들은 동쪽 방향 60마일 떨어진 곳에서 늙은 어부를 발견할 수 있었다. 그의 작은 배에는 거대한 청새치가 묶여져 있었는데, 몸통은 여기저기 뜯겨져 나가고 머리와 뼈만 남아 있었다. 도중에 상어 떼를 만난 것이다. 상어는 배 주위를 빙빙 맴돌며 청새치를 뜯어먹었다. 노인은 노를 들고 기력이 다할 때까지 상어와 싸웠지만 역부족이었다.

아마 모두에게 익숙한 이야기일 것이다. 바로 헤밍웨이의《노인과 바다》에 나오는 이야기이다. 이야기 자체는 특별한 것이 없다. 하지만 실패 앞에서 승자의 기품을 잃지 않는 당당한 노인의 모습은 큰 감동을 준다.

당신은 어떠한가? 오랜 시간 공을 들여 프로젝트를 기획했는데 그 프로젝트가 남의 손에 떨어지는 것을 보았을 때, 아마 뭐라 표현할 수 없는 억울함과 원통함을 느낄 것이다. 그런 순간에도 당신은 교양 있는 태도와 기품을 유지하며 상대방에게 미소를 지을 수 있겠는가? 세상이 불공평하게 느껴지더라도, 또 하루하루를 견디기 힘들만큼 불경기일지라도 넓은 도량과 긍정적인 마음을 잃어서는 안 된다.

우리는 언젠가는 이 세상을 떠나게 된다. '나도 언젠가는 죽는다'라는 생각을 하면, 주변의 사람과 사물이 이전과는 전혀 다르게 보인다. 생각해보라. 당신이 자부심을 느끼던 성과물 혹은 시련으로 말미암은 고통과 실의, 고난과 실패에 대한 두려움 등은 당신이 죽는 순간 모두 사라지고 만다. 때로는 상실 때문에 고통스러워할 때가 있을 것이다. 그럴 때는 당신도 언젠가는 죽는다는 사실을 떠올려라. 그러면 어느 순간 고통에서 벗어나 담담해지는 당신을 볼 수 있을 것이다.

긍정적이고 활달한 사람은 보잘것없는 일상도 풍성한 하루로 만든다. 넓은 도량은 성공했을 때도 필요하지만 실패했을 때는 더더욱 필요하다. 성공했을 때는 넓은 도량이 그다지 중요한 역할을 하지 않지만, 실패했을 때 이를 담담하게 받아들일 수 있는 도량이 없다면 실패의 악순환에 빠지기 쉽다.

19세기 중엽에, 미국의 기업가 필드는 최초로 대서양 횡단 해저케이블을 이용해 유럽과 미국 두 대륙을 하나로 연결시켰다. 그래서 필드에게는 '두 세계를 통일한' 위대한 사람이라는 찬사가 쏟아졌다. 그런데 이론상의 오류로 기술적인 문제가 생겨 케이블의 신호전파가 끊기게 되었다. 그러자 그를 향했던 온갖 찬사와 박수가 순식간에 비판과 욕설로 바뀌었다. 사람들은 필드를 사기꾼으로 몰아붙이며 손실 배상을 요구했다. 어제까지만 해도 찬사를 늘어놓던 사람들이 순식간에 돌변해서 욕을 퍼붓고 모욕했지만 필드는 그저 담담하기만 했다. 그는 성공한 사람들 특유의 여유로움을 보이며 계속해서 해저케이블 개선 작업에 매진하여, 마침내 유럽과 미국 대륙을 해저케이블로 잇는 데 성공했다.

"총애를 받으나 모욕을 당하나 담담히 받아들이며, 앞마당에 꽃이 피고 지는 것을 바라본다. 떠나고 머무는 데 관심을 주지 않고, 그저 하늘에 구름이 모였다 흩어지는 것을 바라본다." 이것이야말로 지혜로운 사람의 인생 태도다. 번잡하고 소란스럽기 짝이 없는 오늘날의 사회에서 담담하고 평온하게 인생을 대하는 사람은 그리 많지 않다. 대다수 사람은 뭔가에 쫓기듯 불안해하며 성공을 쫓기에 급급하다. 그리고 사회를 원망하고, 운명을 탓하며, 무의식적인 비교를 통해 위안을 찾는다.

우리의 인생은 생각만큼 아름답지 않다. 삶은 사람들을 편애하고 불공정하게 대우한다. 모든 일이 술술 풀리며 부귀영화를 누리는 사람이 있는가 하면, 평범하고 보잘것없는 삶을 사는 사람도 있다. 하지만 하늘은 한쪽 문을 닫았을 때 또 다른 한쪽 문을 열어준다. 그렇기 때문에 불공평한 삶을 담담하게 받아들이며 당신의 일에 최선을 다해야 한다. 마음속이 울분과 불평만으로 가득 차면 당신의 꿈을 쫓을 마음의 여유가 어디에 있겠는가?

《도덕경道德經》에는 마음의 평화의 중요성에 대한 다음과 같은 구절이 있다. "총애를 받으나 모욕을 당하나 다 같이 놀란 것처럼 하라. 큰 걱정을 귀하게 여기기를 내 몸과 같이 하라. 총애를 받으나 모욕을 당하나 다 같이 놀란 것처럼 하란 말은 무엇을 일컬음인가? 총애는 항상 모욕이 되기 마련이니, 그것을 얻어도 놀란 것처럼 할 것이요, 그것을 잃어도 놀란 것처럼 할 것이다. 이를 일컬어 총애를 받으나 욕을 받으나 늘 놀란 것같이 하라 한 것이다. 큰 걱정을 귀하게 여기기를 내 몸과 같이 하란 말은 무엇을 일컬음인가? 나에게 큰 걱정이 있는 까닭은 나에게 몸이 있기 때문이다. 내가 몸이 없으면 어찌 내게 걱정이 있겠는가?"

살아가면서 부귀영화를 얻고 높은 권세를 누려도, 혹은 권세를 잃고 궁핍한 생활을 하더라도 항상 평화로운 마음으로 이를 담담하게 받아들여야 한다. "사물 때문에 기뻐하지 않으며 자신의 일로 슬퍼하지 않는다."라고 했다. 이해득실에 연연하지 않고 세상의 이치에 순응하는 것은 선조들이 찬양해 마지않던 품격 있는 정신이다. 또한 그것은 오늘날 하루가 다르게 변하는 시대에 살고 있는 우리에게 꼭 필요한 마음가짐이기도 하다. 인생의 시련에도, 이해득실에도 평화로운 마음을 유지하는 것은 성공한 사람들의 일종의 기백이다.

집중할 수 있어야만
확고한 신념으로
앞을 향해 나아갈 수 있다

　무릇 이 세상의 위대한 사람들은 대부분 편집광 취급을 당했다.
그러나 그들은 대부분 집착과 집중으로 끝내 자신의 목표를 달성하
고 성공을 거두었다. 만일 당신이 자세히 살펴본다면 그들이 무엇에
편집적이었든 간에 한 가지 공통된 특성을 발견할 수 있을 것이다.
즉, 그들은 집착하는 대상에 대한 열정으로 가득 차 있었다. 열정이
라는 거대한 에너지가 있어야 집중할 수 있다.

　열정이 가득한 사람만이 외부 사물의 영향을 받지 않고 자신의 생
각을 끝까지 고집할 수 있다. 난제에 부딪혔을 때 열정적인 사람은
난제를 어떻게 풀지부터 생각한다. 이것이 바로 열정이라는 긍정적
인 에너지가 가져오는 효력이다.

어떤 청년이 고민에 찬 모습으로 곤충학자 파브르에게 이렇게 말했다.

"매일 피곤한 것도 잊은 채 모든 정력을 내가 좋아하는 일에 쏟았지만 별다른 성과를 거두지 못하고 있습니다."

파브르가 대견하다는 표정으로 말했다.

"보아하니 자네는 과학에 헌신할 수 있는 신념이 강한 청년 같네."

"그래요! 저는 과학도 좋아하고, 문학도 좋아하며, 음악과 미술에도 흥미가 많습니다. 그래서 나의 모든 시간을 이러한 것들에 쏟아부었지요."

이때 파브르가 호주머니에서 확대경을 꺼내 햇빛의 초점을 맞추었다. 그러고는 청년에게 이렇게 말했다.

"자네의 모든 정력을 한 개의 초점에 맞춰보게, 이 확대경처럼 말이야." 뛰어난 성취를 이룬 사람들은 모두가 '초점 맞추기' 즉, '집중'을 통해 성공을 거두었다. 파브르의 성공도 그중의 하나이다. 그는 곤충의 습성을 관찰하느라 잠자는 것도, 밥 먹는 것도 잊을 만큼 몰두했다. 어느 날, 파브르가 아침 일찍부터 커다란 바위 위에 엎드려 있었다. 아침 일찍 밭에 나갔던 여인들이 하루 종일 밭을 매고 저녁이 되어서야 집으로 돌아올 때까지도 파브르는 여전히 바위 위에서 꿈쩍도 않고 엎드려 있었다. 여인들은 하루 종일 바위 위에 엎드려 있는 파브르가 도무지 이해되지 않았다. 심지어 미친 사람이 아닐까 의심까지 했다.

파브르가 곤충을 관찰하기 위해 며칠 전부터 그곳에서 밤을 새우고 있었다는 사실을 그들이 알 리 만무했다.

인간의 시간과 정력에는 한계가 있다. 모든 것을 다 잘할 수도 없고, 다방면에 정통할 수도 없다. 오늘은 이것을 배우고 내일은 저것을 배우다가는 지쳐서 나가떨어지고 말 것이다. 성공에는 집중이 필요하다. 당신의 시간과 정력을 하나에만 집중시킨다면 성공할 확률이 크게 높아진다. 마찬가지로 긍정적인 에너지도 집중해야만 이끌어낼 수 있다.

화학자들이 말하기를, 1에이커 면적의 풀밭에서 발생하는 모든 에너지를 스팀엔진의 실린더에 집중시킬 수 있다면, 이 세상의 모든 제분기와 증기기관을 움직일 수 있는 동력이 나온다고 한다. 하지만 이러한 에너지는 대부분 분산되어 있어서 집중시키는 것 자체가 어렵기 때문에 과학적인 관점에서 보면 그다지 쓸모없는 이론이다.

마찬가지 이치로, 정력이 분산되어 있고 목표를 자주 바꾸는 사람은 사실 자신의 소중한 시간과 힘을 낭비하고 있는 것이나 마찬가지이다. 그러면 쉽게 지치고 의지력을 잃게 되며, 점차 모든 믿음과 용기마저 사라져서 급기야 부정적인 에너지로 가득 차게 된다. 설령 이상적인 일을 하고 있어도 아무것도 하지 않는 것이나 다름없다.

정력이 분산되면 그 어떤 일도 제대로 이룰 수가 없다. 대다수 사람들이 애초에 세운 목표를 실현하지 못하는 것도 그 때문이다. 그들은 여러 분야의 일을 나눠서 하기 때문에 주의력이 산만해지고, 그 결과 성공을 향하는 발걸음이 늦어질 수밖에 없다. 한 가지 일에만 모든 능력을 집중시키지 못하면 그저 수박 겉핥기식에 불과하여 오히려 시간과 힘을 낭비하는 꼴이 된다.

진정한 강자는 한 분야에만 모든 에너지를 집중시킨다. 끊임없는 탐구를 통해 그 분야에서는 그 누구도 필적할 수 없는 1인자가 된다. 그러므로 목표를 정할 때는 노력을 해서 깊게 탐구하려 하지 않고 대충 맛만 보고 그만두는 것을 가장 경계해야 한다. 우리의 모든 역량을 집중하는 법을 배우면 어쩌면 불가사의한 힘이 있는 '슈퍼맨'이 될 수도 있다.

마크 트웨인의 말을 인용하면, '편집광'은 신과 가장 근접한 존재이다. 어떤 일을 할 때 완전히 몰입하여 중독되거나 혹은 '편집광'이 될 정도에 이르면, 사고력과 업무 능력에 보다 많은 긍정적인 에너지가 촉발되어 훨씬 수월하게 성공을 거머쥘 수 있다.

옆에 누가 있든, 또 주변이 얼마나 시끄럽든 상관없이 정신을 가다듬고 자신이 하고 있는 일에 모든 신경을 쏟아부으면 그 일을 성공적으로 완수할 수 있다. 이것이 바로 주의력의 힘이다. 강한 집중력이 얼마나 큰 긍정 에너지를 발산하는지는 그것을 지닌 사람만이 알 수 있을 것이다.

지금 하고 있는 일에 집중할 때, 매 순간마다 온 정신을 몰두하다 보면 온몸의 감각기관이 극도로 예민해지고, 당신의 의식도 매우 섬세하고 또렷해진다. 그래서 주변의 모든 것을 완벽히 포착하고 느끼면서 매 순간순간의 미묘함을 깊게 음미할 수 있다. 이때 당신의 몸에서 뿜어져 나오는 긍정 에너지는 당신에게 크나큰 힘을 가져다줄 것이다.

2천여 년 전, 어떤 학생들이 쾌락을 찾으러 나섰다. 그런데 그들이 가는 곳마다 온통 번민과 걱정, 고통뿐이었다. 그들은 대철학자 소크라테스를 찾아가 물었다. "스승님, 쾌락은 도대체 어디에 있습니까?"

그러자 소크라테스가 말했다. "먼저 배 한 척을 만들어보라."

학생들은 쾌락을 찾는 일을 잠시 미루고 7,749일 만에 커다란 통나무를 베어다 그 속을 파내어 통나무배를 만들었다. 제자들은 배를 바다에 띄우고 소크라테스를 배 위에 태웠다. 그리고 모두 함께 힘을 합쳐 노를 저으며 목청을 돋우어 노래를 부르기 시작했다. 이때 소크라테스가 물었다 "즐겁느냐?" 제자들은 입을 모아 큰 소리로 외쳤다. "즐겁고 행복합니다!"

그러자 소크라테스가 말했다. "쾌락이란 바로 이런 것이다. 너희들이 명확한 목표를 이루기 위해 정신없이 일할 때 갑작스레 찾아오는 것이다." 그렇다. 당신이 온 정신을 집중해서 무언가를 할 때 즐거움도 저절로 찾아오는 법이다. 행복과 즐거움은 공짜로 얻어지는 것이 아니다. 하루 종일 아무 일도 하지 않으면서 배부르게 먹고 마시는 것이야말로 진정한 행복이라고 여기는 사람이 있다. 하지만 실상 그러한 생활은 가장 재미없고 끔찍한 생활이다. 사람들은 마음이 공허해지는 것을 가장 두려워한다. 진정한 즐거움은 의미 있고 충실한 인생에서 얻을 수 있다. 온 마음을 다해 자신이 흥미를 느끼는 일에 집중하는데 어떻게 즐겁지 않을 수 있겠는가?

인생은 마라톤이다
피곤하면
잠시 쉬어라

사회생활을 하는 사람치고 "나는 아무런 스트레스도 없다."고 말할 수 있는 이는 아무도 없다. 사실이 그렇다. 나날이 치열해지는 경쟁 속에서 우리는 언제 어디서나 스트레스에 시달린다. 그로 인해 우울증, 신경과민, 불면증과 같은 증세가 우리 생활의 일부분이 되었다. 두통과 소화불량, 불면증에 시달리다 병원을 찾아가 보지만 딱히 질병은 없다. 이때 의사는 우리에게 이렇게 진심 어린 조언을 해준다. "당신의 영혼을 위한 다이어트를 해보세요."

우리는 태어난 순간부터 앞을 향해 질주하는 방법부터 배운다. 학교에서는 당신 또래들과 시합을 겨루어야 한다. 그렇지 않으면 자칫 낙오되기 쉽다. 또한 사회에 나가면 동료들과 겨루는 법을 배워야 한다. 그렇지 않으면 영원히 말단 직원으로 살아야 하니까. 우리 인생은 생존을 위해, 꿈을 위해, 그리고 다양한 목적을 위해 인생길 위에서 끊임없이 달려야 한다. 조금이라도 늑장 부리다가는 낙오자가 되기 십상이다.

하지만 삶은 그리 호락호락하지 않아서 몸과 마음이 지쳐서 피폐해질 때가 있다. 사람을 대하고 인생을 대하는 과정에서 우리는 무수히 많은 미련을 갖게 되고, 또 수없이 많은 꿈과 소망을 끝내 이루지 못하고 포기해야 한다. 그래서 급기야 몸과 마음이 지치고 피폐해지는 순간이 온다. 어차피 우리는 평범한 인간에 지나지 않는다. 마음이 지치고 몸이 아플 때는 있는 그대로의 당신을 바라보라. 그리고 이렇게 말하라. "그동안 너를 보살피지 못해서 미안하다." 그러고는 마음을 추스르고, 당신을 힘들게 하고 무겁게 짓누르던 것들을 모두 내려놓아야 한다.

피곤하고 지친다는 것은 당신의 몸과 마음이 이겨낼 수 있는 부하량을 이미 초과했다는 의미이다. 너무도 많은 시련을 겪느라 무리한 것이다. 힘들고 지치면 잠깐 멈추고 쉬어가라. 깊게 숨을 들이쉰 뒤 과감하게 모든 것을 내려놓아라. 편안한 마음으로 두 눈을 감고 당신을 짓누르는 온갖 고민거리와 스트레스는 잠시 잊어라. 생활 방식도 단순하게 바꾼 뒤에는 가벼운 마음으로 당신이 즐거움을 느낄 수 있는 일을 찾아라. 그렇게 하면 훨씬 나아진 기분을 느낄 수 있을 것이다.

굳이 자신을 괴롭힐 필요는 없다. 생활은 영혼을 말끔하게 씻어주고, 시간은 모든 상처나 흔적을 없애준다. 몸과 마음이 지쳤을 때는 모든 것을 내려놓고 당신의 영혼을 자유롭게 해줘야 한다.

돈을 벌기 위해 치열하게 살아가느라 종종 자신의 건강을 외면하는 사람이 많다. 몸이 건강하고 가정이 평안한 것이 인생 최대의 행복이라는 사실을 모른 채 말이다. 돈이 없으면 다시 벌면 된다. 하지만 건강은 그 어떤 것으로도 살 수가 없다. 우리가 추구하는 목표를 잠시 멈추고 휴식을 취한다고 해서 사라지지 않는다. 인생은 100미터 전력질주가 아니라 마라톤과 같다. 그렇기 때문에 우리는 적절하게 체력과 에너지를 안배하는 법을 배워야 한다. 무턱대고 전력 질주만 하면 결승선에 닿기도 전에 쓰러져서 영원히 일어나지 못하게된다. 적절하게 마음을 다스리며 몸과 마음을 가볍게 해줘야만 일도 원하는 대로 순조롭게 이뤄진다.

언젠가 사업에서 크게 성공한 사업가와 함께 식사를 한 적이 있다. 그때 나는 그에게 맨손으로 시작해서 수억대의 자산가가 되었는데, 가장 감명 깊고 또 가장 큰 보람을 느낀 것이 무엇인지를 물었다. 그는 잠시 생각에 잠기더니 전혀 예상치 못한 답을 내놓았다. "여유를 가지는 법을 배운 것입니다."

그의 말뜻을 이해하지 못하고 내가 의아한 표정을 짓자 그는 다시 한 번 강조하며 말했다. "그래요, 여유를 가지는 법을 배워야 합니다. 나는 한동안 당신이 상상할 수도 없는 생활을 했습니다. 하루 온종일 고객을 면담하고, 회사의 경영 전략을 짜고, 산더미같이 쌓인 잡다한 업무를 처리하느라 동분서주하며 살았지요. 시간에 쫓겨서 아침밥도 못 먹고 곧장 회사로 달려가 회의를 열고, 하루 종일 정신없이 일하다 새벽 두세 시쯤에야 퇴근하기 일쑤였습니다. 그렇게 미친 듯이 일만 하는데도 좀체 일감은 줄어들지 않고, 또 시간은 항상 부족하기만 했습니다. 그때는 정말 힘들었지요. 내가 좋아하는 일들을 아무것도 할 수가 없었으니까요."

"가장 기억에 남는 것은 딸아이의 여덟 살 생일날이었습니다. 생일 전날 밤에 딸아이에게 어떤 선물을 받고 싶으냐고 물었지요. 그랬더니 아이가 하는 말이 한 번도 아빠와 함께 생일을 보낸 적이 없다며 내일은 꼭 일찍 퇴근해서 함께 생일 파티를 해달라고 하더군요. 그날 밤 나는 딸아이의 말이 내내 귀에 맴돌아서 쉽게 잠을 이룰 수가 없었습니다."

"내내 뒤척이다 결국 자리를 박차고 일어나 정원으로 나갔습니다. 고요하고 적막한 밤이었는데, 달빛에 꽃나무의 가지가 무성한 것이 보이더군요. 그래서 가위를 들고 전지를 했습니다. 모든 것을 잠시 잊고 편안한 마음으로 나뭇가지를 다듬으며 고요한 밤의 여유를 즐겼습니다. 그러면서 생각을 해봤지요. 그동안 나는 무엇을 위해 그처럼 바쁘게 살아왔을까? 애초 내가 세운 인생 목표는 아주 단순했습니다. 내가 바라던 집도 장만했고, 현숙한 아내와 착한 딸도 됐습니다. 내가 소망한 것들은 모두 실현했는데도, 나는 여전히 미친 듯이 앞만 보고 달리고 있다는 사실을 깨달았지요."

"그래서 다음 날 나는 중요한 업무를 서둘러 처리하고, 불필요한 스케줄은 모두 다른 날로 미뤄놓은 뒤 일찌감치 퇴근했습니다. 나를 보고 환하게 웃는 딸아이와 주방에서 음식 준비를 하느라 분주히 오가는 아내를 보고 있자니 오랫동안 잊고 지냈던 따뜻하고 포근한 감정이 솟구쳐 오르더군요. 그때 나는 한 가지 이치를 깨달았습니다. 살아가면서 스트레스에 짓눌려 몸과 마음이 지쳤을 때는 적절하게 마음의 여유를 즐겨야 한다는 것을 말입니다. 내가 즐거움을 느낄 수 있는 방법으로 피로한 몸과 마음을 충전해야 합니다. 적절한 휴식을 취해야만 또다시 먼 길을 달릴 수 있으니까요."

그렇다. 몸과 마음이 지쳤을 때는 잠시 걸음을 멈춰서 애초 자신의 목적이 무엇이었는지를 되돌아보고 몸과 마음을 재충전해야 한다. 난관에 부딪혀서 갈피를 잡을 수 없을 때도 잠시 걸음을 멈추고 마음의 휴식을 취해야 한다. 편안한 마음으로 뒤죽박죽이 된 생각을 정리하다 보면 난관에서 벗어날 해결책을 마련할 수 있다.

당신도 몸과 마음이 지쳤을 때는 잠시 하던 일을 놓고 평소 당신이 가고 싶었던 곳으로 여행을 떠나보라. 아름다운 경관을 감상하거나 공연을 관람하는 것도 좋다. 혹은 당신이 좋아하는 노래를 듣거나 책을 읽는 것도 좋다. 또는 쇼핑을 하거나 운동을 하는 것도 좋다. 이러한 것들은 당신의 마음에 휴식을 가져다주어 마음을 한결 가볍게 해줄 것이다.

팔이 무거우면 들고 있던 물건을 내려놓고 잠시 쉬어라. 마음이 지치면 마음을 짓누르는 고민거리를 잠시 잊어라. 항상 여유롭고 즐거운 마음을 가져야만 그 어떤 상황에서도 자신감을 잃지 않고 당신의 인생 여정을 완주할 수 있다.

불평 불만을 없애기

• 당신의 생활에서 나쁜 감정을 없애다 •

응용 시기 ··

1 당신이 점점 즐거움을 느끼지 못한다고 생각될 때

2 당신에게 혹시 갱년기 증세가 나타나는 것은 아닌지 의심될 때

3 이유 없이 힘이 빠지거나 생활이 무료하다고 느껴질 때

연습 시간 ··

날마다 진행할 수 있다.

특별 힌트 ··

이 연습을 하기 전에, 한 가지 명확히 해야 할 일이 있다. 불평 불만으로
는 당신이 원하는 그 어떤 것도 가질 수 없다는 점을, 오히려 소중한 시

간을 낭비하고 당신의 즐거움을 빼앗길 수 있다는 사실을 알아야 한다. 당신 자신에게 이렇게 말하라. "나는 이런 생각을 해서는 안 되지만, 어떻게 해야 이러한 소극적인 생각들을 없앨 수 있을지 알지 못한다." 이때는 다음의 연습을 시작해도 된다. 그렇지 않고 당신의 불평을 대수롭지 않게 여기거나 혹은 아주 당연한 것이라고 생각한다면 다음의 연습을 해봤자 당신에게 아무런 소용이 없다.

연습 내용

언제 어디서든 일단 나쁜 감정이 생기면 곧바로 당신이 불만을 느끼는 일과 그 일에 대한 당신의 반응을 있는 그대로 기록하라. 날마다 낮에 기록했다가 밤에 한번 읽어본 뒤 없애라.

낮에 기록해둔 내용을 읽는 데 점점 익숙해지면 다음 단계로 넘어갈 수 있다. 즉, 불평 불만을 전환하는 것이다. 기분이 나쁠 때, 원망하는 마음이 생길 때 혹은 불평 불만이 터져 나올 때는 그러한 마음을 감사의 마음으로 바꿔보라. 우리가 불평을 늘어놓는 이유는 자신이 손해를 봤다는 생각에 불만이 생겨서이다. 이때는 관점을 바꿔서 감사함을 느낄 수 있는 일을 떠올려 보면 자연스레 불만도 사라질 것이다.

예컨대 "비행기가 늦게 도착하는 바람에 한참을 기다려야 했잖아!"가 아니라 "비행기가 늦게 와서 얼마나 다행인지 모른다. 그 덕분에 책을 좀 더 읽을 수 있었느니 말이다."라고 생각해보라. 혹은 "왜 사장은 나보다 못하는 사람을 승진시킨 거지?"가 아니라 "사장이 저 사람을 승진시키기를 천만다행이다."라고 생각해보라.

어떻게
원하는 삶을
살 것인가

1판 1쇄 인쇄 2017년 8월 14일
1판 1쇄 발행 2017년 8월 18일

지은이 저우제린
옮긴이 하진이
펴낸이 임종관
펴낸곳 미래북
편　집 정광희
본문디자인 디자인 [연:우]
등록 제 302-2003-000026호
주소 서울특별시 용산구 효창원로 64길 43-6 (효창동 4층)
마케팅 경기도 고양시 덕양구 화정로 65 한화 오벨리스크 1901호
전화 02)738-1227(대) ｜ 팩스 02)738-1228
이메일 miraebook@hotmail.com

ISBN　978-89-92289-96-2　　03820